U0056970

【臺灣現當代作家
研究資料彙編】98

覃虹

國立台灣文學館
出版

部長序

「臺灣現當代作家研究資料彙編」是臺灣文學研究一場極富意義的文學接力，計畫至今已來到第七階段，累積的豐碩成果至今正好匯聚百冊。欣見國立臺灣文學館今年再次推出十部作家研究成果，包括：翁鬧、孟瑤、楊念慈、施明正、劉大任、許達然、楊青矗、夐虹、張曉風和王拓。謹以此套叢書，向長期致力於臺灣文學創作的文學家們致敬。

文學是一個國家的靈魂，反映出一個民族最深刻的心靈史。回顧臺灣史，文學家一直是引領社會思潮前進的先鋒，是開創語言無限可能的拓荒者，創造出每一個時代的時代精神。「臺灣現當代作家研究資料彙編」透過回顧作家的生平經歷、尋訪作家與文友互動及參與文學社團的軌跡、閱讀其作品並且整理歷來研究者的諸多評述，讓我們能與作家的生命路徑同行，由此更認識他們所創造的文學世界。越深入認識臺灣文學開創出的獨特風采，我們對這塊土地的情感也會更加踏實，臺灣文化的創發與新生才更活潑光燦。

「臺灣現當代作家研究資料彙編」計畫推動至今已歷時八年，感謝這一路走來勤謹任事的執行團隊及諸多專家學者的戮力協助，替臺灣文學的作家研究奠定厚實根基。在此向讀者推介這一套兼具深度與廣度的臺灣文學工作書，讓我們藉由創作、閱讀和研究，一同點亮臺灣文學的璀璨光芒。

文化部部長 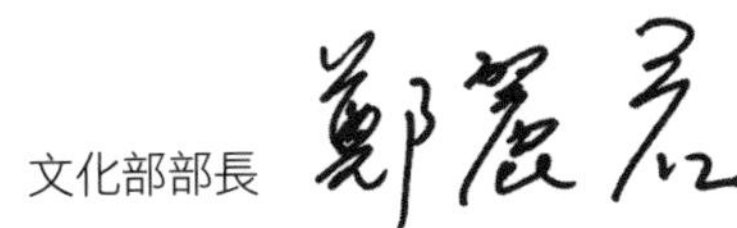

館長序

在眾人引頸期盼中，「臺灣現當代作家研究資料彙編計畫」第七階段成果終於出爐，把一年來辛勤耕耘的果實呈現在讀者面前。此次所編纂的作家研究資料彙編，包含翁鬧、孟瑤、楊念慈、施明正、劉大任、許達然、楊青矗、夐虹、張曉風、王拓等十位作家。如同以往，在作家的族群身分、創作文類、性別比例各方面，均力求兼顧平衡；而別具意義的是，這十位作家的加入，讓「臺灣現當代作家研究資料彙編計畫」，匯聚累積共計百冊，為這份耗時良久的龐大學術工程，締造了全新的歷史紀錄。

從 1894 年出生的賴和，到 1945 年世代的王拓，這 51 年間，臺灣的歷史跌宕起伏，卻在在滋養著出生、成長於這塊土地上的文學青年、知識分子。而諸多來自對岸的戰後移民作家，大概也從來沒有想過，有一天，他們的書寫創作是在臺灣這塊土地發光發熱。事實證明，作家研究資料彙編的出版，不僅重新點燃了許多前輩作家的熱情，使其生命軌跡與文學路徑得到更為精緻細膩的梳理，某些已然淡出文學舞臺的作家與作品，也因而再次閃現光芒。另一方面，對於關心臺灣文學發展的學者專家，乃至一般讀者來說，這套巨著猶如開啟一扇窗扉，足以眺望那遼闊無際的文學美景，讓我們翻轉過去既有的印象和認知，得以嘗試用較為活潑、多元的角度來解讀作品。

在李瑞騰前館長的擘畫、其後歷任館長的大力支持下，自 2010 年起步的「臺灣現當代作家研究資料彙編計畫」，至今已持續推動八年。走過如此漫長的時光，臺文館所挹注的人力、物力等資源之龐大，自是不難想像。而我們之所以對作家研究投以如此關注，最根本的緣由乃是因為作家與作品，實為當代社會的縮影與靈魂的核心，伴隨著文本所累積的研究論述及文獻史料，則不僅是厚實文學發展的根基，更是深化人文思想的依據。本叢書既是對近百年來臺灣新文學的驗收及盤點，也是擴展並深化臺灣文學研究的嶄新契機，體現了臺灣文學研究總體成果中最優質精緻的部分，並對未來的研究指向與路徑，提出嶄新而適切的指引。

在此，特別感謝承辦單位臺灣文學發展基金會所組成的工作團隊，以及參與其事的專家、學者；更謝謝長期以來始終孜孜不倦、埋首於文學創作的前輩作家們。初冬時節，我們懷抱欣喜之情，向讀者推介此一深具實用價值的全方位臺灣現當代文學工具書，並期待未來有更多人，善用這套鉅著進行閱讀研究，從而加入這一場綿長而優美的臺灣文學接力賽。

國立臺灣文學館館長　廖振富

編序

◎封德屏

緣起

1995 年 10 月 25 日，在臺灣師範大學教育大樓的 201 室，一場以「面對臺灣文學」為題的座談會，在座諸位學者分別就臺灣文學的定義、發展、研究，以及文學史的寫法等，提出宏文高論，而時任國家圖書館編纂張錦郎的「臺灣文學需要什麼樣的工具書」，輕鬆幽默的言詞，鞭辟入裡的思維，更贏得在座者的共鳴。

張先生以一個圖書館工作人員自謙，認真專業地為臺灣這幾十年來究竟出版了多少有關臺灣文學的工具書，做地毯式的調查和多方面的訪問。同時條理分明地針對研究者、學生，列出了十項工具書的類型，哪些是現在亟需的，哪些是現在就可以做的，哪些是未來一步一步累積可以達成的，分別做了專業的建議及討論。

當時的文建會二處科長游淑靜，參與了整個座談會，會後她劍及履及的開始了文學工具書的委託工作，從 1996 年的《臺灣文學年鑑》起始，一年一本的編下去，一直到現在，保存延續了臺灣文學發展的基本樣貌。接著是《中華民國作家作品目錄》的新編，《臺灣文壇大事紀要》的續編，補助國家圖書館「當代文學史料影像全文系統」的建置，這些工具書、資料庫的接續完成，至少在當時對臺灣文學的研究，做到一些輔助的功能。

2003 年 10 月，籌備多年的「臺灣文學館」正式開幕運轉。同年五月《文訊》改隸「財團法人台灣文學發展基金會」，為了發揮更大的動能，開始更積極、更有效率地將過去累積至今持續在做的文學史料整理出來，讓豐厚的文藝資源與更多人共享。

於是再次的請教張錦郎先生，張先生認為文學書目、作家作品目錄、文學年鑑、文學辭典皆已完成或正在進行，現在重點應該放在有關「臺灣現當代作家評論資料目錄」的編輯工作上。

很幸運的，這個計畫的發想得到當時臺灣文學館林瑞明館長的支持，於是緊鑼密鼓的展開一切準備工作：籌組編輯團隊、召開顧問會議、擬定工作手冊、撰寫計畫書等等。

張錦郎先生花了許多時間編訂工作手冊，每一位作家的評論資料目錄分為：

（一）生平資料：可分作者自述，旁人論述及訪談，文學獎的紀錄。

（二）作品評論資料：可分作品綜論，單行本作品評論，其他作品（包括單篇作品）評論，與其他作家比較等。

此外，對重要評論加以摘要解說，譬如專書、專輯、學術會議論文集或學位論文等，凡臺灣以外地區之報刊及出版社，於書名或報刊後加註，如中國大陸、香港、新加坡等。此外，資料蒐集範圍除臺灣外，也兼及中國大陸、香港、新加坡、日本、韓國及歐美等地資料，除利用國內蒐集管道外，同時委託當地學者或研究者，擔任資料蒐集工作。

清楚記得，時任顧問的學者專家們，都十分高興這個專案的啟動，但確定收錄哪些作家名單時，也有不同的思考及看法。經過充分的討論後，終於取得基本的共識：除以一般的「文學成就」為觀察及考量作家的標準外，並以研究的迫切性與資料獲得之難易度為綜合考量。譬如說，在第一階段時，作家的選擇除文學成就外，先考量迫切性及研究性，迫切性是指已故又是日治時期臺籍作家為優先，研究性是指作品已出土或已譯成中文為優先。若是作品不少而評論少，或作品評論皆少，可暫時不考慮。此外，還要稍微顧及文類的均衡等等。基本的共識達成後，顧問群共同挑選出 310 位作家，從鄭坤五、賴和、陳虛谷以降，一直到吳錦發、陳黎、蘇偉貞，共分三個階段進行。

「臺灣現當代作家評論資料目錄」專案計畫，自 2004 年 4 月開始，至 2009 年 10 月結束，分三個階段歷時五年六個月，共發現、搜尋、記錄了十餘萬筆作家評論資料。共經歷了三位專職研究助理，近三十位兼任研究助理。這些研究助理從開始熟悉體例，到學習如何尋找資料，是一條漫長卻實用的學習過程。

接續

「臺灣現當代作家評論資料目錄」的專案完成，當代重要作家的研究，更可以在這個基礎上，開出亮麗的花朵。於是就有了「臺灣現當代作家研究資料彙編暨資料庫建置計畫」的誕生。為了便於查詢與應用，資料庫的完成勢在必行，而除了資料庫的建置外，這個計畫再從 310 位作家中精選 50 位，每人彙編一本研究資料，內容有作家圖片集，包括生平重要影像、文學活動照片、手稿及文物，小傳、作品目錄及提要、文學年表。另外每本書分別聘請一位最適當的學者或研究者負責編選，除了負責撰寫八千至一萬字的作家研究綜述外，再從龐雜的評論資料中挑選具有代表性的評論文章，平均 12～14 萬字，最後再附該作家的評論資料目錄，以期完整呈現該作家的生平、創作、研究概況，其歷史地位與影響。

第一部分除資料庫的建置外，50 位作家 50 本資料彙編（平均頁數 400～500 頁），分三個階段完成，自 2010 年 3 月開始至 2013 年 12 月，共費時 3 年 9 個月。因為內容充實，體例完整，各界反應俱佳，第二部分的 50 位作家，接著在 2014 年元月展開，第一階段至第三階段共出版了 40 本，此次第四階段計畫出版 10 本，預計在 2017 年 12 月完成。

成果

雖然過程是如此艱辛，如此一言難盡，可是終究看到豐美的成果。每位編選者雖然忙碌，但面對自己負責的作家資料彙編，卻是一貫地認真堅持。他們每人必須面對上千或數百筆作家評論資料，挑選重要或關鍵性的評論文章，全面閱讀，然後依照編選原則，挑選評論文章。助理們此時不僅提供老師們所需要的支援，統計字數，最重要的是得找到各篇選文作者，取得同意轉載的授權。在起初進度流程初估時，我們錯估了此項工作的難度，因為許多評論文章，發表至今已有數十年的光景，部分作者行蹤難查，還得輾轉透過出版社、學校、服務單位，尋得蛛絲馬跡，再鍥而不捨地追蹤。有了前面的血淚教訓，日後關於授權方面，我們更是如臨深淵、如履薄冰，希望不要重蹈覆轍，在面對授權作業時更是戰戰兢兢，不敢懈怠。

除了挑選評論文章煞費苦心外，每個作家生平重要照片，我們也是採高標準的方式去蒐集，過世作家家屬、友人、研究者或是當初出版著作的出版社，都是我們徵詢的對象。認真誠懇而禮貌的態度，讓我們獲得許多從未出土的資料及照片，也贏得了許多珍貴的友誼。許多作家都協助提供照片手稿等相關資料，已不在世的作家，其家屬及友人在編輯過程中，也給予我們許多協助及鼓勵，藉由這個機會，與他們一起回憶、欣賞他們親人或父祖、前輩，可敬可愛的文學人生。此外，還有許多作家及研究者，熱心地幫忙我們尋找難以聯繫的授權者，辨識因年代久遠而難以記錄年代、地點、事件的作家照片，釐清文學年表資料及作家作品的版本問題，我們從他們身上學習到更多史料研究可貴的精神及經驗。

但如何在規定的時間內，完成每個階段資料彙編的編輯出版工作，對工作小組來說，確實是一大考驗。每一冊的主編老師，都是目前國內現當代臺灣文學教學及研究的重要人物，因此都十分忙碌。每一本的責任編輯，必須在這一年的時間內，與他們所負責資料彙編的主角——傳主及主編老師，共生共榮。從作家作品的收集及整理開始，必須要掌握該作家所有出版的作品，以及盡量收集不同出版社的版本；整理作家年表，除了作家、研究者已撰述好的年表外，也必須再從訪談、自傳、評論目錄，從作品出版等線索，再作比對及增刪。再來就是緊盯每位把「研究綜述」放在所有進度最後一關的主編們，每隔一段時間提醒他們，或順便把新增的評論目錄寄給他們（每隔一段時間就有新的相關論文或學位論文出現），讓他們隨時與他們所主編的這本書，產生聯想，希望有助於「研究綜述」撰寫的進度。

在每個艱辛漫長的歲月中，因等待、因其他人力無法抗拒的因素，衍伸出來的問題，層出不窮，更有許多是始料未及的。譬如，每本書的選文，主編老師本來已經選好了，也經過授權了，為了抓緊時間，負責編輯的助理們甚至連順序、頁碼都排好了，就等主編老師的大作了，這時主編突然發現有新的文章、新的資料產生：再增加兩三篇選文吧！為了達到更好更完備的目標，工作小組當然全力以赴，聯絡，授權，打字，校對，重編順序等等工作，再度展開。

此次第二部分第七階段共需完成的 10 位作家研究資料彙編，年齡層較上兩個階段已年輕許多，因此到最後的疑難雜症，還有連主編或研究者都不太清楚的部分，譬如年表中的某一件事、某一個年代、某一篇文章、某一個得獎記錄，作家本人及家屬絕對是一個最好的諮詢對象，對解決某些問題來說，這是一個好的線索，但既然看了，關心了，參與了，就可能有不同的看法，選文、年表、照片，甚至是我們整本書的體例，於是又是一場翻天覆地的大更動，對整本書的品質來說，應該是好的，但對經過多次琢磨、修改已進入完稿階段的編輯團隊來說，這不啻是一大挑戰。

1990 年開始，各地縣市文化中心（文化局），對在地作家作品集的整理出版，以及臺灣文學館成立後對日治時期作家以迄當代重要作家全集的編纂，對臺灣文學之作家研究，也有了很好的促進作用。如《楊逵全集》、《林亨泰全集》、《鍾肇政全集》、《張文環全集》、《呂赫若日記》、《張秀亞全集》、《葉石濤全集》、《龍瑛宗全集》、《葉笛全集》、《鍾理和全集》、《錦連全集》、《楊雲萍全集》、《鍾鐵民全集》等，如雨後春筍般持續展開。

經過近二十年的努力，臺灣文學的研究與出版，也到了可以驗收或檢討成果的階段。這個說法，當然不是要停下腳步，而是可以從「臺灣現當代作家評論資料目錄」所呈現的 310 位作家、10 萬筆資料中去檢視。檢視的標的，除了從作家作品的質量、時代意義及代表性去衡量外、也可以從作家的世代、性別、文類中，去挖掘有待開墾及努力之處。因此這套「臺灣現當代作家研究資料彙編」，大部分的編選者除了概述作家的研究面向外，均有些觀察與建議。希望就已然的研究成果中，去發現不足與缺憾，研究者可以在這些不足與缺憾之處下功夫，而盡量避免在相同議題上重複。當然這都需要經過一段時間去發現、去彌補、去重建，因此，有關臺灣文學的調查、研究與論述，就格外顯得重要了。

期待

感謝臺灣文學館持續推動這兩個專案的進行。「臺灣現當代作家評論資料目錄」的完成，呈現的是臺灣文學研究的總體成果；「臺灣現當代作家研究資料彙編」的出版，則是呈現成果中最精華最優質的一面，同時對未來臺灣文學的研究面向與路徑，作最好的建議。我們可以很清楚的體會，這是一條綿長優美的臺灣文學接力賽，經過長時間的耕耘、灌溉，風搖雨濡、燭影幽轉，百年臺灣文學大樹卓然而立，跨越時代並馳而行，百冊作家研究資料彙編得千位作家及學者之力，我們十分榮幸能參與其中，更珍惜在傳承接力的過程，與我們相遇的每一個人，每一件讓我們真心感動的事。我們更期待這個接力賽，能有更多人加入。誠如張恆豪所說「從高音獨唱到多元交響」，這是每一個人所期待的。

編輯體例

一、本書編選之目的，為呈現夐虹生平、著作及研究成果，以作為臺灣文學相關研究、教學之參考資料。

二、全書共五輯，各輯內容及體例說明如下：

輯一：圖片集。選刊作家各個時期的生活或參與文學活動的照片、著作書影、手稿（包括創作、日記、書信）、文物。

輯二：生平及作品，包括三部分：

1.小傳：主要內容包括作家本名、重要筆名，生卒年月日，籍貫，及創作風格、文學成就等。

2.作品目錄及提要：依照作品文類（論述、詩、散文、小說、劇本、報導文學、傳記、日記、書信、兒童文學、合集）及出版順序，並撰寫提要。不收錄作家翻譯或編選之作品。

3.文學年表：考訂作家生平所進行的文學創作、文學活動相關之記要，依年月順序繫之。

輯三：研究綜述。綜論作家作品研究的概況，並展現研究成果與價值的論文。

輯四：重要文章選刊。選收作家自述、國內外具代表性的相關研究論文及報導。

輯五：研究評論資料目錄。收錄至 2017 年 11 月底止，有關研究、論述臺灣現當代作家生平和作品評論文獻。語文以中文為主，兼及日文和英文資料。所收文獻資料，以臺灣出版為主，酌收中國大陸、香港、日本和歐美國家的出版品。內容包含三部分：

1.「作家生平、作品評論專書與學位論文」下分為專書與學位論文。

2.「作家生平資料篇目」下分為「自述」、「他述」、「訪談」、「年表」、「其他」。

3.「作品評論篇目」下分為「綜論」、「分論」、「作品評論目錄、索引」、「其他」。

目次

【輯五】研究評論資料目錄

輯一◎圖片集

影像◎手稿◎文物

1954年，夐虹父親胡清水（右）於臺東家中教授初中的夐虹功課。（夐虹提供）

1961年，大學時期的夐虹出遊時攝於淡水觀音山。（夐虹提供）

1965年，於臺北擔任萬全傳播公司設計部主任時，攝影家鄭居攝於其住家樓頂。（夐虹提供）

1977年12月30日，藍星詩社與汪其楣合作《現代詩之舞臺搬演》，攝於臺北幼獅藝廊。左起：楊英利、林舉嫻、敻虹、汪其楣、向明、陳慧中、解致璋。（向明提供）

1978年，敻虹全家參訪臺北故宮博物院。右起：敻虹、長女陳南妤、丈夫陳迺臣、長子陳南圭。（文訊文藝資料中心）

1978年前後，敻虹（右二）擔任臺北師範專科學校附屬國小（今臺北教育大學附設實驗國民小學）教師期間，與同事合影。（文訊文藝資料中心）

1980年，藍星詩社同人與成文出版社社長黃成助，在臺北嘉園餐廳商談成文出版社資助出版《藍星詩刊》事宜，餐後合照。前排右起：陳正雄、余光中、羅門、黃成助；後排右起：敻虹、王憲陽、周夢蝶、洪兆鉞、方莘、林佛兒。（翻攝自《星空無限藍——藍星詩選》，九歌出版社）

1981年秋天，林白出版社社長林佛兒在臺北鴻霖餐廳宴請藍星詩社同人，並商討資助出版《藍星詩刊》事宜。前排左起：范我存、敻虹、蓉子、王憲陽、張健。後排左起：方莘、曹介直、林佛兒、吳宏一、余光中、羅門、向明、陳正雄、羅智成。（翻攝自《藍星詩刊》第1號）

1982年4月6日，藍星詩社同人歡送詩人方莘夫婦移民美國，聚餐後合影於羅門燈屋。後排右起：羅門、蓉子、敻虹、方莘夫人、周夢蝶、向明、方莘；前排三人為方莘夫婦女兒。（翻攝自《藍星詩刊》第1號）

1983年，與家人合影於中和華新街住處。右起：敻虹、小弟胡朝景、父親胡清水、三妹胡淑瑛。（文訊文藝資料中心）

1983年夏，詩人王潤華、淡瑩夫婦於清華大學客座期滿將返新加坡，與藍星詩社同人於臺灣師範大學校內餐廳聚餐。前排左起：余光中、王潤華、淡瑩、范我存、蓉子；後排左起：周夢蝶、敻虹、張健、吳宏一、王憲陽、沉思、向明、羅門。（翻攝自《星空無限藍——藍星詩選》，九歌出版社）

1984年，攝於臺東知本山上自家前院。（文訊文藝資料中心）

1986年6月14日，藍星詩社於耕莘文教院舉辦「《星空無限藍——藍星詩選》出版酒會」，同人於展出作品前合影。右起：向明、周夢蝶、商略、曹介直、張健、敻虹、蔡文甫、蓉子、余光中、楊英風、羅門。（翻攝自《藍星詩刊》第9號）

1988年春，詩人鄭林於春節返臺探親，與老友合影。前排左起：鄭林、敻虹、張彌彌、張橋橋；後排左起：楚戈、向明。（翻攝自《藍星詩刊》第15號）

1988年4月4日，出席《聯合報·副刊》、《聯合文學》舉辦的「當代女詩人座談會」，會中留影。（翻攝自《聯合文學》第44期）

1992年2月，全家與印順法師合影於臺中華雨精舍。右起：敻虹、陳南好、陳南圭、陳迺臣。前坐者為印順法師。（敻虹提供）

1993年夏，獲博士學位與家人合影於東海大學。左起：敻虹、婆婆陳李樫櫻、陳迺臣。（敻虹提供）

2000年5月18日，攝於比利時。（夐虹提供）

2002年12月25日，於美國洛杉磯和家人共度聖誕節。左起：兒媳周映慧、夐虹、陳適臣、陳南圭。（夐虹提供）

2003年9月，與星雲法師合影於高雄佛光山。左起：夐虹、陳南妤、星雲法師、慈惠法師、陳適臣。（夐虹提供）

2004年8月25日，參觀西班牙詩人羅卡位於格拉納達的故居。（夐虹提供）

2005年5月28日，與文友合影於臺中沙鹿。左起：汪其楣、夐虹、陳適臣。（夐虹提供）

2005年11月25日，家人相聚合影於臺東。左排前起：陳南妤、夐虹、大弟胡家愷；右排前起：三妹婿曹錫石、三妹胡淑瑛、二妹胡秋森、大弟妹莊麗芬、侄女胡瓊仁。（文訊文藝資料中心）

2007年2月21日，與諸位法師合影於高雄佛光山。右起：滿濟法師、夐虹、陳逎臣、永懿法師、永應法師。（夐虹提供）

2008年12月15日，應洪淑苓邀請，以「我已經走向你了」為題，至臺灣大學「現代女詩人作品選讀」通識課程演講。（文訊文藝資料中心）

2008年12月26日，詩人李進文與文訊雜誌社編輯於夐虹新莊住家採訪夐虹。右起：李進文、夐虹、陳逎臣、蔡昀臻。（文訊文藝資料中心）

2008年，與家人及瘂弦家人合影於政治大學校園內餐廳。右排前起：陳迺臣、敻虹、瘂弦次女王景縈；左排前起：瘂弦、陳南妤、瘂弦長女王景苹。（文訊文藝資料中心）

2013年，與家人合影於桃園住家。右起：敻虹、陳迺臣、孫子陳諦、陳南圭、兒媳周映慧。（敻虹提供）

2014年5月31日，出席佛光文化舉辦「詩的午後——《敻虹詩精選集‧抒情詩》及《敻虹詩精選集‧宗教詩》新書分享會」，於金石堂汀州店與引言人張香華對談。右起：滿濟法師、敻虹、張香華。（敻虹提供）

2016年，與陳迺臣（右）合影於臺南玉井白色教堂。（敻虹提供）

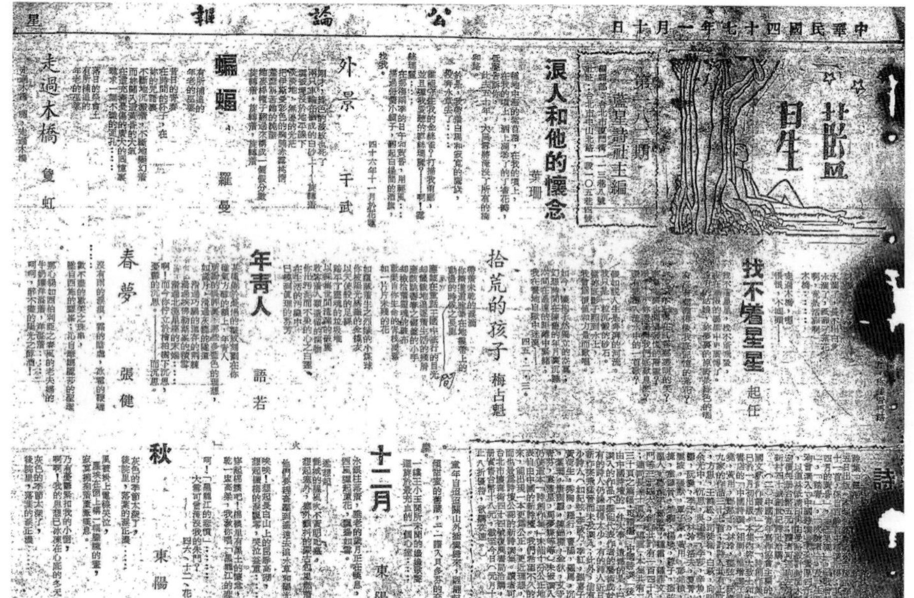

公論報

中華民國四十七年一月十日

藍星

第一八二期

藍星詩社主編

浪人和他的懷念

找不着星星 起任

拾荒的孩子 梅占魁

外景 千武

蝙蝠 羅曼

年青人 語若

春夢 張健

十二月 東陽

秋 東陽

走過木橋 夐虹

1958年1月10日，詩作〈走過木橋〉發表於《公論報．藍星週刊》第182期，為夐虹開始投稿「藍星」相關刊物的早期之作。（文訊文藝資料中心）

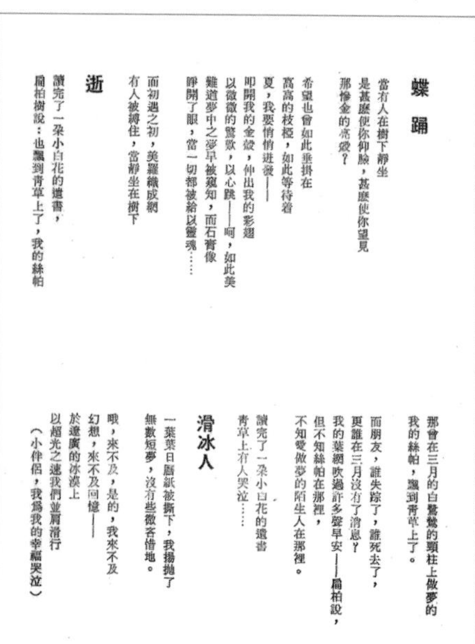

蝶蹁

當有人在樹下靜坐
是甚麼使你仰臉，甚麼使你望見
那慘金的亮燄？

希望也曾如此垂掛在
高高的枝椏，如此等待着
夏，我要悄悄迸發——
叩開我的金殼，伸出我的彩翅
以微微的驚歎，以心跳——呵，如此美
難道夢中之夢早被窺知，而石膏像
睜開了眼，當一切都被給以靈魂……

而初遇之初，美羅織成網
有人被縛住，當靜坐在樹下

逝

讀完了一朵小白花的遺書，
扁柏樹說：也飄到青草上了，我的絲帕
那曾在三月的白鷺鷥的頸柱上做夢的
我的絲帕，飄到青草上了。

而朋友，誰失踪了，誰死去了，
更誰在三月沒有了消息？
我的葉網吹過許多聲早安——扁柏說，
但不知絲帕在那裡，
不知愛做夢的陌生人在那裡。

讀完了一朵小白花的遺書
青草上有人哭泣……

滑冰人

一葉葉日曆紙被撕下，我揚拋了
無數短夢，沒有些微吝惜地。

哦，來不及，是的，我來不及
幻想，來不及回憶——
於遼廣的冰漠上
以超光之速我們並肩滑行
（小伴侶，我爲我的幸福哭泣）

1961年1月，詩作入選張默、瘂弦主編《六十年代詩選》，選錄詩作內頁及肖像畫。（文訊文藝資料中心）

1962年，於師範大學藝術學系就讀期間所作油彩畫〈人物〉、油彩畫〈綺年〉。（臺灣師範大學美術學系提供）

1962年，於師範大學藝術學系就讀期間所作彩墨畫〈山重水疊〉。（臺灣師範大學美術學系提供）

1971至1973年間，為陳冷女士主編的《臺灣時報．副刊》所繪插圖。（夐虹提供）

生

敻虹

黃黃的一畦菜花
在紗簾外面搖動
陽光

騎單車的小孩
一點也未覺生的可喜
除非重重的
病後

六十四年十二月 永和

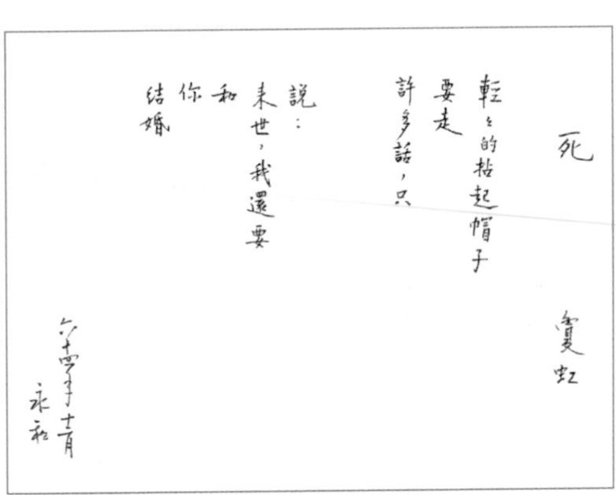
死

敻虹

輕輕的拈起帽子
要走
許多話，只
說：
來世，我還要
和
你
結婚

六十四年十二月 永和

1975年12月，敻虹詩作〈生〉、〈死〉、〈淚〉、〈夢〉手稿。（敻虹提供）

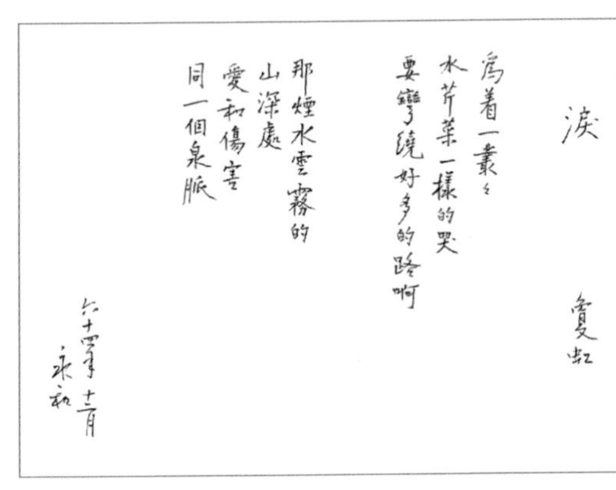
淚

敻虹

為着一叢叢
水芹菜一樣的哭
要纏繞好多的路啊

那煙水雲霧的
山深處
愛和傷害
同一個泉脈

六十四年十二月 永和

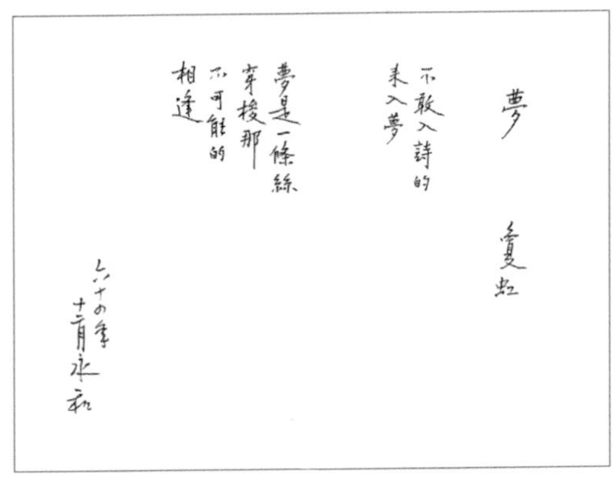
夢

敻虹

不敢入詩的
未入夢

夢是一條絲
穿梭那
不可能的
相逢

六十四年十二月永和

1976年，夐虹繪長子陳南圭的油彩畫像。（夐虹提供）

1976年，夐虹繪長女陳南好的油彩畫像。（夐虹提供）

1989年，夐虹繪丈夫陳適臣的油彩畫像。（夐虹提供）

往昔所造諸惡業
皆由無始貪嗔癡
從身語意之所生
一切我今皆懺悔
梅子

2009年1月1日，夐虹手書新年書法〈懺悔偈〉。（夐虹提供）

輯二◎生平及作品

小傳◎作品◎年表

小傳

敻虹（1940～）

敻虹，女，本名胡梅子，另有筆名胡筠，法名弘慈，籍貫臺灣臺東，1940 年 12 月 1 日生。

臺灣師範大學藝術系（今臺灣師範大學美術系）畢業，中國文化大學印度文化研究所碩士，東海大學哲學研究所博士。1957 年起持續投稿藍星詩社發行的刊物，成為藍星詩社成員，曾任臺東女子高級中學、臺南新豐高級中學教師，後任萬全傳播公司設計部主任，從事室內設計及插圖工作，1974 年應邀赴美國愛荷華大學國際寫作計畫訪問與研究五個月，後任教於臺北師範專科學校附屬國小（今臺北教育大學附設實驗國民小學）、東海大學、美國西來大學、中臺科技大學，現已退休。曾獲中山文藝創作獎新詩獎。

敻虹的創作文類以詩為主。其詩擅長以抒情的筆調，捕捉內心各式情感的樣態與外在的人間現實，並出入於佛文經理，將宗教哲思轉化為優美的語言。15 歲即開始大量創作的敻虹，首本詩集《金蛹》即有〈詩末〉、〈水紋〉、〈我已經走向你了〉等數首作品廣為流傳，早年詩作多從自我內在世界出發，擅長鍛造精緻的意象，來凝練情愛經驗中各種幽微的情緒。其文字精美，語言婉約，風格內斂，展現了敏銳的靈思與早熟的才華，以年齡與詩齡最年輕之姿，選入《六十年代詩選》，獲瘂弦和余光中譽為「繆思最鍾愛的女兒」。

1968 年結婚後，敻虹的創作觸角由內在伸及外在，詩作題材轉而關注現實與鄉土，在愛情之外也多了親情的描寫，如《敻虹詩集》中的〈臺東大橋〉、〈東部〉、〈白色的歌〉、〈媽媽〉諸作，在寫作風格上亦褪去了華美的雕琢，轉入文字淺白、語言自然的樸實風格。敻虹另創作有童詩，其童詩展現了對自然的熱愛與對臺灣鄉土的關懷，由自身的鄉土經驗出發，藉由童詩傳達與自然和諧共處的思考，並啟發兒童對鄉土的認識。

敻虹在中年後沉潛於佛法，並逐漸嶄露向佛的宗教信仰，以現代詩的創作形式與寫作技巧闡釋佛教經典與佛偈義理，以詩闡揚佛教的思想，開拓其詩作的哲學深度。因家庭環境影響，自幼即受到佛學薰染的敻虹，自言其現代詩與佛教現代詩的創作「不是前後分明的兩個段落，而是重疊、並行的創作領域。」其早年的詩作雖寫情愛，卻也透露出一種對神的嚮往以及對昇華的追求，余光中觀察其作品即言：「早在少作〈昇〉裡，她就已對釋迦明確讚禮。其實像〈不題〉一類的詩，都是莊嚴虔敬氣象動人的作品，其中歌頌的神雖未指明是誰，但那種宗教的情操總是感人的。《金蛹》裡所追求的，正是近乎宗教的愛，完美而赤忱。」

綜觀敻虹的創作軌跡，由抒情詩過渡到佛理詩，猶如累於人間苦楚與情感糾葛，而尋求解縛、超脫的過程。敻虹將信仰與詩觀結合，甚而融入生活與日常，從追求物相的美轉為尋求哲思的美，將普遍的感官經驗昇華成形上的生命體悟，超然於表象而追求永恆。洪淑苓稱：「敻虹可說早以此身為道場，愛情為煉獄，進行一場艱難的修行。這對生命的虔誠獻身，正是其作品動人至深的原因。」

作品目錄及提要

【詩】

純文學月刊社 1968

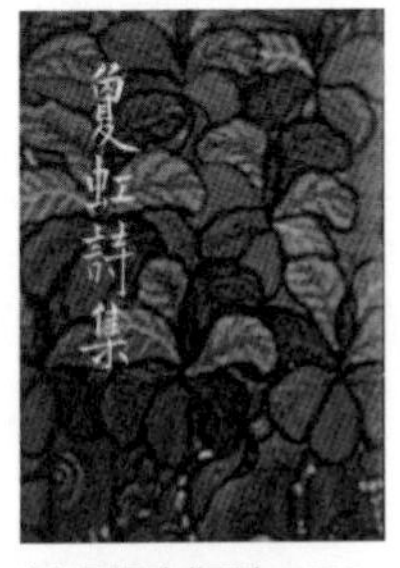

新理想出版社 1976

大地出版社 1979

金蛹

臺北：純文學月刊社
1968 年 7 月，32 開，134 頁
藍星叢書之一

臺北：新理想出版社
1976 年 1 月，32 開，175 頁

臺北：大地出版社
1979 年 5 月，32 開，175 頁
萬卷文庫 65

本書為作者的第一本詩集，集結 1957～1967 年間的詩作。全書分「珊瑚光束」、「白鳥是初」、「水紋」、「若夢」四輯，收錄〈等雨季過了〉、〈如果用火想〉、〈蝶舞息時〉、〈憶你在雨季〉、〈隕星〉等 62 首。
1976 年新理想版：更名為《夐虹詩集》。第四輯「若夢」更名為「草葉」，新增〈水殘〉，刪去〈浪女〉、〈蒼白的殘〉；新增「白色的歌（民國 60 年至 64 年作品）」部分，收錄〈未定題〉、〈那孤挺花〉、〈歌致葉綠哀〉等 15 首。
1979 年大地版：內容與 1976 年新理想版同。

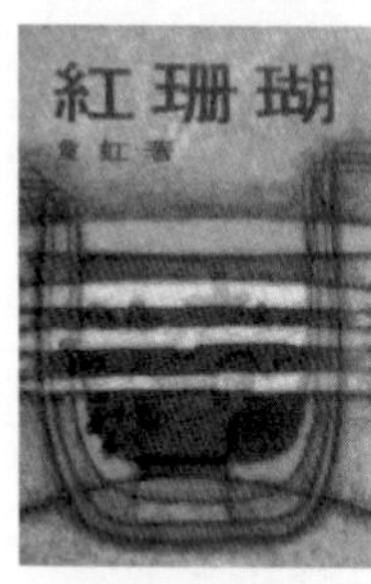

紅珊瑚

臺北：大地出版社
1983 年 8 月，32 開，158 頁
萬卷文庫 120

全書分「寫給母親」、「童詩」、「念亡詩」、「又歌東部」、「紅珊瑚」、「讚詩」六輯，收錄〈有詩給媽媽〉、〈寫給母親〉、〈思母一二〉、〈花〉、〈雲〉等 51 首。正文前有余光中〈穿過一叢紅珊瑚——我看敻虹的詩〉。

大地出版社 1991

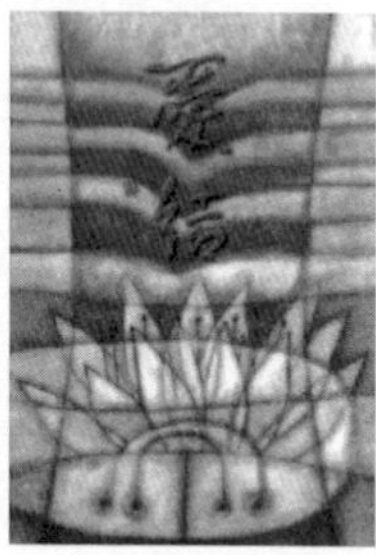

大地出版社 2000

愛結

臺北：大地出版社
1991 年 1 月，32 開，147 頁
萬卷文庫 200

臺北：大地出版社
2000 年 12 月，25 開，156 頁
大地文學 8

全書分「苦詩」、「童詩」、「讚詩」三輯，收錄〈問病〉、〈問愛〉、〈問水〉、〈白髮的原因〉、〈如水的心意〉等 62 首。正文前有瘂弦〈河的兩岸——敻虹詩小記〉，正文後有敻虹〈《愛結》跋〉。

2000 年大地版：內容與 1991 年大地版同。

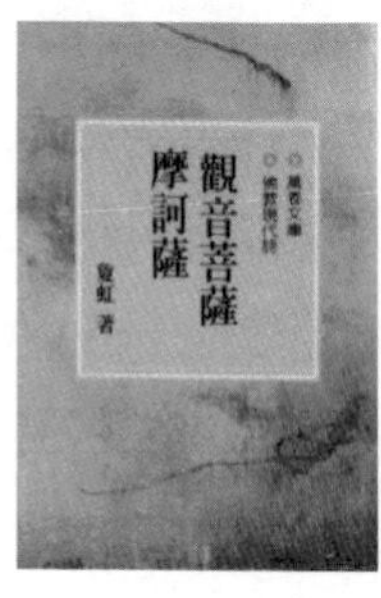

觀音菩薩摩訶薩

臺北：大地出版社
1997 年 10 月，32 開，221 頁
萬卷文庫 224

本書為佛教現代詩詩集。全書收錄詩作〈觀音菩薩摩訶薩〉、〈頌歌——敬呈　上印下順導師〉、〈菩薩頌〉等 16 首，〈諸佛護念的大乘經典：《法華經》〉附錄〈欣賞《法華經》「普門品」詩謁之美〉。正文前有敻虹〈向傳誦之口　向記憶之心——以信代序〉，正文後附錄〈楊枝淨水讚〉、〈古德所譯漢音「大悲心陀羅尼」〉、〈近梵音之「大悲心陀羅尼」的國語注音〉、〈「大悲心陀羅尼」的英音及原（梵）文的句讀〉、滿光法師．潘煊〈當法音流入詩的礦層——訪女詩人敻虹〉、敻虹〈一一感謝〉。

向寧靜的心河出航

臺北：佛光文化公司
1999 年 8 月，新 25 開，156 頁
佛光藝文叢書 8302

本書為《般若波羅蜜多心經》的新詩化詩集。正文前有向明〈默念心經‧佑我一生〉、釋法海〈心無罣礙〉、陳南妤〈童年心經〉、胡梅子〈甘露以同味〉。

敻虹集

臺南：國立臺灣文學館
2009 年 7 月，25 開，146 頁
臺灣詩人選集 29
莫渝編

本書為作者的詩作精選集。全書收錄〈如果用火想〉、〈蝶舞息時〉、〈隕星〉、〈想起翠鳥〉、〈小葉簡〉等 56 首。正文前有黃碧端〈主委序〉、鄭邦鎮〈騷動，轉成運動〉、彭瑞金〈「臺灣詩人選集」編序〉、〈臺灣詩人選集編輯體例說明〉、作者影像、作者小傳，正文後有莫渝〈解說〉、〈敻虹寫作生平簡表〉、〈閱讀進階指引〉、〈敻虹已出版詩集要目〉。

敻虹詩精選集‧抒情詩

臺北：佛光文化公司
2014 年 6 月，25 開，209 頁
佛光藝文叢書 8305

本書為作者的抒情詩精選集。全書分「青年的詩」、「中年的詩」、「老年的詩」三輯，收錄〈蝶蛹〉、〈想起翠鳥〉、〈白鳥是初〉、〈我已經走向你了〉、〈海誓〉等 101 首。正文前有照片集。

敻虹詩精選集・宗教詩
臺北：佛光文化公司
2014 年 6 月，25 開，230 頁
佛光藝文叢書 8306

本書為作者的宗教詩精選集。全書分「以新詩讚〈爐香讚〉」、「〈楊枝淨水讚〉的頌詩」、「無等等梵唄——般若波羅蜜多心經」、「禮敬唯一佛乘的《妙法蓮華經》」、「禮敬〈觀世音菩薩普門品〉偈句」、「禮敬陀羅尼總持真言」、「名相之詩」、「鳩摩羅什頌」、「光明的佛牙舍利」、「快行慢行向渡口」十輯，收錄〈爐香〉、〈乍爇〉、〈法界〉、〈蒙薰〉、〈諸佛〉等 92 首。正文前有滿濟法師〈心之初〉、永應法師〈以詩為序〉、滿光法師〈化字為詩——化詩為真善美〉、潘煊〈謬斯女兒佛弟子〉，正文後有敻虹〈跋——誓願世世入「陀羅尼門」〉。

【兒童文學】

稻草人
臺北：三民書局
1997 年 4 月，21.5×24 公分，57 頁
兒童文學叢書・小詩人系列
拉拉繪

本書為童詩繪本。全書收錄〈互炫〉、〈路〉、〈窗框框〉等 20 首。正文前有〈詩心・童心——出版的話〉、敻虹〈作者的話〉，正文後有敻虹〈寫詩的人〉、拉拉〈畫畫的人〉。

文學年表

1940年 （昭和15年）	12月	1日，生於臺東，本名胡梅子。父親胡清水，母親鄭香蘭，為家中長女。
1952年	6月	畢業於臺東縣仁愛國民小學。
1953年	9月	就讀臺東女子高級中學初中部。
	本年	為過世的同班同學寫下第一首詩作，焚祭，未留底稿。
1955年	9月	就讀臺東女子高級中學。
	本年	開始大量寫詩，立志當一輩子的詩人。
1956年	4月	15日，詩作〈離人〉首次以筆名「夐虹」發表於《臺東新報・副刊》3版。
		19日，詩作〈老松的話〉發表於《臺東新報・副刊》3版。
		20日，詩作〈我和你〉發表於《臺東新報・副刊》3版。
		22日，詩作〈喚〉發表於《臺東新報・副刊》3版。
		27日，詩作〈淡薄〉發表於《臺東新報・副刊》3版。
	5月	14日，詩作〈小故事〉發表於《臺東新報・副刊》3版。
1957年	秋	高二下開始投稿《東臺日報・海鷗詩刊》、《公論報・藍星週刊》，屢獲余光中來函鼓勵。
	12月	31日，詩作〈金色洋中〉發表於《公論報・藍星週刊》第180期。
1958年	1月	10日，詩作〈走過木橋〉發表於《公論報・藍星週刊》第182期。

17 日，詩作〈再白〉發表於《公論報・藍星週刊》第 183 期。

31 日，詩作〈夢〉發表於《公論報・藍星週刊》第 185 期。

2 月 7 日，詩作〈船沉後〉發表於《公論報・藍星週刊》第 186 期。

14 日，詩作〈昨夜遇見你〉發表於《公論報・藍星週刊》第 187 期。

28 日，詩作〈小綿羊〉發表於《公論報・藍星週刊》第 188 期。

3 月 6 日，以「二章」為題，詩作〈狂歌〉、〈燈蛾〉發表於《公論報・藍星週刊》第 189 期。

14 日，詩作〈斷橋在霧中（題畫）〉發表於《公論報・藍星週刊》第 190 期。

4 月 4 日，詩作〈贈靈感〉發表於《公論報・藍星週刊》第 193 期。

11 日，詩作〈戔箋〉、〈船沉後〉發表於《公論報・藍星週刊》第 194 期。

25 日，詩作〈死〉發表於《公論報・藍星週刊》第 196 期。

5 月 23 日，詩作〈隕星〉發表於《公論報・藍星週刊》第 199 期。

以「詩兩首」為題，詩作〈當你畫我〉、〈黑色之聯想〉發表於《文學雜誌》第 6 卷第 3 期。

6 月 20 日，詩作〈憶你在雨季〉發表於《公論報・藍星週刊》第 203 期。

以「二葉」為題，詩作〈逝〉、〈想起翠鳥〉發表於《文學雜誌》第 4 卷第 4 期。

7 月 6 日，詩作〈弔溫溫〉發表於《公論報・藍星週刊》第 204

期。

18 日，詩作〈游絲〉發表於《公論報・日月潭刊》第 2395 期。

8 月 15 日，詩作〈風暴〉發表於《公論報・藍星週刊》第 209 期。

以「詩兩首」為題，詩作〈蝶蛹〉、〈藍光束〉發表於《文星》第 10 期。

9 月 就讀臺灣省立師範大學藝術學系（今臺灣師範大學美術學系）。

10 月 詩作〈白鳥是初〉發表於《文學雜誌》第 7 卷第 2 期。

詩作〈尋〉發表於《文星》第 12 期。

11 月 13 日，詩作〈詠歎九行〉發表於《聯合報・副刊》7 版。

以「詩二首」為題，詩作〈致〉、〈莫〉發表於《文學雜誌》第 7 卷第 3 期。

12 月 詩作〈我已經走向你了〉發表於《文學雜誌》第 7 卷第 4 期。

詩作〈小葉簡〉發表於《文星》第 14 期。

詩作〈等雨季過了〉發表於《現代詩》第 22 期。

本年 結識藍星詩社、現代詩社、創世紀詩社、笠詩社、草根詩社、秋水詩刊同人。

1959 年 1 月 10 日，詩作〈滑冰人〉發表於《藍星詩頁》第 2 期。

2 月 4 日，詩作〈夢你歸來〉發表於《聯合報・副刊》7 版。

27 日，詩作〈虔心人〉發表於香港《中國學生周報》第 345 期。

3 月 10 日，詩作〈懷鄉人〉發表於《藍星詩頁》第 4 期。

以「近作二章」為題，詩作〈藍珠〉、〈止舞人〉發表於《文星》第 17 期。

4 月 10 日，詩作〈如果用火想〉發表於《藍星詩頁》第 5 期。

		詩作〈索影人〉發表於《創世紀》第 11 期。
	5 月	以「詩兩首」為題，詩作〈當你畫我〉、〈黑色之聯想〉發表於《文學雜誌》第 6 卷第 3 期。
	8 月	10 日，詩作〈昇〉發表於《藍星詩頁》第 9 期。
	9 月	詩作〈藍網之外〉發表於《文星》第 23 期。
1960 年	3 月	10 日，詩作〈贈舒〉發表於《藍星詩頁》第 16 期。
	5 月	詩作〈未及〉發表於《創世紀》第 15 期。
	6 月	10 日，詩作〈獵人的腰帶〉發表於《藍星詩頁》第 19 期。
	9 月	詩作〈林木止處〉發表於《現代文學》第 4 期。
	10 月	10 日，詩作〈你有所夢〉發表於《藍星詩頁》第 23 期。
	12 月	詩作〈則你是風景〉發表於《筆匯》第 55 期。
1961 年	1 月	〈蝶蛹〉等八首詩選入張默、瘂弦主編《六十年代詩選》，由高雄大業書店出版。
	5 月	10 日，詩作〈瞬間的跌落〉發表於《藍星詩頁》第 30 期。 詩作〈雨祭〉發表於《筆匯》第 57 期。
	6 月	詩作〈藍色的圓心〉發表於《藍星季刊》第 1 期。
	8 月	10 日，以筆名胡筠發表詩作〈髮上〉於《藍星詩頁》第 33 期。
	11 月	10 日，以筆名胡筠發表詩作〈彼之額〉於《藍星詩頁》第 36 期。
	12 月	10 日，以筆名胡筠發表詩作〈得自你復贈你〉於《藍星詩頁》第 37 期。
	本年	詩作入選殷張蘭熙主編的 *New Voices*。
1962 年	6 月	畢業於臺灣省立師範大學藝術學系。
	9 月	擔任臺東女子高級中學教師。
	10 月	10 日，詩作〈蝶舞息時〉發表於《藍星詩頁》第 46 期。
1963 年	1 月	10 日，以筆名胡筠發表詩作〈白色之境〉於《藍星詩頁》第

		50期。
	5月	10日，以筆名胡筠發表詩作〈水聲〉於《藍星詩頁》第50期。
1964年	11月	詩作〈迷夢〉發表於《文星》第85期。
	本年	擔任臺南新豐高級中學教師。
1965年	6月	10日，詩作〈時光那冰冷的顏面〉發表於《藍星詩頁》第63期。
	本年	擔任臺北萬全傳播公司設計部主任。
1966年	5月	詩作〈棄題〉發表於《現代文學》第28期。
1967年	9月	詩作〈草葉〉發表於《幼獅文藝》第165期。
	12月	詩作〈蒼白的牋〉發表於《幼獅文藝》第168期。
1968年	1月	12日，詩作〈冥想〉發表於香港《中國學生周報》第808期。
	5月	詩作〈詩宋〉發表於《大學雜誌》第5期。
	7月	第一本詩集《金蛹》由臺北純文學月刊社出版。
	11月	詩作〈屋外與水牋〉發表於《文學季刊》第7、8期合刊。
	12月	25日，與陳迺臣結婚。
1970年	11月	詩作收錄於葉維廉編譯《中國現代詩選》（*Modern Chinese Poetry*），由美國愛荷華大學出版。
	本年	長子陳南圭出生。
1971年	11月	詩作〈未定題〉發表於《純文學》第59期。
1972年	4月	詩作〈那孤挺花〉發表於《幼獅文藝》第220期。
1973年	9月	詩作〈東部〉發表於《幼獅文藝》第237期。
	本年	長女陳南妤出生。
1974年	6月	詩作〈閉關〉發表於《中外文學》第3卷第1期。
	8月	詩作〈大吊橋〉發表於《幼獅文藝》第248期。
	秋	應邀赴美國愛荷華大學「國際寫作計畫」訪問與研究五個月。

	12月	詩作〈下午〉發表於《幼獅文藝》第252期。
		詩作〈晨間〉發表於《藍星季刊》復刊新1號。
1975年	9月	詩作〈夜晚〉發表於《藍星季刊》復刊新4號。
	11月	以「短詩四題」為題，詩作〈生〉、〈死〉、〈淚〉、〈夢〉發表於《幼獅文藝》第263期。
	冬	以Two Poems by Hsiung Hung為題，詩作"Many Colored Dreams"（彩色的圓夢）、"Ripples"（水紋）由殷張蘭熙翻譯，發表於*The Chinese PEN*第14期。
1976年	1月	詩集《敻虹詩集》由臺北新理想出版社出版。
	3月	17日，詩作〈哀南忘〉發表於《聯合報・副刊》12版。
	6月	10日，張健、羅門主編《星空無限藍——藍星詩選》，由九歌出版社出版，選入〈我已經走向你了〉、〈水紋〉、〈臺東大橋〉等八首詩。
		14日，出席位於臺北耕莘文教院的「《星空無限藍——藍星詩選》出版酒會」。
		以「戲詩兩首」為題，詩作〈丈夫〉、〈妻子〉發表於《藍星季刊》新6號。
	7月	〈敻虹詩話〉發表於《幼獅文藝》第271期。
	9月	2日，詩作〈卑南溪〉發表於《中國時報》12版。
	10月	以「童詩一列」為題，詩作〈花〉、〈雲〉、〈橘子樹〉、〈請〉、〈風〉發表於《幼獅文藝》第274期。
	12月	9日，詩作〈鏡緣詩〉發表於《聯合報・副刊》12版。
		28日，詩作〈又歌東部——五十年前的勞苦到第三代才漸漸忘記〉發表於《聯合報・副刊》12版。
1977年	4月	3日，詩作〈那經聲〉發表於《聯合報・副刊》12版。
		詩作〈撿些句子〉發表於《秋水詩刊》第14期。
	6月	28日，詩作〈依稀雨中〉發表於《聯合報・副刊》12版。

	7月	〈青果〉發表於《藍星季刊》新7號。 詩作〈你十分能〉發表於《秋水詩刊》第15期。
1978年	1月	28日，短篇小說〈浮塵〉發表於《聯合報・副刊》12版。 〈雨奔〉發表於《藍星季刊》新9號。 與向明合編《藍星季刊》新9號～新10號。
	4月	16日，詩作〈念亡詩〉發表於《中國時報》12版。
	夏	母親鄭香蘭過世。
	8月	10日，詩作〈有詩給媽媽〉發表於《聯合報・副刊》12版。
	9月	擔任臺北師範專科學校附屬國小（今臺北教育大學附設實驗國民小學）教師。
	10月	16日，詩作〈寫給母親——時報文學季詩畫箋之十三〉發表於《中國時報》12版。
	11月	19日，詩作〈秋箋〉發表於《聯合報・副刊》12版。
1979年	5月	詩集《敻虹詩集》由臺北大地出版社出版。
	9月	11日，詩作〈鄉愁〉發表於《聯合報・副刊》8版。
	11月	22日，詩作〈記得〉發表於《聯合報・副刊》8版。
1980年	4月	詩作〈如雨痕流下〉發表於《藍星詩刊》新11號。
	7月	16日，詩作〈感觸〉發表於《聯合報・副刊》8版。
	9月	14日，詩作〈思母一二〉發表於《聯合報・副刊》8版。
	10月	20日，詩作〈絕然〉發表於《聯合報・副刊》8版。
1981年	1月	詩作〈限度〉發表於《藍星詩刊》新12號。
	5月	14日，以「小品二題」為題，詩作〈煙雨〉、〈河灣〉發表於《聯合報・副刊》8版。
	6月	6日，〈歷史的鴻爪〉發表於《中國時報》8版。
	9月	30日，詩作〈翡翠鰈〉發表於《聯合報・副刊》8版。
	12月	12日，詩作〈兒童遊樂場——題于兆漪畫〉發表於《聯合報・副刊》8版。

	冬	以 Two Poems by Hsiung Hung 為題，詩作“Remembering”（記得）、“White Song”（白色的歌）由殷張蘭熙翻譯，發表於 *The Chinese PEN* 第 38 期。
1982 年	3 月	8 日，詩作〈形體之答案〉發表於《聯合報・副刊》8 版。
		詩作〈卑南溪〉、〈記得〉、〈絕然〉選入張默編《剪成碧玉葉層層：現代女詩人選集》，由臺北爾雅出版社出版。
	5 月	31 日，詩作〈讚詩——十三帖後六帖〉發表於《聯合報・副刊》8 版。
	8 月	27 日，詩作〈紫玉珮〉發表於《聯合報・副刊》8 版。
	10 月	10 日，詩作〈筆記〉發表於《藍星詩頁》第 64 期。
		14 日，詩作〈忍卻〉發表於《聯合報・副刊》8 版。
	12 月	6 日，詩作〈思啊思想起〉發表於《中央日報・晨鐘》10 版。
		9 日，詩作〈小魚〉發表於《中國時報》12 版。
1983 年	1 月	〈一端〉發表於《藍星詩刊》新 15 號。
	8 月	詩集《紅珊瑚》由臺北大地出版社出版。
	10 月	3 日，以「詩二題」為題，詩作〈愛情〉、〈煩惱〉發表於《中央日報・晨鐘》10 版。
1984 年	2 月	詩作〈雨・蟬〉發表於《幼獅少年》第 88 期。
	5 月	15 日，詩作〈護生詩〉發表於《聯合報・副刊》8 版。
1985 年	1 月	22 日，詩作〈窗前〉發表於《聯合報・副刊》8 版。
		詩作〈黑嘴鳥〉發表於《藍星詩刊》第 2 期。
	2 月	26 日，詩作〈鑪香縈夢〉發表於《中國時報・人間副刊》8 版。
	4 月	4 日，詩作〈童詩一束——為孩子們的節目而歌〉發表於《聯合報・副刊》8 版。
	5 月	7 日，以「童詩三首」為題，詩作〈彈珠〉、〈月光〉、〈蝴蝶〉發表於《聯合報・副刊》8 版。

		考取中國文化大學印度文化研究所碩士班。
	6月	〈海邊〉發表於《幼獅少年》第104期。
	8月	16日，詩作〈黑嘴鳥〉發表於《聯合報・副刊》8版。
	9月	20日，詩作〈螢火蟲〉發表於《中央日報・副刊》11版。
	10月	詩作〈我是樹〉發表於《婦友月刊》第373期。
		以「童詩一束」為題，詩作〈香蕉百福〉、〈別針〉、〈哥哥〉發表於《幼獅文藝》第382期。
	11月	18日，詩作〈天水之涯——贈詩人藍菱〉發表於《聯合報・副刊》8版。
1986年	4月	3日，以「童詩一束」為題，詩作〈太陽〉、〈北極的地圖〉發表於《聯合報・副刊》8版。
		4日，詩作〈蟬聲〉發表於《聯合報・副刊》8版。
		5日，詩作〈鄉愁〉發表於《聯合報・副刊》8版。
	7月	詩作〈言說〉發表於《藍星詩刊》第8期。
	10月	28日，詩作〈指令消失〉發表於《聯合報・副刊》8版。
	12月	21日，詩作〈驚見衛星雷達站〉發表於《聯合報・副刊》8版。
1987年	2月	〈決審意見——詩的平原，只有詩人獨立〉發表於《臺港文學選刊》第1期。
		〈散文藝術〉發表於《幼獅文藝》第398期。
	5月	以論文〈佛教般若思想與兒童美育〉獲中國文化大學印度文化研究所碩士。
	10月	12日，〈變奏迭起的短詩〉發表於《中國時報・人間副刊》8版。
	本年	詩集《紅珊瑚》獲中山文藝創作獎新詩獎。
1988年	1月	詩作〈意外〉發表於《藍星詩刊》第14期。
	2月	6日，詩作〈愛的邏輯〉發表於《聯合報・副刊》23版。

		28～29 日，詩作〈楊枝——淨水讚〉連載於《聯合報・副刊》23 版。
	4 月	4 日，出席《聯合報・副刊》、《聯合文學》舉辦的「當代女詩人座談會」，與會者有：瘂弦、沈花末、席慕蓉、張香華、陳斐雯、曾淑美、羅英。
		詩作〈當別鄭林〉發表於《藍星詩刊》第 15 期。
	6 月	5 日，詩作〈問病〉發表於《聯合報・副刊》21 版。
	8 月	應邀至臺北普門寺主講「般若思想」一個月。
	10 月	2 日，詩作〈問愛〉發表於《聯合報・副刊》21 版。
	本年	考取東海大學哲學研究所博士班。
1989 年	5 月	24 日，詩作〈天安門〉發表於《聯合報・副刊》27 版。
		31 日，詩作〈禮敬〉發表於《聯合報・副刊》27 版。
	秋	詩作"Tienanmen"（天安門）由殷張蘭熙翻譯，發表於 *The Chinese PEN* 第 69 期。
	8 月	12 日，〈紋路〉發表於《聯合報・副刊》27 版。
		16 日，〈結晶〉發表於《聯合報・副刊》27 版。
	9 月	5 日，〈捨離〉發表於《聯合報・副刊》27 版。
		16 日，〈天界一二〉發表於《聯合報・副刊》27 版。
	11 月	14 日，詩作〈水想〉發表於《中國時報・人間副刊》27 版。
	12 月	6 日，詩作〈八苦詩之一〉發表於《聯合報・副刊》29 版。
	本年	擔任東海大學人文學科兼任講師。
1990 年	3 月	23 日，詩作〈你已平安回家〉發表於《中國時報・人間副刊》27 版。
	4 月	詩作〈天安門〉發表於香港《九分壹》7、8 期合刊。
	6 月	28 日，〈先談「不住」〉發表於《聯合報・副刊》29 版。
	12 月	〈學佛人〉發表於《普門》第 135 期。
1991 年	1 月	詩集《愛結》由臺北大地出版社出版。

	7月	4 日，以「詩二首」為題，詩作〈寫給母親〉、〈菩薩和母親〉發表於《聯合報・副刊》27 版。
		6 日，〈問我愛憎〉發表於《聯合報・副刊》25 版。
	8月	3 日，〈許多名字〉發表於《聯合報・副刊》27 版。
		8 日，詩作〈風景對話〉發表於《中國時報・人間副刊》31 版。
	9月	22 日，以「石光系列」為題，詩作〈紅寶石〉、〈鑽石〉、〈土耳其石〉、〈玫瑰石〉發表於《聯合報・副刊》25 版。
	12月	9 日，詩作〈不向昨日算帳〉發表於《聯合報・副刊》25 版。
1992年	10月	30 日，詩作〈觀世音——法華經普門品詩偈改寫〉發表於《中國時報・人間副刊》43 版。
	本年	擔任東海大學人文學科兼任副教授。
1993年	3月	26 日，詩作〈鳩摩羅什頌〉發表於《中國時報・人間副刊》33 版。
	5月	以論文〈鳩摩羅什與大乘般若空慧〉獲東海大學哲學研究所博士。
1994年	7月	24 日，以「童情」為題，詩作〈互炫——給威瑾〉、〈路——給遠足的小孩〉、〈窗框框——給住在城市的小孩〉、〈住家——給所有的小孩〉發表於《聯合報・副刊》37 版。
	8月	26 日，詩作〈關情〉發表於《聯合報・副刊》37 版。
	12月	30 日，詩作〈好奇的小麻雀〉發表於《聯合報・副刊》37 版。
1995年	春	以 Poems by Hsiung Hung 為題，詩作“Map of the North Pole”（北極的地圖）、“Collecting”（收集）、“Daydreaming”（幻想）由 John Balcom 翻譯，發表於 *The Chinese PEN* 第 91 期。
	3月	詩作〈農夫的家〉發表於《兒童的雜誌》第 102 期。
	4月	5 日，詩作〈小火車之忙〉發表於《聯合報・副刊》37 版。

		詩作〈南方的歌〉發表於《幼獅文藝》第496期。
	5月	詩作〈說芬芳的話〉發表於《兒童的雜誌》第104期。
	6月	詩作〈螢火光〉發表於《兒童的雜誌》第105期。
	7月	5日，詩作〈阡陌對話〉發表於《聯合報・副刊》37版。
		詩作〈稻草人〉發表於《兒童的雜誌》第106期。
	8月	詩作〈撿到紫石〉發表於《兒童的雜誌》第107期。
1996年	6月	21日，〈失焦與淡出——評審意見〉發表於《中國時報・人間副刊》19版。
	7月	至佛光山持受五戒與菩薩戒，法名弘慈。
	10月	30日，詩作〈頌歌——敬呈　上印下順導師〉發表於《聯合報・副刊》37版。
	12月	1日，詩作〈妙音頌〉發表於《中國時報・人間副刊》19版。
		8日，詩作〈說法二帖〉發表於《聯合報・副刊》37版。
1997年	2月	〈諸佛護念的大乘經典：法華經〉發表於《普門》第209期。
	4月	2日，詩作〈法華頌〉發表於《中國時報・人間副刊》27版。
		兒童文學《稻草人》由臺北三民書局出版。
	5月	30日，詩作〈兩岸之間——敬答一位詩友〉發表於《聯合報・副刊》41版。
	6月	10日，詩作〈菩薩頌〉發表於《中國時報・人間副刊》27版。
	10月	詩集《觀音菩薩摩訶薩》由臺北大地出版社出版。
		詩作〈學僧之詩〉發表於《普門》第217期。
	12月	18日，詩作〈中國是我的來龍〉發表於《中國時報・人間副刊》27版。
1998年	5月	19日，詩作〈無諍的聖言量〉發表於《中國時報・人間副刊》37版。
	8月	詩作〈光明的佛牙舍利〉發表於《普門》第227期。

	10月	詩作〈瞬間之飛與停〉發表於《創世紀》第116期。
	本年	擔任美國西來大學教授及校長助理。
1999年	3月	〈為兒童寫詩〉發表於《臺灣詩學》第26期。
	8月	詩集《向寧靜的心河出航》由臺北佛光文化公司出版。
2000年	6月	詩作〈早安，海〉發表於《普門》第249期。
	12月	詩集《愛結》由臺北大地出版社出版。
2001年	12月	《藍星詩學》第12期製作「敻虹特輯」，刊載敻虹〈向傳誦之口　向記憶之心——以信代自序〉、滿光法師、潘煊〈當法音流入詩的礦層——訪女詩人敻虹〉、洪淑苓〈詩心・佛心・童心（上）〉、林峻楓〈側介女詩人敻虹〉、施養慧紀錄整理〈感性似水理性似佛——談敻虹的詩〉、林韻梅〈卑南溪——敻虹的後山詩意象〉。
	冬	詩作"Life"（生）由Silvia Marijnissen翻譯，發表於*The Chinese PEN*第118期。
	本年	臺東劇團取材敻虹詩作，演出「臺東大橋」故事。
2002年	4月	18日，詩作〈白的〉發表於《中央日報・副刊》18版。
	6月	4日，詩作〈紫水蓮〉發表於《中央日報・副刊》18版。
2003年	6月	詩作〈難言——寄洪淑苓、林韻梅玩賞〉發表於《藍星詩學》第18期。
	9月	詩作〈回報〉發表於《藍星詩學》第19期。
	12月	詩作〈詩的構成〉發表於《藍星詩學》第20期。
	冬	詩作"A Part Inquires of the Whole"（一片向一切發問）由陳南妤翻譯，發表於*The Chinese PEN*第126期。
2004年	3月	詩作〈一片向一切發問〉發表於《藍星詩學》第21期。
	本年	擔任中臺科技大學副教授。
2005年	1月	22日，詩作〈念念橋橋〉發表於《聯合報・副刊》E7版。
	9月	28日，詩作〈恭送程石泉老師〉發表於《聯合報・副刊》E7

版。

2006年　6月　20日，詩作〈而今遠離愛想結縛〉發表於《臺灣公論報》8版。

8月　11日，詩作〈鐵〉發表於《聯合報・副刊》E7版。

10月　3日，詩作〈恍然兩世〉發表於《聯合報・副刊》E7版。

11月　24日，詩作〈藍〉發表於《臺灣公論報》8版。

12月　1日，以「信乎傳說——外一首」為題，詩作〈信乎傳說〉、〈文詞美學〉發表於《聯合報・副刊》E7版。

2007年　11月　29日，詩作〈試試〉發表於《聯合報・副刊》E7版。

12月　24日，詩作〈建議〉發表於《聯合報・副刊》E7版。

詩作〈橋——獻給愛橋的人〉發表於《鹽分地帶文學》第13期。

2008年　7月　13日，詩作〈覓尋〉發表於《聯合報・副刊》E3版。

8月　10日，詩作〈後現代詩人〉發表於《聯合報・副刊》E3版。

10月　15日，詩作〈人天家書〉發表於《聯合報・副刊》E3版。

2009年　2月　1日，詩作〈窗臨〉發表於《聯合報・副刊》E3版。

24日，詩作〈石頭——續寫詹澈詩句〉發表於《聯合報・副刊》E3版。

4月　26日，詩作〈偶然〉發表於《聯合報・副刊》E3版。

7月　詩集《夐虹集》由國立臺灣文學館出版。

〈鳩摩羅什於《大乘大義章》中所示佛慧〉以本名發表於《普門》第52期。

8月　19日，詩作〈無想〉發表於《聯合報・副刊》D3版。

11月　8日，詩作〈參想〉發表於《聯合報・副刊》D3版。

12月　28日，詩作〈詩人素像〉發表於《聯合報・副刊》D3版。

2010年　4月　21日，詩作〈回音以淚——為地災〉發表於《聯合報・副刊》D3版。

9月　6日，詩作〈白玉座標〉發表於《聯合報・副刊》D3版。

2011 年　3 月　25 日，詩作〈災消福滿〉發表於《聯合報・副刊》D3 版。

2014 年　5 月　2 日，詩作〈敬悼詩人周夢蝶〉發表於《風傳媒》評論版。

31 日，擔任佛光文化主辦「詩的午後——《敻虹詩精選集・抒情詩》及《敻虹詩精選集・宗教詩》新書分享會」主講，於臺北金石堂汀州店與張香華對談。

6 月　15 日，擔任佛光文化主辦「詩的午後——《敻虹詩精選集・抒情詩》及《敻虹詩精選集・宗教詩》新書分享會」新書分享會主講，於臺南佛光山新營講堂與滿光法師對談。

16 日，詩作〈愛哭——寫給 YIN〉發表於《人間福報・副刊》15 版。

詩集《敻虹詩精選集・抒情詩》、《敻虹詩精選集・宗教詩》由臺北佛光文化公司出版。

9 月　詩作〈對話〉發表於《吹鼓吹詩論壇》第 19 期。

11 月　24 日，詩作〈讀一月十二日・唐・白居易〈得力於忍〉〉發表於《人間福報・副刊》15 版。

2015 年　1 月　1 日，詩作〈讀十月四日・唐・白居易〈念佛偈〉〉發表於《人間福報・副刊》15 版。

3 月　3 日，詩作〈五月十九——東晉鳩摩羅什譯〈四句偈〉〉發表於《人間福報・副刊》15 版。

4 月　以「苦歌二首」為題，詩作〈詩人在寫苦歌〉、〈街友之苦歌〉發表於《文訊》第 354 期。

7 月　18 日，〈菩薩護佑・法喜回敬〉發表於《人間福報》A3 版。

2017 年　3 月　28 日，詩作〈解淵〉發表於《聯合報・副刊》D3 版。

參考資料：

・麥穗編，〈公論報《藍星週刊》目錄初編〉，《創世紀》第 134～138 期（2003 年 3 月～2004 年 3 月）。

・曾進豐編，〈公論報《藍星週刊》目錄補編〉，《創世紀》第 139 期（2004 年 6 月），頁 173～179。

・〈夐虹寫作生平簡表〉，《夐虹集》，臺南：國立臺灣文學館，2009 年 7 月，頁 141～143。

・曾進豐編，「《藍星詩頁》目錄彙編」，〈《藍星詩頁》調查、整理與分析研究（上）〉，《高雄師大國文學報》第 22 期（2015 年 7 月），頁 8～62。

・劉正偉，《早期藍星詩史》，臺北：文史哲出版社，2016 年 1 月。

輯三◎
研究綜述

敻虹評論與研究綜述

◎李癸雲

一、前言

敻虹，本名胡梅子，法名弘慈，1940 年生，臺東人。臺東縣仁愛國民小學、臺東女子高級中學、臺灣師範大學藝術系畢業，中國文化大學印度文化研究所碩士，東海大學哲學研究所博士。曾擔任臺北師範專科學校附屬國小（今臺北教育大學附設實驗國民小學）、臺東女子高級中學、臺南新豐高級中學教師、臺北市立師範學院講師，東海大學兼任副教授，美國西來大學教授。1968 年與陳迺臣結婚，得子陳南圭，女陳南好。曾出版詩集《金蛹》（1968 年）、《敻虹詩集》（1976 年）、《紅珊瑚》（1983 年），《愛結》（1991 年）、《觀音菩薩摩訶薩》（1997 年）、《向寧靜的心河出航》（1999 年），另有童詩集《稻草人》（1997 年），以及《敻虹集》、《敻虹詩精選集・抒情詩》、《敻虹詩精選集・宗教詩》三本精選集。《紅珊瑚》一書曾獲中山文藝獎。

敻虹的第一首詩寫於 13 歲，為了悼念去世的同學，匆匆寫好，匆匆焚祭，並未傳世。15 歲高一時，以「敻虹」為筆名發表第一首詩於《臺東新報》的副刊，題目為「離人」，今已不復存。升高二後，開始經常投稿到《東臺日報》的「海鷗詩刊」，以及《公論報》的「藍星詩刊」，獲得當時擔任主編的余光中之賞識。之後，詩作除了發表於《藍星》，又受推介至《文星雜誌》的「地平線詩選」、《文學雜誌》、《中外文學》、《現代文學》等刊物發表。大一時，殷張蘭熙將其詩作選入 *New Voices*；瘂弦則將其詩編進《六十年代詩選》。敻虹成為臺灣 1960 年代最具代表性的女詩人之一。

瘂弦曾在《六十年代詩選》如此評介夐虹：「夐虹未來的世界是遼闊的，由於她燦爛的詩才，我們深信她必能成為繆思最鍾愛的女兒。」[1]

早期的夐虹讓詩壇驚豔其抒情才華，繽紛動人；中期漸漸轉為現實描寫與鄉土關懷，詩風變為自然從容；後期沉潛佛學，致力佛學現代詩，形式與思想有濃厚的宗教色彩。在總括夐虹詩藝成就的評述文章裡，多從其早期作品加以定位，如以下之陳述：

> 夐虹的詩不論是抒發愛情的、懷想故鄉的，都像靜謐的流水一般，以一種緩緩的、綿綿不絕的方式流動著，而其擅長運用字詞，能精確的將感情鎔鑄其中，提供了更豐富的想像空間，並觸動了讀者內心的情感而陷溺於詩境中。夐虹不僅是精於鍛鍊字句與運用技巧，在描寫親情的詩作表現上亦同樣的突出，卸下了華麗的字詞的浮濫的象徵後，轉以自然而不矯飾的方式在讀者的心中漾起了陣陣水波，慢慢的擴散、傳播著，敲動人心。[2]

這段評語說明夐虹作品的感染力與詩作特質，足以呈現夐虹詩作的影響力。然而，綜觀夐虹的創作軌跡與發展面向，實見夐虹不只是 1960 年代的抒情女詩人，她是多元多變的創作者，本文將整理歷來的夐虹生平研究綜述、綜論、詩集分論，以及單篇作品之批評賞析，歸納出幾個夐虹研究的大方向，提供認識夐虹詩作及其研究的主要脈絡。

由於夐虹創作演變極其殊異，早期偏向愛情主題與婉約風格，中後期朝向現實白描與佛詩書寫，因此可以發現前行研究的論述頻繁出現「對照性」的研究視角。大抵有以下兩種對照：一是強調夐虹詩作的「女性書寫」特質（有別於男詩人作品），並往往以愛情主題的詩作為例證，尤其在早期風格與幾首經典作品之分析上；二是強調作者創作歷程與風格演變之區別

---

[1]瘂弦，〈《六十年代詩選》作者小評：夐虹部分〉，《創世紀》第 148 期（2006 年 9 月），頁 25。
[2]游淑珺整理，〈夐虹詩作〉，《中國女性文學研究室學刊》第 1 期（2000 年 3 月），頁 30。

與對照，明顯可見的對照方式是早期的愛情書寫——內在情感——纖細風格與後期的佛學書寫——外在現實——白描手法。為了忠實呈現論述裡的論述觀點與區別立場，以下章節將依此作為介紹。此外，作者的詩觀與生平論述也是研究敻虹的重點，將先作介紹，而較為少見的敻虹研究層面為童詩創作與地誌書寫，則作出補充。最後，本文在進行全面式的評述之後，將對敻虹研究的未來展望提出建議。

二、敻虹詩觀與生平概述

在敻虹研究的綜合資料裡，對於其生平、創作經歷、詩觀等研究為數不少，包括作者自述、書序、訪談、座談、他述等資料。這些研究內容有助於對敻虹生命底蘊、成長背景及其詩風之形塑，作出脈絡化的理解。整體而言，這些研究大多指出敻虹在藝術、文學、哲學、佛學等方面的造詣，詩人所擁有的純淨無爭的心靈世界，以及「詩是內靈的語言」、「詩人是人中的珍品」等詩觀。以下列舉說明。

在論及敻虹的出生及思想背景方面，滿光法師的訪談文甚是深刻，其中言及許多核心成因。例如敻虹從 15 歲就立志成為一輩子的詩人，雖然父親希望她當女畫家。在那個年代，在臺東那樣荒曠樸實的環境，其父親全然不考量現實，對她的人生觀與價值觀形成深遠的底蘊。後來雖然選擇藝術系就讀，學習許多繪畫上的技法與知識，最終還是回到最初的心願，歸返詩的領域。而敻虹這一生與佛結下的深厚緣分，也是來自於原生家庭的背景：「我自小在正信佛教家庭中長大，父親一輩子修持《心經》，於佛法具有正知正見，薰染所及，我對佛陀向有一種情感化的尊崇。所以，一路行來，自然地以抒情的筆調，發露宗教崇思，寫成佛教現代詩。」[3]較近期的李進文之專訪稿也是非常完整、深入的描述敻虹生平，包括家居生活、創作歷程、詩壇定位等，以及較少文章提到的「為詩戒掉快樂」和父母親

[3]滿光法師、潘煊，〈當法音流入詩的礦層——訪女詩人敻虹〉，《藍星詩學》第 12 期（2001 年 12 月），頁 6。

之影響。前者述及敻虹自言畫畫和彈琴時都很快樂，但就是不會去寫詩，所以「後來我就把畫戒掉、把琴戒掉，為了詩而戒掉！」[4]後者則提到父親原本學畫，夢想就是當畫家，後來改學攝影，習成後到臺東開照相館，因此才會希望長女敻虹成為女畫家。父親在家裡闢出一個小花園，種滿楊桃樹、蘭花、木槿、茉莉和孤挺花等各式花木，成為一種適合發展詩的環境。另外，敻虹的母系家族是由福建龍岩遷徙至臺灣，精神上的辛勞、痛苦與不安，似乎遺傳給敻虹一種內心深層的憂傷。母親非常疼愛敻虹，過世後，敻虹每天唸經唸佛回向，筆下有許多詩就是寫給媽媽。這些原生家庭的人格形塑成因與影響，是了解或研究敻虹創作背景的重要參考。

在作者與學者角度之外的傳記資料，可再參見敻虹的女兒（陳南妤）所述的眼中媽媽：「我的媽媽是女詩人敻虹，但是在我的心目中，媽媽是一位教育者，她從我們小時就讓我們有『凡事都要公平』的觀念。……媽媽永遠是年輕的，除了臉上沒有皺紋外，她的心也能保持天真。」[5]從家人眼中看見的公平與天真是一般採訪稿難以論及的。

除了生平背景外，創作詩觀是敻虹自剖、他述或座談與採訪稿裡最主要的內容。以下整理敻虹不同時期的幾則重要詩觀，以此觀察其歷時性詩觀的變與不變。在《敻虹詩集》剛出版後，敻虹的詩選錄於《八十年代詩選》，在作品之前，附有一篇〈敻虹詩觀〉，表達她當時的創作心情：

> 詩，說實話，是誰也不該輕侮的。如果你有少年的情懷；或者，你老了，但心緒還和真純美善的早年有點兒連繫，沒有被利慾俗務像肥脂一樣重重裹住成為絕緣體，那麼，你要感動：在幾百萬人口當中，還有那麼一些「詩人」，在好或不好或很不好的環境中，思索、發掘、凝練出激盪你內靈的言語。[6]

[4]李進文，〈靜站在楊桃樹下的繆思——專訪敻虹〉，《文訊雜誌》第 280 期（2009 年 2 月），頁 21。
[5]陳南妤，〈質野寫媽媽——永遠年輕的詩人媽媽敻虹〉，《聯合報》，1990 年 5 月 28 日，29 版。
[6]敻虹，〈敻虹詩觀〉，《八十年代詩選》（臺北：濂美出版社，1976 年），頁 366。

早期詩觀傳達出她對詩的珍視，認為詩是世俗中最純淨的部分，是內靈精神的展現，詩就是真純美善。這個詩觀即奠定其後來的詩歌創作基本態度。到了 1988 年，《聯合文學》舉辦「當代女詩人座談會——女詩人的心靈」，敻虹在席間重整自己對詩的看法，仍秉持著相同理念。自言從 15 歲發表詩作以來，詩的價值觀是服膺於「真善美」，四十歲左右，出於佛學觀念之影響，則是服膺於真善美之上的「真實」，認為詩人本身有社會責任，必須具備正確的價值判斷。「在年輕時是做個別生活的嘗試，但是若有志於做一個文學家，必須做自我反省，文學作品不外是創意、個別性、真誠及真、善、美的融匯，而後者正是我個人的理念。」[7]真善美的的核心理念並未改變，只是此時的敻虹更加強調「真實」與社會責任，與早期專注於內靈與精神層面，漸趨外在關懷。

敻虹後期的詩觀以《觀音菩薩摩訶薩》序最為完整精闢，在回覆張默設問時，作出深刻的生命與創作之自剖：「檢視我的生命歷程，我找到的真正的自己是最近這兩年的自己。少女時代的我以及照片，中年時代的我以及詩行，都是成就為今天之我的草圖、底色，早已掩蓋在今天這幅油畫的顏彩底下了。」[8]在自我認同與創作觀上，都出現了轉折。原本強調的真善美與純粹性至此昇華至另一種境界，然而詩人作出整合：

> 寫作之人感受特別敏銳，心靈柔軟易傷，常常如夜鶯泣血，為人間啼唱玫瑰一樣美麗的詩章，鞠躬盡瘁，死而後已。不僅如此，還帶著唱不完的悲歌，含怨入胎，下輩子再做一個詩人，唱那唱不完的情歌。這樣的生命狀態，好嗎？學佛之後，我知道自己柔弱方寸的是非、向背、取捨、收放，我學習捨了來自五陰十八界那強勢左右我的人間表象，結果會不會捨成空無所有呢？幾經自省，不會的。原來人心自有清泉、源源流出，

[7]瘂弦主持；聯合文學編輯部記錄，〈當代女詩人座談會——女詩人的心靈〉，《聯合文學》第 44 期（1988 年 6 月），頁 101。

[8]敻虹，〈向傳誦之口，向記憶之心——以信代序〉，《觀音菩薩摩訶薩》（臺北：大地出版社，1997 年），頁 3。

> 可澆灌自己有限的生命，也可灌溉無限的創作之田園，學「捨」只是將濁水換淨水而已。我慶幸而且肯定這樣生命的轉機——這也是我此刻的生命觀、藝術觀。[9]

寫詩與學佛看似背道而馳，前者要求入世後者傾向出世，前者要敏於喜怒哀樂後者卻要離塵超脫。此時的敻虹已非早期只要求真善美，她更追求心境之清泉，以此清淨自身與詩園，將佛理整合入近期的生命觀與藝術觀。這是一個詩觀轉折與整合的歷程，然而縱觀敻虹歷來的詩觀，我們還是可以發現有一處堅固不變的堡壘：「我的『詩觀』的結論是，文字具有不朽性。它的不朽，靠著世間將它保存。能被保存，靠著文字的價值性。」[10]不論詩風如何演變，創作如何轉折，敻虹對詩的信仰始終未變——詩的不朽。

三、女性書寫・唯情唯美

> 取 17 歲所見，垂掛在嫩綠的楊桃樹上，那燦燦的蝶蛹為名，是紀念美好的童時生活；是象徵我對詩的崇仰：永遠燦著金輝，閉殼是沉靜的渾圓，出殼是彩翼翻飛。[11]

上引這段話是敻虹第一本詩集《金蛹》的書前序，表達出她對美的珍視與渴求，也成為歷來許多評論者定位她的角度。如鐘麗慧的引介：「敻虹和其他女詩人一樣，喜歡以愛情為詩的題材，但是，敻虹的愛情觀十分早熟，愛情詩相當高明，她的情詩是執著的，唯美唯情的專情，不是虛無縹緲、輕輕柔柔的稚愛。」[12]敻虹出場風格的路線被視作為女性詩人的典型：

---

[9]敻虹，〈向傳誦之口，向記憶之心——以信代序〉，《觀音菩薩摩訶薩》，頁 8。
[10]敻虹，〈向傳誦之口，向記憶之心——以信代序〉，《觀音菩薩摩訶薩》，頁 8～9。
[11]敻虹，《敻虹詩集》（臺北：大地出版社，1976 年），扉頁語。
[12]鐘麗慧，〈偏愛紅珊瑚的敻虹〉，《青年戰士報》，1983 年 9 月 13 日，11 版。

擅寫愛情，唯美多情。在繼起的論述裡更加強化其「女性書寫」、「唯情唯美」的表現，不僅明顯標誌性別書寫區別之特質，更突出愛情主題與多感手法。鍾玲的《現代中國繆司》作為第一本有系統的論述現代女詩人成就的專著，對敻虹在詩史上的界定，也是在此視野裡。

> 整體而言，敻虹應是臺灣女詩人之中，最全面體現女性感性的詩人。她的詩表現了五官感觸的靈敏，神經質式的感受，躍動的聯感活動，對色彩的敏感。題材方面也處理了一些典型的傳統女詩人主題，如浪漫清純、水仙子自戀式的愛情，落實於現實生活之中的夫妻深情，以及無私的母愛。早期的詩，雖說脫離現實，但呈現自成一體系的私有神話世界。此外，早期的詩，意象靈動，節奏優美，只有在文字上則有些歐化之病。後期的詩，文字轉為淺白，風格變成寫實，題材也多面化，有些詩流於過分淺顯，結構鬆散之弊，但也有不少文字巧轉，結構完整的佳作。[13]

鍾玲此書的立場本在強調女性書寫的特質，因此數次提及敻虹詩風之「女詩人」、「女性」、「傳統女詩人」等性別觀點，並且細膩分析其語言之多感、主題圍繞著愛而展開。繼起的張芬齡之〈敻虹詩中的情緒經驗〉，分析焦點轉向敻虹詩作幾個重要意象，討論其情緒表現方式，論述主軸亦放在女性與情感上：「無可否認的，女詩人的詩境和男詩人有著很大的差別。前者側重內在情感世界，而後者多關注宇宙、現實世界。」[14]先以性別區分作出詩風對照，然後結語處總結：「從《敻虹詩集》裡，我們找不出所謂宇宙性或世界性的主題，她從人的內在世界去探求意義，其風格是內蘊的和抒情的。在詩中雖不免有情緒上的重複，然清新冷麗，不乏佳品。敻虹是擅於處理情緒的。」[15]此文對於敻虹詩作關鍵意象的分析則極為深刻。

---

[13]鍾玲，〈五十年代清越的女高音——敻虹〉，《現代中國繆司——臺灣女詩人作品析論》（臺北：聯經出版公司，1989 年），頁 182。

[14]張芬齡，〈敻虹詩中的情緒經驗〉，《現代詩啟示錄》（臺北：書林出版公司，1992 年），頁 2。

[15]張芬齡，〈敻虹詩中的情緒經驗〉，《現代詩啟示錄》，頁 15。

在前行研究裡，余光中的〈穿過一叢珊瑚礁——序敻虹的《紅珊瑚》〉堪稱是一篇將敻虹定位於「女詩人」的經典評文。「這些詩（指《金蛹》）表現的大致是少女情愫，主題和風格的變化不大。……因為她唯美唯情，執著於全心全意的愛情。這在女詩人，原很自然，只要翻開《剪成碧玉葉層層》那本詩選，便可得到印證。」[16]闡述了敻虹在《金蛹》時期，同時映現的兩種詩質：「女詩人」與「唯美唯情」，然而更進一步的，把這兩種詩質回扣為女詩人整體的特質。雖然余文意不在作出高低優劣之價值評斷，只是似乎局限了「女詩人」的表現範圍，在此之後，李元貞曾另外補充觀察敻虹愛情詩作的不同論點。李元貞曾有多篇論著意圖為臺灣女性詩人爭取更廣闊更重要的詩史評價，她在 2003 年的敻虹詩作座談會裡，說明將以「此性非一，挑戰『陽具中心』」來探討敻虹，會中提到：「女詩人必須具備社會觀，還要有主體觀念與之抗衡。敻虹的詩之所以讓人百讀不厭，除了想法的表達與感情的抒發，她對事物的看法也是流動的、非一的。」一方面肯定敻虹愛情詩作的多元手法，另一方面則道出「女性書寫」並非刻板印象裡的性別差異書寫，而是充滿流動性。她以〈汎愛觀〉為例，說明詩中包容了現代與古典，「我認為敻虹的觀點比余光中豐富，且貼近愛情的多變與複雜性。」[17]在李元貞的另一篇論文中，她再次詳加論述此詩，炮火仍盛。她認為此詩有解構意涵，並強調流動性的女性觀點之可貴。「臺灣 1960 年代的現代主義詩壇，非常流行描寫短暫的肉慾而輕視真情相屬，余光中用〈蓮的聯想〉一詩，曾與詩壇辯論，並提出新古典主義的愛情觀抵抗之，但整本《蓮的聯想》詩集卻只在重新肯定愛情的永恆性，未若敻虹此詩在諷刺及質問『汎愛觀』之同時，蘊藏『看雲用什麼信仰』這種觀點流動之意含。」[18]隱然透露以「女性書寫」與「男性書寫」

[16]余光中，〈穿過一叢珊瑚礁——序敻虹的《紅珊瑚》〉，《井然有序：余光中序文集》（臺北：九歌出版社，1996 年），頁 40。

[17]詹澈主持；施養慧記錄整理，〈感性似水理性似佛——談敻虹的詩〉，《文學臺東：後山文化工作協會十年紀念專輯》（臺東：臺東縣後山文化工作協會，2003 年），頁 143。

[18]李元貞，〈臺灣現代女詩人作品中的語言實踐——意象的雙重呈現，流露「非一」的觀點〉，《臺灣詩學季刊》第 29 期（1999 年 12 月），頁 120。

較勁之意味，同時也意圖平反歷來將女性書寫傳統視為纖弱、風格單一、唯美等之性別評判。

在性別對照的研究視野裡，以下另再選錄幾首曾被熱烈闡述之敻虹經典詩作之論述，可見其中更具體的詮釋角度與策略。李翠瑛曾以〈海誓〉為例，先指出：「敻虹的詩集雖然不多，但是以一位女詩人的身分寫詩，她的細膩與深情卻是諸多男性詩人所難以企及。」[19]接著深剖〈海誓〉一詩的技巧和創意皆能渾然天成融入詩境裡，如同粗邊磨淨的藝術品。同樣藉由揭示詩人的才華所在連結女詩人的創作特點。敻虹的〈臺東大橋〉一詩，有多篇詮釋論述，可詳見本書之選錄。其中，站在性別差異立場的研究觀點有余光中與鍾玲之對話。余光中對此詩有高度之評價：「像這麼樸實有力的語言，在她少女時代不會出現，在一般女詩人的作品裡也很少見。這幾句詩無論在節奏或意象上都堪稱一流，唯一的不足是『如抱的鋼絲』，因為絲太柔了，不如說鋼索或鋼纜。」[20]然而這樣的評價是基於此詩「反女性」（或言「超女性」）而來，並提出男性觀點的意象修正。何寄澎也曾導讀此詩，認為此詩思想深刻，具有悲壯之感。[21]鍾玲對此詩的評價則大不相同，認為此詩有余光中〈西螺大橋〉的影子，「敻虹不僅在內容上表現了對陽剛英雄的崇拜，而且在文字風格上也捨棄了她如宋詞般變化使用重疊句的語法，而使用簡潔、直接的語法，以呼應此詩陽剛的內容。」[22]鍾玲引用女性主義批評家柏崔莎・雅葛（Patricia Yaeger）〈朝向女性宏壯文體〉（“Toward Female Sublime”）之理論，認為男性作家的宏壯文體是「垂直宏壯」（vertical sublime），是主體因主宰他者而產生的陽具式的昇華；女性文體的宏壯則是「水平宏壯」（horizontal sublime），是拓展式的，把自己伸展而

[19]李翠瑛，〈最美麗的誓言——談敻虹的〈海誓〉一詩〉，《細讀新詩的掌紋》（臺北：萬卷樓圖書公司，2006 年），頁 195。

[20]余光中，〈穿過一叢珊瑚礁——序敻虹的《紅珊瑚》〉，《井然有序：余光中序文集》，頁 47。

[21]何寄澎，〈〈臺東大橋〉賞析〉，《中國新詩賞析 2》（臺北：長安出版社，1981 年），頁 271。

[22]鍾玲，〈追隨太陽步伐——六十年代臺灣女詩人作品風貌〉，《臺灣現代詩史論：臺灣現代詩史研討會實錄》（臺北：文訊雜誌社，1996 年），頁 226。

泯入他物的昇華。她犀利的評判出：「臺灣女詩人在 1960 年代及 1970 年代初期，嚮往與追求的應該是『垂直宏壯』文體。……『水平宏壯』的境界是高於『垂直宏壯』的，那麼臺灣女詩人何以要追求女性主義批評家眼中的次等文體呢？」[23]論述者居於不同立場，觀點截然不同。男性學者肯定夐虹此詩具有雄渾氣勢，女性學者則認為女性應追求女性式的伸展與擴散之「宏壯」，而非模仿男性風格。

女性學者展現不同的詮釋角度，對前行研究作出補充或對話，進而豐富「女性書寫」的意涵，還應該注意到尹玲對〈我已經走向你了〉的討論。此詩是夐虹經典情詩，膾炙人口，成為當時文青的背誦詩作，尹玲的論述能在愛情內容之外，指出此詩「我」的「自我意識」之重要議題。

> 此篇完成於 1950 年代的詩作中，竟然呈現一種少見的非常強烈和特出的「自我意識」。這份自我意識貫徹全詩，它所表現出來的那種自我肯定、堅定、確定，經由三節詩每一節都出現一次的「眾弦俱寂」，以及第一節和第三節出現兩次的「我是唯一的高音」更顯得自信十足，不但自我了解透澈，對整個局面場景的理解和掌控更是觀察入微和收放自如。……一一繪編出當年時空背景之下罕見的成果，正是眾弦俱寂裡的唯一高音。[24]

尹玲用「發生論結構主義」的詩歌分析方法，對於此詩能擺脫當時社會意識和時代保守觀念的影響，展現在戀愛中的「自我」，給予高度的肯定。相對於視夐虹愛情書寫為柔弱與封閉之愛情評述，此文也是罕見的獨樹一格之「唯一高音」。

[23]鍾玲，〈追隨太陽步伐——六十年代臺灣女詩人作品風貌〉，《臺灣現代詩史論：臺灣現代詩史研討會實錄》，頁 227。

[24]何金蘭（尹玲），〈眾弦俱寂裡之唯一高音——剖析夐虹〈我已經走向你了〉一詩〉，《臺灣前行代詩家論》（臺北：萬卷樓圖書公司，2003 年），頁 54。

四、創作轉折・從愛到佛

敻虹研究之另一個主軸，就是將其創作歷程作出分期，並作出對照，強調其詩風之轉折與比較。論述中明顯可見的對照方式是早期的愛情書寫／內在情感／纖細風格與後期的佛學書寫／外在現實／白描手法，同時作出評價，偏向某時期的成就肯定。

鍾玲在《現代中國繆司》裡，對於敻虹前期詩作（《愛結》之前）即作出分期：「敻虹的詩風大致可分為兩期。在 1968 年以前，《金蛹》中的作品，以愛情為主題，採用婉約柔和的語調。……在此時期敻虹以水仙子自戀的心態，塑造了一個由私有象徵構成的世界。1971 年後詩風趨於寫實及智性，她的題材拓寬了，除了情感，還包括鄉土情懷、家庭溫情、環境保護、時光之傷逝以及佛家哲理。文字風格力求淺白，意象也比較精簡。」[25]雖然尚未討論到敻虹後期的佛學現代詩，鍾玲的分期與風格分析已理出一條敻虹詩風的轉折脈絡，並且對《金蛹》時期的詩作有很細緻的詩藝探討。當敻虹後期詩作漸漸發表之後，評論者更加強化出其詩風之別。如陳芳明的《臺灣新文學史》直言：「（敻虹）是參與抒情傳統營造的另一位重要詩人。……她逐漸偏向出世，她的詩留在塵間成為傳說。」[26]李元貞更是決然認定：「敻虹後來以現代詩弘法，她的詩已失去了肉身，我覺得文學一定要有肉身；肉身的苦惱悲喜，是寫詩的驅力。……敻虹在整個詩壇，仍應以抒情詩為最大成就。」[27]坦言對敻虹詩作成就的看法，毫不諱言對其後期詩風之評價。張香華談論敻虹《金蛹》時期的詩時，婉轉吐露己身之偏愛：「我懷念的是那個繭中、繭外掙扎的敻虹。會不會因為我就是芸芸眾生中，『正觀賞那茫茫景緻』的『畫外人』？還是，我自己仍在人生的前山，而

---

[25]鍾玲，〈五十年代清越的女高音——敻虹〉，《現代中國繆司——臺灣女詩人作品析論》，頁 167～168。

[26]陳芳明，〈臺灣女性詩人與散文家的現代轉折——臺灣女性詩學的營造〉，《臺灣新文學史》（臺北：聯經出版公司，2011 年），頁 457～460。

[27]詹澈主持；施養慧記錄整理，〈感性似水理性似佛——談敻虹的詩〉，頁 152。

敻虹已到了後山，走出繭外了？」[28]以上論述皆以分期斷開的方式闡述敻虹詩作之表現，並且在詩藝評判上偏重前期之抒情風格。

當然也有研究者注意到敻虹佛教詩學的特質，並給予肯定。如林峻楓在描述敻虹時，特別提出：「佛教現代詩和現代禪詩，展現手法固有不同，其內質不變，她晚期的創作領域誠屬前者，淺白淨心教化居多，但也未牴觸詩學機制。」[29]說明佛教現代詩並未遠離詩學，而是另一種詩的類型。詩人瘂弦也肯定敻虹後期的轉變：「由於她長期以來對佛理的參悟，使作品更具哲學意趣與思想深度。那禪宗中特有的活潑與機趣，使她詩的語風彈性更大，姿彩更多。這麼說來，宗教修持，對敻虹不是阻力，反而是助力了。」但是，瘂弦仍擔心，她已到出世的邊緣，慶幸：「我們這個年代最優秀的女詩人還在詩的這一邊」、「萬一我的老友到了河的對岸，也盼望她有能力游回來；在桂葉與菩提之間來往自如，把兩個世界變作一個世界。」[30]雖然文中仍眷戀著「抒情女詩人敻虹」，希望把她留在「此岸」，瘂弦為《愛結》作的這段序言已能整合敻虹不同時期的演變，不斷開前後期的差異，以加法來看待佛學對其詩學的影響，而非減法。

洪淑苓的〈詩心・佛心・童心──敻虹的創作歷程及其心靈模式〉是到目前為止綜論敻虹整體表現最完整的一篇論文，由於出版時間較近，能有最新的研究概括。文中她先將敻虹的作品題材傾向分為四期[31]：

第一、少女詩時期，1957～1967 年，主要是《金蛹》時期作品，絕大多數是情詩，唯美唯情，纖柔婉約。

第二、婚後牧歌期：1968 年婚後～1978 年喪母之慟前。包括《敻虹詩集》裡的「白色的歌」及《紅珊瑚》大部分作品。廣泛書寫世緣人情，呈現田園牧歌般的寧靜祥和。

---

[28]張香華，〈後山〉，《偶然讀幾行好詩》（臺北：遠流出版公司，2006 年），頁 183。
[29]林峻楓，〈側介女詩人敻虹〉，《藍星詩學》第 12 期（2001 年 12 月），頁 24。
[30]瘂弦，〈河的兩岸──敻虹詩小記〉，《愛結》（臺北：大地出版社，2000 年），頁 13。
[31]洪淑苓，〈詩心・佛心・童心──敻虹的創作歷程及其心靈模式〉，《思想的裙角──臺灣現代女詩人的自我銘刻與時空書寫》（臺北：臺大出版中心，2014 年），頁 116～118。

第三、學佛初始期：1978～1990 年，因遭逢喪母、產子夭折等打擊，虔心向佛。《紅珊瑚》的「讚詩」與《愛結》時期，佛法的形式與觀念入詩。

第四、學佛成熟期：1991 年迄今。佛法研究的博士論文完成，後又任教於美國西來大學，兼顧出世與入世的追求。《觀音菩薩摩訶薩》、《向寧靜的心河出航》與童詩集《稻草人》時期。經營佛教現代詩，處處可見對佛理的體悟。

洪文除了完整歷現敻虹各個階段的創作心靈模式，她也一反既往多數評論認為敻虹唯抒情詩見長，提出佛學在敻虹詩作的價值與作用，「佛學空觀，確實為敻虹作品注入新力量，使之更有思想的深度。」[32]與瘂弦相同，雖有分期之論，但將詩人風格視為仍在變動中，並給予延續性發展的探討。

五、童詩創作與地誌書寫

上述兩節的研究角度是絕大部分研究敻虹的論述主軸，除此之外，少數評論者曾關注到她的童詩創作與地誌書寫。

洪淑苓是極少數討論敻虹童詩的研究者，她的〈詩心・佛心・童心——敻虹的創作歷程及其心靈模式〉一文，用其中一節來梳理敻虹童詩的特色與成就。她指出敻虹童詩的特色有：「萬物有情，慈愛護生」和「以佛理注入童詩」，並說明童心與佛心交會時，「慈悲的菩薩心腸，使敻虹的童詩充滿溫情摯愛，而佛理的定慧思想，則使其童詩更有深度，且具備個人特色。而童心與詩心，也頗多通貫之處，例如二者對田園自然的喜愛與感發就是相通的。」[33]整合了敻虹不同創作面向的整體風格。洪淑苓另有一篇推介的文章，指出敻虹童詩「充分顯示萬物有情、慈愛護生的觀點」，以及對臺灣風土的描述。期待「這種鄉土經驗，也可以在童詩繼續發揮，不僅是個人的童年再現，也可以啟發兒童對本土的認識與關愛。」[34]整合了敻虹詩

[32]洪淑苓，〈詩心・佛心・童心——敻虹的創作歷程及其心靈模式〉，《思想的裙角——臺灣現代女詩人的自我銘刻與時空書寫》，頁 134。

[33]洪淑苓，〈詩心・佛心・童心——敻虹的創作歷程及其心靈模式〉，《思想的裙角——臺灣現代女詩人的自我銘刻與時空書寫》，頁 146。

[34]洪淑苓，〈童詩的田園取向——向明、敻虹童詩集評介〉，《現代詩新版圖》（臺北：秀威資訊科技

作的諸多特點，化作對其童詩特色的介紹。

在地誌書寫的研究上，有數篇以〈卑南溪〉為討論對象的論述，其中李敏勇曾比較敻虹的〈卑南溪〉與詹澈的臺東書寫：「她不像詹澈的社會意識，而是以佛的慈悲心。……佛的慈悲取代美的追尋；而我聽見的是卑南溪的嗚咽。」[35]林韻梅則認為李敏勇忽略了詩中的寫實性：「〈卑南溪〉則是人我交融，視眾生的苦難為個人的傷痛，就意象的開發而言，擴大且深入生活底層，就內涵而言，則是更接近土地生活的真相。」[36]女性視角看出女性詩作更深層的寫作意義。除此，林韻梅還曾討論過〈臺東大橋〉的寫作意識，指出敻虹將自我情感（鄉愁）投射於其中。林韻梅的論點基於敻虹對臺東的描述與情感，因此是具有代表性的東部詩人之一：「臺東孩子還是會從她的詩中聽見那時代人的生活苦澀困挫。書寫苦澀困挫不必依傍美麗，敻虹的東部詩篇也不會是幻象。」[37]

方群也注意到敻虹詩作的地域風景，曾從文學地景的角度詮釋〈卑南溪〉一詩。先介紹卑南溪的地理特點，再析論此詩，最後結論：「敻虹此作雖然仍以抒情為本，但是在詩作中大量融入臺東在地特有的風土人情，也形成她書寫故鄉回憶的典型代表。」[38]雙面論證敻虹此詩之鄉土內涵與作為臺東地景書寫之特點。

六、結論：敻虹研究與評論之展望

敻虹從 15 歲開始發表詩作至今，這一條詩路歷經重大的轉折，研究者與評論者皆關注到她的不同風貌，給予各式的描繪與評價，形成豐富的對

公司，2004 年），頁 217。

[35]李敏勇，〈卑南溪是一條歌〉，《臺灣詩閱讀——探觸五十位臺灣詩人的心》（臺北：玉山社出版公司，2000 年），頁 117。

[36]林韻梅，〈卑南溪——從敻虹到詹澈的後山詩意象〉，《文學臺東：後山文化工作協會十年紀念專輯》（臺東：臺東縣後山文化工作協會，2003 年），頁 286。

[37]林韻梅，〈卑南溪——從敻虹到詹澈的後山詩意象〉，《文學臺東：後山文化工作協會十年紀念專輯》，頁 288。

[38]方群，〈〈卑南溪〉作品賞析〉，《閱讀文學地景‧新詩卷》（臺北：行政院文建會，2008 年），頁 333。

話性。

到目前為止對敻虹的研究面向已歸納、分析如上。基本的作家生平與詩觀自剖的論述資料已相當豐富，而詩作研究的主軸則可見兩組對照，一是將詩人抒情詩的唯美風格作出「女性書寫」之定位，以別於男性詩人的陽剛表現，具有性別二元對照的意味；二是強調詩人的創作轉折，將早期的抒情題材與後期的佛學影響作為對比。至於針對敻虹童詩創作與地誌書寫的研究則相當罕見，一來由於詩作數量較少，二來此題材並非敻虹詩作的主要內容。綜合這些研究面向，筆者認為未來敻虹研究與評論可期待以下幾點發展：

整合論述敻虹歷時性的全部表現，不以斷裂分期的視野看待，而是環環相扣或相生相剋之互動視野，如此，更能完整描繪與理解一位詩人的全貌；不刻意凸顯詩人的女性身分，以免落入性別刻板印象的評判，將詩人視為一個單獨的個體加以細緻研究後，再給予適當的詩史定位，不預先以某種「傳統」或「女詩人」位置加以框限；關於敻虹佛教現代詩的討論仍少，尤其最近的《觀音菩薩摩訶薩》與《向寧靜的心河出航》兩本詩集，更罕有述評，期待能出現跨學科或多元視角的詩評，給予現代詩類型論述；在敻虹的佛學現代詩的討論上，未必停留於詩人個別的詩風演變，更可橫向的展開比較研究，如余光中曾略提的敻虹與周夢蝶之差異[39]，相信能讓這種類型詩的研究更富意義。最後，雖然敻虹只出版過一冊童詩集，但是童詩在敻虹的創作裡扮演極重要的角色，她在說明《愛結》裡收錄〈童詩〉一輯時提到：「做媽媽的，不大會燒菜，不大能調理生活，心裡有豐富的情愛，不知怎樣傾注，怎樣落實的呵護。唯一能給的是寫詩。」[40]可見詩人傾注豐沛的情感於童詩中，是敻虹另一種「抒情」方式，目前卻只有洪淑苓曾為文撰述，甚為可惜。

---

[39]余光中，〈穿過一叢珊瑚礁——序敻虹的《紅珊瑚》〉，頁 56，提及敻虹〈讚詩〉一輯，「可謂在周夢蝶之外另闢一勝境。」

[40]敻虹，〈《愛結》跋〉，《愛結》，頁 155。

夐虹的詩作曾經在詩壇引發熱潮[41]，那些富有感染力的詩句也仍在當前一再被頌讀，期許經由本書的編纂，收錄眾家的介紹與評述文章，不僅助益於後進研究者的參考，更能讓讀者由此深刻理解夐虹詩作魅力之所在。

[41]洪淑苓曾說：「我想我則是透過詩，特別是夐虹的詩，揣摩了愛情的苦與甜。」洪淑苓，〈最美的語音，最美的花瓣——《夐虹詩集》〉，《聯合報》，2000 年 9 月 8 日，37 版。

輯四◎

重要評論文章選刊

敻虹詩觀

◎敻虹

詩，說實話，是誰也不該輕侮的。如果你有少年的情懷；或者，你老了，但心緒還和真純美善的早年有點兒連繫，沒有被利慾俗務像肥脂一樣重重裹住成為絕緣體，那麼，你要感動：在幾百萬人口當中，還有那麼一些「詩人」，在好或不好或很不好的環境中，思索、發掘、凝練出激盪你內靈的言語。

詩人應該被保護；詩人應該被尊敬！詩人是人中的「珍品」，別讓他受太多打擊，別讓他為生存費太多力氣！讓他們為人類說出天籟，即使窮其一生，只有那麼發光的一句，也值得。別信什麼「文窮而後工」，天才應該受到保護和尊敬！如果夢蝶只需半日枯坐街頭賣書糊口，下半天有他的工作室──窗明几淨；經典如列。有侍茶之小童；無喧呶之噩音──相信我們的圖書館裡，要多出一排動人或省人的書籍。

幸勿只重古人薄今人，說什麼「新詩」不好、不該寫，再過三百，我們不是也成了古人了嗎？難道我們要向歷史繳白卷？

信筆寫來，不像「詩話」，竟如呼籲。也罷，仍付郵付梓了事。

──選自紀弦等編《八十年代詩選》

臺北：濂美出版社，1976 年 6 月

《愛結》跋

◎敻虹

無情如死，愛生萬物。

但愛，又是自縛的繩結，綿延的習氣，纏繞牽縈的掛心，是局限的美感。

詩集名為《愛結》，而分三輯：「苦詩」、「童詩」和「讚詩」，共 67 首。

第一輯「苦詩」28 首，大約是一列自我審視的歷程，是我思維的，亦是情意的成長。我自小信佛，這些年曾用功於經論的研讀，誠敬的拜佛、念佛。省察、修正一己的心態行為，是每日的功課之一。對於從生以俱的七情之深淺變化，其豐美或艱難，已嘗受體會，思辨剖析。入世之情，苦多於甘，甘亦為苦。但可以提升。自力不足，唯仰佛力。西方有淨土，東方有淨土。〈驚見衛星雷達站〉是苦的結束。

第二輯收「童詩」29 首。我是兩個孩子的媽媽，孩子很快就長大。南圭已經上大三了，南妤也已上高二。他們童幼時的種種，溢出了我收存回憶的百寶袋。他們可愛的面容，他們意趣的話語，他們的乖巧體貼，是我最大的幸福。做媽媽的，不大會燒菜，不大能調理生活，心裡有豐富的情愛，不知怎樣傾注，怎樣落實的呵護。唯一能給的是寫詩。寫我們一家四口共同記得的事：那撒嬌的黑嘴鳥，那誤闖客廳領空的蝴蝶，那贈自友人弗蘭克和蓓姬夫婦的北極地圖。還有，做爸爸的，老是被兩個鬧鐘吵醒。

第三輯是「讚詩」十首，讚釋佛教原有的〈楊枝淨水讚〉。排開萬難，人心深處並非濁流，原來水火同源！〈楊枝淨水讚〉，磬聲梵唱，引出一片淨土光亮。原來淨土在心！楊枝水，灑向烈火焰，火焰漸漸化紅蓮，原來水火同源。讚楊枝淨水讚，是我對佛法的禮敬，對空義的理解，和對觀音大士的悔懺——用的是詩的推心傾談。

詩集出版，感謝瘂弦先生賜序，感謝姚宜瑛女士的鼓勵和出版。願讀者先生女士喜歡這本書，願這本詩集能帶給人解縛的清涼。

南無阿彌陀佛

敻　虹　79 年 11 月 14 日於中和

——選自敻虹《愛結》

臺北：大地出版社，2000 年 12 月

向傳誦之口，向記憶之心

以信代序

◎敻虹

張默：

您好。謝謝您要幫我寫「鉤沉筆記」，可貴的友誼銘感於心。您給我設定的交稿期限是 2 月 28 日，現在是 2 月 26 日的晚上八點，由我口述，請女兒南妤打字，希望能在 2 月 28 日交到您的手上，使您順利完成這篇訪問記。

您知道嗎？您是我的貴人，幾個月前您在電話裡問我有關「觀世音菩薩」的詩作，那是幾年前發表在「人間副刊」上的長詩，您居然記得、而且關心，使我有勇氣把這首詩拿出來重新省視，改了許多，決定出書，書名定為《觀音菩薩摩訶薩》，宜瑛姐也慨允出版這本佛教詩集。為了使這本書在佛教思想的引介上趨於完整，這幾個月來我努力的讀經，寫了十首左右的佛教現代詩，又為文介紹《妙法蓮華經》，又找出過去寫的介紹「普門品」詩偈的文章，加以修改，輸入電腦。這幾個月來，我覺得日子過得真充實，這都是由於您的一句善語關心啊！

張默，您要我回想我的過去，報告我的從前。回想過去從前，真好像一場夢啊，看起來像似平靜的河流，蜿蜒流向燦爛夕照的海洋，可是水質的感受卻是撞擊、奔騰、匆忙、絕裂，這就是寫作之人的感受特性，使快樂的一生無端地、無奈地、無可挽救地、也是完全不必要地變得憂苦起來。好在我近年學佛，在我正要跟這些傷痕說再見的時候，您教我描述從前。我可以依記得的說出來，但我是真的跟過去再見了。我試試看，如果我等一下情緒不受一絲一紋的波動，那我就真的跟那些煩惱說再見了，真的理性了。

和迺臣在 57 年結婚以後，我們大約搬了二十次家，即使擁有自己的屋舍，還是常常離開那固定的蝸牛殼，在這個島內東、西、南、北地遷徙。迺臣和我都是說走就走、說搬就搬，我們都覺得家的可戀、可愛、可窩，在於家裡顯現的人文：如來聖像、三藏經典、家具、窗簾、花卉、燈座、牆上的字畫、案上的石頭，一經擺設，就是我們溫馨的家。我想，也是因為這個看法，游牧民族才能在看似流浪的遷徙中不受傷害，孩子們快快樂樂，都有紅通通的面頰。所以，有些資料不知道是丟失了，還是放在哪個塵封數年的箱子裡，真的不好找啊。如果不是學佛，我真的是無法招架您的「鉤沉筆記」的。

檢視我的生命歷程，我找到的真正的自己是最近這兩年來的自己。少女時代的我以及照片，中年時代的我以及詩行，都是成就為今天之我的草圖、底色，早已掩蓋在今天這幅油畫的顏彩底下了。我們不要叫它現身，好嗎？我們只如佛家的只取當下，好嗎？

當然，當下不能忘恩，當下不能無情，我感謝很多位詩壇的前輩，我對很多朋友感到抱歉，我對很多學生感到過意不去，我對我的父母、先生、兒女也常懺悔過去不曾做得更好。我欠的都是情債，偏偏我的債主都了解我、原諒我。

張默，剛剛朋友來電話中斷了一下。

現在回答您去年 7 月 9 日之函示：

1.家世小傳之補充：我爸爸是臺中人，媽媽是福建龍岩人，我 1940 年 12 月出生在臺東，臺東鎮仁愛國小畢業，省立臺東女中畢業。

2.第一首詩是 13 歲時寫給我過世的同班同學。這首詩沒有留下底稿，匆匆寫好，匆匆焚祭。真正大量寫作是民國 44 年、我 15 歲、念高一。第一次發表是高一下，在地方報紙《臺東新報》副刊上，題目是〈離人〉。這首詩找不到了。高一下學期快結束時，有一位臺東師範的畢業生名字叫做黎華亮，告訴我花蓮《東臺日報》有《海鷗詩刊》，說我可以在那兒投稿發表。也許是高一下的暑假，也許是高二上起，我常常投稿給《海鷗詩刊》，因而知道花蓮有許多詩人在寫詩，我知道的有王萍、陳東陽、陳錦標、葉日松、葉珊。那時候王萍是主編，也是高中生，和我同年級，後來改名為葉珊。經由葉珊告知《公論報》闢有《藍星詩刊》，我因為當時作品多，所以一邊在《海鷗詩刊》投稿，一邊也投稿給《藍星詩刊》，那時大約是高二下。我每次投稿藍星，都幸獲主編賜函鼓勵，那位主編就是我非常尊敬的余光中先生。高三起，我除了在藍星發表詩作，余先生又將我的詩安排在《文星》雜誌的「地平線詩選」、《筆匯》雜誌、臺大夏濟安先生創辦的《文學雜誌》，以及稍後的《中外文學》、《現代文學》等重要刊物發表。大一時，殷張蘭熙女士將我的詩選進 *New Voices*，瘂弦先生將我的詩編進《六十年代詩選》。能順利地發表詩作，使我的寫作生命得以生長延續，並受到很大的鼓舞。一個詩人能成為詩人，成為一輩子的詩人，這要深深感謝許多位編輯先生。原來一個詩人也是因緣所成、眾緣和合所成。

3.民國 47 年秋天，我進入師大藝術系一年級，來到臺北和許多位詩人見面。臺北的天空好藍，風好清涼，臺北市好大，臺北的詩人好有趣，大學的生活好開心，真是詩情畫意的浪漫時代。我認識了藍星詩社的同仁和眷屬，余光中伉儷、覃子豪先生、夏菁伉儷、羅門蓉子伉儷、吳望堯、周夢蝶、向明、楚戈、黃用、張健、方莘、王憲陽、阮囊、唐劍霞、曠中玉、曹介直，還有後來年輕一輩的苦苓、向陽。藍星詩社的女詩人，有鄭林、張香華、本名白春華的白樺，和我藝術系的同班同學劉祖箴。我也認識創世紀詩社的詩人，瘂弦、張默、洛夫、辛鬱和女詩人朵思。也認識現代詩社的商禽、葉維廉、白萩、梅新、羅行和女詩人藍菱、羅英。後來又認識了《秋水詩刊》的涂靜怡，《笠詩刊》的趙天儀、林亨泰、吳晟、女詩人陳秀喜、詹澈葉香伉儷，後來又認識了草根詩社的羅青、林煥彰。多年以後才認識很重要的女詩人林泠和鍾玲。席慕蓉也是多年以後才開始寫詩。席慕蓉是我師大藝術系的學妹，低我一年，她是班上的班代，人很可愛，畫畫得很好。年輕一輩的詩人我只認識陳黎、陳義芝、趙衛民、焦桐、楊澤、路寒袖、須文蔚、方群、洪書勤和女詩人潘煊。以上所認識的詩友名字有諸多遺漏，敬請見諒；如冠錯詩社，請張默幫我校正。

4.詩的創造來自詩人根、塵、界的資訊，經由更高一層靈悟的統合，如調色盤一般，世間的七彩，提供給心靈的妙筆、揮灑成詩。根、塵、界的運作，在佛學上稱為五蘊，或稱五陰。蘊的意思是聚合，這些官能作用聚合在一起，是一個有機的組織，是一個生命的現象。陰的意思，就如樹蔭樹影會障蔽日光，五陰的生命活動，若不加提升、管制，任其順流而下，勢必阻擋智慧的日光，生命在陰影中流轉，苦無寧日。寫作之人感受特別敏銳，心靈柔軟易傷，常常如夜鶯泣血，為人間啼唱玫瑰一樣美麗的詩章，鞠躬盡瘁，死而後已。不僅如此，還帶著唱不完的悲歌，含怨入胎，下輩子再做一個詩人，唱那唱不完的情歌。這樣的生命狀態，好嗎？學佛以後，我知道自己柔弱方寸的是非、向背、取捨、收放，我學習捨了來自五陰十八界那強勢左右我的人間表象，結果會不會捨成空無所有呢？幾經自省，不會的。原來人心自有清泉、源源流出，可澆灌自己有限的生命，也可灌溉無限的創作之田園，學「捨」，只是將濁水換淨水而已。我慶幸而且肯定這樣生命的轉機──這也是我此刻的生命觀、藝術觀。

5.一個創作者，可以向外找創作的題材，可以向內找創作的題材。而藝術所必需的「創造力」，使題材的普遍相轉換為特殊相，成為獨一無二的精品，實有賴心靈中微妙的慧性、靈性、悟性、佛性。時下流行鋪陳感官之原始相狀，試問：感官觸受，誰人無之？若無更高一層的哲思，賦予美的意義，不能起讀者愉悅、感動、提升、淨化之效時，這樣的詩作，怕難以傳誦，在時間的長流中，容易像泡沫一樣，起滅一時而已。因而詩人的美學、詩人的詩觀，是理性的生命態度，卻基本地影響了感性的創作方向。最近這些年，我把信仰和詩觀、乃至日常生活，簡化、融合在一起，自得其樂，所以，張默啊，現在的我不離從前的我，但已不是從前的我。而此刻終將過去，只有文字紀錄，才能在電腦的磁碟片中，做不死的停止呼吸。我的「詩觀」的結論是，文字具有不朽性。它的不朽，靠著世間將它保存。能被保存，靠著文字的價值性。沒有價值的磁碟片、沒有價值的出版品，去處可知。有價值的磁碟片、有價值的出版品，獲得青睞、珍藏。向圖書館的藏書編目、向藏經樓的聖典古籍、向人間傳誦之口、記憶之心，不朽的詩句，在那裡：永恆。

張默，寫到這裡，謝謝您讓我說了這麼多心裡的話。

祝

新春吉祥

闔府平安

寫作自在

敻虹合十

1997 年 2 月 26、27 日

——選自敻虹《觀音菩薩摩訶薩》

臺北：大地出版社，1997 年 10 月

偏愛紅珊瑚的夐虹

◎鐘麗慧*

起初
有意無意
絳色的絲羅
流雲一樣不能捕捉
要三十年的落定
五十年的沉積
才漸有形體
　　（那緋紅的唇印，要多少年
　　　才能疊成這枝柯的樹？）

也如人間的律則
所有堅貞深切的
都有
晶瑩不摧的特性

海的心神　含凝為
樹狀的舍利
人的情意　專注一生
不也是那——灼燃的
紅珊瑚

---

*文字工作者。曾任《民生報》記者、《自立晚報》文藝組主編、大呂出版社負責人。

這是女詩人夐虹的詩作，題名為〈紅珊瑚〉。除了這首以紅珊瑚為主題的詩作外，在她的詩中經常可以看到以珊瑚形容顏色，或比喻事物的詩句，她是偏愛紅珊瑚的女詩人。

遠在民國 57 年出版的第一本詩集《金蛹》的第一輯就名之為「珊瑚光束」。詩人余光中說「珊瑚光束」裡大半的詩是纖柔唯美的。

嬌小的夐虹為何偏愛紅珊瑚呢？她說，因為我生長在臺東，一個樸實、寧靜、原始的地方，特別是瀕臨太平洋，海岸線壯闊、海浪聲濤，最是我喜愛。珊瑚生長在海中，愛海也愛珊瑚，珊瑚好像是大海的象徵。

的確，有詩為證，〈金色洋中〉一詩中有段：

但這裡的點綴卻太多太多
濃濃的海帶林，冷冷的珊瑚叢
且又有貝殼鋪就的長道
崎嶇而無光輝

還有〈當你畫我〉一詩中，也有一段：

「海底將有大火燃起
　　珊瑚樹之邊，立著珊瑚樹
　　珊瑚樹之邊之邊，仍立著珊瑚樹

這首〈當你畫我〉也因疊疊複複的珊瑚樹而顯得華麗。

歷經十多個年頭，到民國 72 年，她出版第三本詩集乾脆就用「紅珊瑚」當書名，除了一首寫紅珊瑚，引喻「人的情意，專注一生」。她還以珊瑚的顏色形容地心的火焰——「詳敘地心：珊瑚色火焰，千萬度熔岩」；也以珊瑚形容「爐香」的火蕊——「燦燦然，形成一顆光圓的珊瑚火蕊，火蕊啊！清澄澄的，已點燃。」她對珊瑚，特別是紅珊瑚依然情有獨鍾。

旅美畫家于兆漪，是敻虹師大藝術系的同學，為她喜愛的「紅珊瑚」動筆作畫，畫面上是一片藍藍的海洋中有株紅珊瑚，這張畫作就當做詩集的封面。

敻虹的詩齡相當資深，她早在 15 歲就動筆寫詩，本來是以記日記的心情來寫，後來試著向《臺東新報》副刊投稿，她的日記詩變成了鉛字，信心大增，大量寫作。高二那年，她的詩作登在花蓮《東臺日報》的《海鷗詩刊》，當時《海鷗詩刊》的主編是陳錦標，葉珊（楊牧）也參加編務。高三，敻虹進軍臺北詩壇，向余光中主編的《公論報‧藍星詩刊》投稿。

余光中曾憶述：「我主編《公論報》每週一次的《藍星詩刊》，投稿的新人裡面，頗有幾位還在東部的海邊讀中學，不但筆名動人遐思，而且作品清婉柔美，有晚唐南宋之風，簡直可稱現代詞。其中的一位女孩，就是敻虹。後來才知道她的本名為何……」

敻虹後來也使用過其他筆名，但用得最多的也唯一保留的就是敻虹。本名胡梅子，出生於臺東，生長於熱愛藝術的家庭，使她曾經立志當畫家。可是在她進入師大藝術系之前，她卻先做了詩人。而且父母尊重孩子的志趣，使她有個快樂的童年，因此，在蒐集她高中時代和大學時詩作的《金蛹》書中，她寫著短短的序言：「取 17 歲所見，垂掛在嫩綠的楊桃樹上，那燦燦的蝶蛹為名，是紀念美好的童時生活；是象徵我對詩的崇仰；永遠燦著金輝，閉殼是沉靜的渾圓，出殼是彩翼翻飛。」

敻虹和其他女詩人一樣，喜歡以愛情為詩的題材，但是，敻虹的愛情觀十分早熟，愛情詩相當高明，她的情詩是執著的，唯美唯情的專情，不是虛無飄緲的、輕輕柔柔的稚愛。

曾經讚譽敻虹是「繆思最鍾愛的女兒」的余光中寫過：「詩集《金蛹》裡的愛情，歷經憧憬、憂疑、驚悵、挫折、奉獻，至此而在血淚之餘甘願接受跛扈的命運。以前的詩中，作者望斷了多少的天涯路，至此而終於不悔，然而《金蛹》一書到此也就掩卷了。」、「《金蛹》裡的抒情小品，有的纖柔，像「珊瑚光束」裡大半的詩；有的華美，像〈當你畫我〉；有的穆肅，像〈不題〉；有的含蓄，像〈彼之額〉；有的緊湊，像〈懷人〉第二首；有的清淡，像〈草葉〉。而不論怎麼變化，其為句短筆輕、分段不太規則的抒情小品則一。大致上，書中的四輯詩，從早期的繁華繽紛到後期的沉著從容，顯示作者詩藝的不斷進展。」

《金蛹》出版的同年，她也尋得愛情的歸宿，此後停筆四年多，直到民國 60 年才又重拾詩筆。63 年應美國愛荷華大學國際寫作班邀請赴美，是第一位被邀請的我國女詩人。回國後第二年——65 年，將近四年的 15 首詩作集「白色的歌」和早已絕版的《金蛹》合成《敻虹詩集》。

「白色的歌」15 首詩的題材，從愛情，拓展至親情和鄉情，以及對生命的感驗，余光中認為：「『白色的歌』裡，真正令人耳目一新的，是主題和手法都有所突破的四首詩：〈東部〉、〈臺東大橋〉、〈白色的歌〉、〈媽媽〉，前兩首抒的是鄉思，後兩首寫的是親情。鄉思抒得有生命，有氣勢；親情寫得自然而深厚。比起一般的鄉土詩來，這四首詩不但為期更早，也寫得更好。」余光中稱讚：「像〈臺東大橋〉這麼樸實有力的語言，在她少女的時代不會出現，在一般女詩人的作品裡也很少見。」

《敻虹詩集》之後，又隔了七年，才再出版詩集——《紅珊瑚》，共收有詩作 53 首，以她近三十年的詩齡而言，她的創作量相當少，因為她不為邀稿而寫，並且每一首詩的醞釀期很長。她說，每一首都是在一份感覺或體認之後，不斷地思考醞釀，直到成熟時才動筆，一下筆就很快了，十分鐘就可以完成了。詩是個人智慧和個性的展現，詩人要持續的努力提供美感，才會提升社會藝術的層次。詩人提供的美感不一定只是優美、奇異、壯碩、清淡、迢遙，甚至新奇的形式，也都是美感。

敻虹說，我不刻意使自己成為詩人，只是喜歡用詩的形式來表現自己的感情，詩寫就時感到十分快樂、安慰和開心，排解積蘊的情緒就是最好的報酬。

除了詩，敻虹也關心教育，現任教於臺北市立師專。前些年師大畢業時，她還在北師專附小教了三、四年書，自己也有一雙兒女，經驗和理論相輔相成的結果，她認為成長中的孩子獲得愈多的愛，身心愈健康；求學時期的孩子，不要只壓迫他讀書。她見到年輕媽媽時，談子女教育的興趣比談詩高。

其實，在她的生命中充滿著許多美好的事物——詩、畫、愛情與婚姻、可愛的兒女，難怪她偏愛「虹」字和燃灼的紅珊瑚。

——選自《青年戰士報》，1983 年 9 月 13 日，11 版

質野寫媽媽

永遠年輕的詩人媽媽敻虹

◎陳南妤*

我的媽媽是女詩人敻虹，但是在我的心目中，媽媽是一位教育者。她從我們小時就讓我們有「凡事都要公平」的觀念，無論玩具、糖、學用品，我和哥哥都是一人一份。而且，不管年齡大小，每個人都受到尊重。

媽媽常常利用機會教育我們，教我們做事的方法。她告訴我的話當中，印象最深刻的是：「有原則而沒有脾氣。」只要依循真理行事，而不意氣用事，許多事就能圓滿解決。這短短的一句話，令我受用不盡。

從小，媽媽就教我和哥哥念佛，念《心經》、《大悲咒》，現在則要我們念《金剛經》。媽媽的聲音很好聽，她也很喜歡唱歌。但是她說，最美的聲音是梵唄，它使人內心充滿法喜，而且可以幫助修行。

媽媽是永遠年輕的，除了臉上沒有皺紋外，她的心也能保持天真。媽媽最喜歡看科幻片和小栗鼠的卡通。因為媽媽知識豐富，專門會解決難題，而又有一顆年輕的心和親切的態度，所以不論年輕學生或年紀大的人都喜歡和她交朋友。

我把前面寫的拿給媽媽看，媽媽看了哈哈笑。我想起《論語》上的一句話：「質勝文則野，文勝質則史。」我大概是屬於前者吧。媽媽說：「沒關係，寫文章真誠就好。」

——選自《聯合報》，1990年5月28日，29版

---

*敻虹長女。發表文章時為內湖高中學生，現為東海大學英語中心講師。

側介女詩人敻虹

◎林峻楓*

「山河天眼裡，世界法身中」，這是古代被喻稱詩佛的王維所寫過的詩句，他將宗教信仰和文史哲藝術融合為一體，給自己的生命空間開發出禪悅的心靈。那麼，現代女詩人敻虹，又為她自己找到了什麼樣的定位呢？瘂弦在敻虹《愛結》的詩集裡曾序言：「佛學的靈修與文學事業的關係，也許沒有那麼決絕，兩者之間一定可以找到平衡點。」既是如此，我們且來循線追溯她在俗情世界與佛情世界兩者互牽的跡象吧！

從 1957 年開始在《藍星詩刊》發表詩作起，早期的她都以愛情詩為主題，而這也是女詩人在創作上普遍起步而脫離不出的思路，余光中就曾經賞識她的〈鏡緣詩〉、〈記得〉、〈鹽〉等詩，說都是用情真摯的佳作。詩者不妨感受〈鹽〉中那溫婉潤潔的情分；「海是永世的所屬／一枚貝殼，在遠遠的沙灘／記憶著／你／怎樣／液態時的柔情／固態時的等待／等待回來，入水融化」，真是情到濃時方恨少最佳寫照了，無疑地也是她個人自我的情韻；然而在現代都市裡，這種純情的歸依又是少之絕有的，她帶著感性且清靜的眼神看著寫實的江湖，一首〈幻覺〉，就是因男女認定的愛在肉與靈上有不同的選擇，而出現了裂痕，於是從破碎的情夢步向空靈的昇華，在躍動的意象之間不啻給年輕人清新的灌頂。而她最著力經營的是蛹的象徵，愛情與人生或可成繭，或也寂滅，如〈幻覺〉、〈蝶蛹〉、〈綑〉（情感受困）、〈贈〉（情感滅亡）、〈蝶舞息時〉（蛹脫繭成蝶，激情舞畢即寂滅）等等普世的縛情，春蠶到死絲方盡，多麼可戚、可憐、可歎哪！

---

*法名釋妙功，詩人、兒童文學家。現為佛光山佛陀紀念館編輯組主任。

究竟她是一顆可蛻變，更能自適的「世心」，在〈而今遠離愛想結縛〉如此道出鮮明超越的「無心」;「我真正愛你時／已不說愛／不說想念之綺語／我從愛之繭／忘苦而化翅／向淡藍的氣流／向梵唄的音波／終究我也不是蝶　不是蛹／不是來源　不是往後／不是結的重重／……」。因而對於二性情感，好比〈觀夢〉裡，就將「冷與熱」、「死與生」的輻輳做了交錯的應承:「常常作為一個／旁觀者／看著自己／生的／死的／潔淨的身體／水後和火前／旁觀者／看著自己／／不動悲喜／是夢中的定力／對待自己。」這種對自己的旁觀，或旁觀他人，往往需要智竅的連結。這種智竅的連結，無疑地又將她的佛性往靈境高峰推進，〈我已經走向你了〉:「而燈暈不移，我走向你／我已經走向你了／眾弦俱寂／我是唯一的高音」，外在看似付之二性的專情，其實內裡是把自己託付給佛門了，因而也導出她早已潛存的佛思內涵。

她自小信佛，成長於臺東荒樸的環境裡，15 歲開始寫詩就立志當一輩子的詩人。父親修佛，期盼她當畫家而帶她去朋友家看畫，然而，一幅達摩祖師像卻給她的詩與佛做了美麗的調色盤；儘管念了師大藝術系，但後來的碩博士還是和文學、哲學結下深厚的提煉內蘊。中年期學會了梵唄，參加佛寺的早晚課，寫出一系列的〈爐香讚〉起，她已把自己完全交給了佛菩薩，備顯性空深緣。〈護生六題〉以她的佛心慈悲，祈望地球上美麗世界的重生；再看〈火燄化紅蓮〉:「這火來自與這水同樣的母胎／是孿生的清涼和忿熱癡愛／／這水何況是純淨甘涼，……／這火，這火燄，這火燄漸次轉化／語音漸漸柔順，火蕊漸漸芬芳／而出落為蓮花……」水火同源，排開萬難，淨土在心，是她的磬聲梵唱，也是她對佛法的禮敬。余光中論她的頌佛詩嘗謂:「妙用佛語，巧探禪境，短句起伏，如漾漣漪，可謂在周夢蝶之外另闢一勝境。當以〈法界〉、〈蒙熏〉、〈諸佛〉、〈悉遙聞〉四首最美。」

長期定居於美的敻虹，曾對詩人張默說:「現在的我不離從前的我，但已不是從前的我。」其寫作的詩象從早期的自戀、婉約走向智性的精簡、寬厚及和諧；中後期則步入佛教詩的境界，更直接地說，是虔誠的頌佛詩，一種毫無質疑的信仰。一組「楊枝淨水讚」的頌佛詩，是「了然無著」的起見，〈諸佛現全身〉中盡釋無漏法門，「觀音菩薩摩訶薩」與「諸佛護念的大乘經典：《法華經》」裡的詩與文，也全是心靈的慧悟，佛性的長流，文字不死的呼吸。十幾年來，她誠敬的拜佛念佛，鑽研佛學，對這婆娑世界的七情六慾，甘苦體證，在浸淫日久下已經思析唯清。

佛教現代詩和現代禪詩，展現手法固有不同，其內質不變，她晚期的創作領域誠屬前者，淺白淨心教化居多，但也未牴觸詩學機制。她說：「學佛修行，可以用在炒菜、用在端茶、用在讚歎，當然，也用在寫詩、用在創作。詩是一門藝術，藝術淨化情緒、洗滌心靈⋯⋯真正的佛教現代詩，是活潑生動，而非索然無味，因為好的作品，一定富涵真善的性靈，一定具足美感，自然就能感動人心。」（此段話引用滿光法師、潘煊的訪談）故〈兩岸之間〉這首詩不僅回應了瘂弦所謂平衡點的問題，我們也可以作為看待敻虹自我超越思維的感悟：「你希望我運筆自在／來去在凡、禪之間／此岸是苦、是有情的國度／彼岸是樂、是無為的妙境／／起先，兩岸是不得不然的／對立的概念／其實兩岸無間／其實一旦到『彼』／『此』方風光已無聲無形／⋯⋯」我們何嘗不能說，只要你的心不濁，必能探得豐美的清溪。

——選自《藍星詩學》第 12 期，2001 年 12 月

《六十年代詩選》作者小評（節錄）

◎瘂弦*

三年前，在新起詩人群的沉宏的合唱後面，一個拔尖的、美麗的女高音出現了；那就是敻虹。

敻虹的詩給予人的印象是感情真摯，調子輕柔，清澈、精巧、纖美而又奇幻。一般說來，她比我們另一些創作生活開始較早的女詩人顯得更為重視技巧，其對速度、張力、韻與諧音均有細緻的體認；在表現上，她具有克臘西克的節制和勻稱，並具備一種向為女性詩人所欠缺的理性的深度與嚴密的組織力。

中外論者恆以閨秀作家每每不願使用剪刀與磨石、並常常忘卻批評（客觀的監視感）而失去自我為詬病，但這些話加之於敻虹，怕就完全不宜。她底詩以簡潔的效果取勝，且常常展示一派莊嚴靜穆的氣氛。〈不題〉即其一例，有人說「讀〈不題〉詩，其心可朝天帝！」諒非虛諛之詞。她的節奏是滑行式的，輕飄自然，熟極如流。而其無懈可擊的渾然的模式，水晶般玲瓏剔透的詩想，確使我們想到少女時代的瑪麗安妮・穆爾，以及Y・D、穆蕾兒・魯吉莎這些名字，但卻有著更優美的轉化。

敻虹是臺灣臺東人，今年 21 歲，師大藝術系肄業。據詩人自己說，她 15 歲便開始寫詩。本詩選[1]所選九首為 47 至 49 年作品。

敻虹未來的世界是遼闊的，由於她燦爛的詩才，我們深信她必能成為繆思最鍾愛的女兒。

---

*本名王慶麟，詩人、編輯家、評論家。發表文章時領海軍少校銜，現已退休，旅居加拿大溫哥華。

[1]編按：本文原載於瘂弦、張默主編，《六十年代詩選》（高雄：大業書店，1961 年），頁 184。

——選自《創世紀》第 148 期，2006 年 9 月

當代女詩人座談會
女詩人的心靈

◎聯合文學編輯部

時間：民國 77 年 4 月 4 日

地點：聯合報第三大樓九樓

主席：瘂弦（《聯合報》副總編輯、聯副主任、聯合文學社長）

出席：沈花末、席慕蓉、陳斐雯、張香華、曾淑美、夐虹、羅英

瘂　弦：為了使今天的談話有遵循的方向，特別請聯副副主任陳義芝先生擬出兩個題目，希望各位的發言，能以此為焦點，展開今天的討論。

一、對中國傳統女詩人抒情婉約之風的看法。

中國在過去，女權並不發達，婦女很少寫詩，所寫的詩多半是閨房、天地玲瓏之詩，範圍較狹，少有社會詩人。而她們的詩也少有陽剛之氣，所以無形中中國傳統女性的作品，就有了抒情和婉約的風格。

二、現代女詩人的現實生活——愛情、家庭、事業與文學世界的關係。

從五四至民國 38 年這段期間，不僅女詩人很少，連女作家也是寥寥無幾，如冰心、謝冰瑩、丁玲等，在當時的文藝界，可謂鳳毛麟角。在 1940 年代以前的女詩人也不超過十人；但是到了臺灣以後，情況完全改觀。現在若將女詩人去除，臺灣的詩壇將潰不成

軍，女詩人不但成為中國現代詩壇的特色，而且是中國現代詩壇的重鎮，沒有她們，詩壇就非常零落，所以，今天的臺灣，不但女權發達，而且女作家、女詩人也掌握了文壇主要的文權、筆權，這是與過去截然不同的。現在就以詩齡為序，先請敻虹女士談她對這兩個問題的看法。

敻　虹：謝謝大家，我先說一段序言。我想我的詩觀、寫作態度和做人的道理是一貫的。如果大家肯定我是個詩人的話，則我的思想、人生觀，對我的詩無疑非常重要。這幾年我研究佛法，佛法所啟示於我的，就是「世間萬法是佛法」，既然處處是佛法，則佛法就是我心目中最高的理念。今天我就姑且以價值觀為代名詞，來說明我寫詩和做人的理論。

人無時無刻不在做價值判斷，有時是經過一段時間的思慮，有時是剎那間就決定了，舉一個簡單的例子，今天各位在出門之前，一定經過了一番價值判斷，才來此參加座談會。哲學家將價值分為三種：對真假是非的判斷，歸納在科學的範圍中；善惡的價值觀，則納入道德、倫理的範疇；美、醜的價值判斷，就歸納在藝術的範圍中。因此就有人秉持此種理念，認為只有美、醜才是藝術創作價值判斷的依據。

自我 15 歲發表作品以來，我的價值觀是服膺於真善美，我希望我的心念能擴充到善惡、是非、真假的範圍，不只是美醜而已。但是，到了四十歲左右、則是服膺於真善美之上的「真實」，因為，真善美只是世間現象世界的律則，在佛學上，還有更為真實的觀點。所以，我寫作的第二個階段，是以佛家中真正的真實，作為寫作的最高標的。聽來似很虛幻，但這個最高理念，並非是空的，它是就著人生世間種種作為，成就人的基本法則。人順著七情六慾而作為，而我們應將之導向昇華，一步一階慢慢地接近般若的境界。

人的思想、看法決定行為，因著我對佛教般若的認識，就影響到我心中的理念，所以我認為，詩人若是為了發抒自己的情緒，可以寫作，但是要將它束諸高閣、藏諸名山，因為那是個人的私事，如果一旦要發表，就有社會責任。因此，誨淫誨盜，會產生不好的影響，不好的情緒、不美的感受等副作用的作品，不能發表。詩人本身就應有正確的價值判斷。

對讀者而言，詩有詩的語言，當然應先熟悉語言的形式，才能了解詩；但若是盡力去熟悉簡約、緊湊、抽象的形式後，還是看不懂，就將它放棄，因為那不是你的錯，而是詩人的錯，因此，我的結論是：詩人應有良心，讀者應有信心，謝謝！

瘂　弦：在我的印象中，敻虹是一個抒情主義者，可是這幾年的發展完全不同了，她帶著相當濃厚的宗教色彩。接下來請張香華女士談一談她的詩觀。

張香華：謝謝瘂弦，也謝謝主辦單位，更要謝謝今天來參加座談會的詩人及詩人的朋友們，我不是說客套話，而是我常有此切身感受，我覺得詩在這個時代並不是很熱門的。有時我被冠上女詩人的名稱，我甚至於會覺得很難為情，為什麼？因為詩並不是非常熱門的，不只是我國，外國也是如此。不論是從社會觀或個人抒發情懷的立場上來說，或者說是把自己所認為的人生真相，設法以語言表達出來；否則，在這個社會上，可能還有更方便的途徑去獲取名利，而不至於寫詩。也就是因為這份真誠的摯愛，使我們一直在這方面努力，我剛剛之所以要謝謝各位，就是因為今天各位來到此地，即表示你們支持我們寫詩。

今天的主題是「對中國傳統女詩人抒情婉約之風的看法」，在未充分準備的情況下，我談一談個人的想法。既然有「女詩人」的稱呼，則除了性別之外，一定也有別於男詩人之處，例如女性的天地、性情、生活內容……等，自然和男性不盡相同。也許現今社會兩性的差距越來越小，但仍不可否認有先天、後天環境所造成的差異，所以，如果女詩人的作品有婉約、抒情的影子，是很自然的，並非不好。有人認為詩人在作品中一定要有社會的責任感，或抗議的精神。我想創作是很自由的，可以殊途同歸，也許抒情、婉約中並不直接有社會責任，但是你的表達如果能夠掌握真善美、人生的真相，也一樣能提升讀者的精神境界。當然我並不認為女詩人一定要抒情婉約，但我認為創作者應有創作的基本精神，即個人盡情發揮。以我個人為例，年輕時也曾寫過一些抒情、婉約的作品，這是第一本詩集，到了第二本詩集時，因為我自己的生活有一點變化，以及年齡的增長，使我走出了自己的天地，再回過來看社會，於是詩風產生變化；現在我的第三本詩集又有了變化。我個人寫作沒有理論基礎，還是以作品來告訴大家，我的生活內容為何。

瘂　弦：張香華女士以三部詩集來表達她人生的三個境界。下一位是羅英女士，近年來她正在進行自己的「文藝復興」，她曾有一段時間停止寫作，但最近忽然又有很多好作品泉湧而出，請談談妳的「文藝復興」。

羅　英：我有一段時間不曾寫詩，那段時間可以稱之為冬眠。我覺得人應有一段冬眠期，冬眠之後人會更清醒、更有體力、更有精神。我最近除了寫詩，還寫極短篇。提到婉約，我覺得我的詩最不婉約，看過我的詩，你也許不知道這是男性，還是女性的作品。所以我的詩集題目也很怪異，如《雲的捕手》、《二分之一的喜悅》，有很多人看不懂我的詩，問我：為何你的詩，不像你的年齡所寫的詩，為何人可以保持感性而不消失？我的回答是：活在自己的世界中，隨時保持如孩童般的心情。我寫詩並沒有固定的地方，最常在公共汽車上寫詩，也不一定要去尋找題材，當遇上時就好像著魔一般，非寫不可。有一次我看一場電影，只記得有一場景是門忽然打開了，這個衝擊一直在我心中趕不走，於是寫了一首詩〈門開啟〉；又有一次經過鐘錶店，看到一隻隻手錶排列著，心中感觸很深，因此寫了一則極短篇〈時鐘〉，及一首詩〈時間〉。我覺得寫詩要有夢幻和酒醉的心情，要放開心情去寫。

瘂　弦：從羅英女士的談話中，可以感覺到她對詩的執著，像著魔、酒醉一般，去追求詩的未知世界，她是「雲的捕手」，也是「詩的捕手」，去捕捉新奇的經驗，探尋未知的世界，下一位請沈花末小姐。

沈花末：詩是真實生活的反映，到目前為止，我的詩是屬於抒情的，多為對愛情、生命的描述。一個詩人若要寫好詩，一定要勇於嘗試各種題材，而且詩若要廣為流傳，應該和社會、人、土地結合，希望有一天我能擴大我寫詩的題材。

席慕蓉：談到我對中國傳統女詩人抒情婉約之風的看法，由這個題目可以引申為，到底女性在現代和以前有無差別？

我是女人，喜歡寫詩，如果別人稱我為「女詩人」，我會很高興、快樂，但若將「女詩人」和「閨閣文學」、「閨秀文學」間畫一連線，我不贊同。如果一個人永遠在狹隘的範圍之中，做較為狹窄的思考而寫作的話，你可以稱其為「閨秀」，但如果因為她是女性，就稱她的作品為「閨閣」我認為這是很不公平的。其實現代女性的活動範圍早已不限於閨閣，有遠至撒哈拉沙漠、北極者，已不再是以前的女性了，尤其是二次世界大戰以後，不論西方、東方，女性受教育的機會已與男性平等，女性不論在工作、學業上，都能較以往有更高的成就，所以，女性作家、藝術家不斷出現。

瘂　弦：謝謝席女士，非常深入地分析女性寫作的心理。現在請詩壇新銳曾淑美談她如何寫詩。

曾淑美：我非常慶幸我出生在 1960 年之後，我覺得前輩女詩人留給我們的空間很大。記得我會背的第一首詩，就是女詩人的作品，那是我九歲的時候，當時我看的是《唐詩三百首》，第一首會背的詩是薛濤的「花開不同賞，花落不同悲，欲問相思處，花開花落時。」等我長大進大學懂得喜歡男生，屢次失戀之後，我就開始認為這首詩好像是我的宿命。而且我的朋友較喜歡我的情詩，所以我覺得我寫詩是有一點宿命的。但是，基本上我並不會羨慕像薛濤這樣的女詩人，雖然她寫出不少好詩，但是她們的生活範圍，以及所能介入社會、生活的層次，還是比不上我們這一代的中國女詩人，所以，我們是非常幸運的。

談到家庭，我的家庭氣氛非常和諧、有趣，父母親和我的年齡差距不大，較易放縱我自由地去做想做的事，我想這是有助於我寫詩的地方。

在愛情方面，我大部分的詩都是因失戀而寫，低調的心情淪陷成一首首的詩。我的詩集名為《墜入花叢的女子》就是朋友嘲笑我而取的，因為他們覺得，我一直墜入花叢中而賴著不肯出來。這本詩集實際上是我在脫離花叢之後才出的書，但我仍以此為名，其原因有二，一是對自己的青春期做一反諷；二是名字本身吸引人。對我而言，愛情一直是推動我向前走的力量，使得我不斷地寫詩，如果我喜歡一個人，我會對他所喜歡的事情感到興趣，無形中也就擴大了我的生活領域。

在事業上，我目前在《人間》雜誌工作，我非常喜歡這本雜誌，也以在裡面工作為榮，而且它確實幫助我成長，因為基本上我是個浪漫的人，而《人間》雜誌也是浪漫的，此「浪漫」意指對世界忍不住的愛，想要去改善現實的憧憬和願望，因此這份工作使我更為開拓。

關於夐虹提到詩人的社會責任，正是我目前所思考的問題。道德是很微妙的，一不小心就會變成教條。兩年前日本白虎社到臺灣表演，我看過之後非常喜歡，但有些人認為可以批判白虎社，我能了解乃是基於道德的立場去批判它；但是白虎社的創作中有一種人類可歌可泣的無名狀態。不過，它又是非常暴虐、非道德性，是心靈中陰暗的角落，但是由於無名的被釋放、表現出來，所以能夠增加我們對人性中黑暗的了解，然而它又很可能造成道德的敗壞及放縱，這問題我很困惑，希望大家能一起思考。

陳斐雯：就我個人而言，基本上我對生命還很迷惑。我每次寫詩是覺得我在和自己討論一件事。詩是否應有真善美，社會道德，我一直很徘徊，就因我還迷惑，所以我覺得我需要和別人一起分擔這份迷惑；或是我在這迷惑中看到一些有趣的東西，很希望和別人分享，所以我才寫詩，如果我沒有這迷惑，就不會寫詩了。

至於是否應在詩中揭露人生的真相，我覺得不一定如此。究竟應以何種觀念寫詩？或應寫什麼詩？是否應負起社會責任？當你看到一個小孩跌倒時，是不是應該趕快過去扶他起來，當陽光正好打在你與他肩膀接觸的地方，讓人很感動，這一幕中有一股人道主義的情愫，可是如果是真誠的我，我會覺得，當我看到他跌倒時，我要看他如何站起來。人道主義為何要有一套固定的模式？社會改革、追求真善美，為何一定要以「明天太陽還會升起」的方式進行？我很懷疑、迷惑。我一直處在一個很迷惑的成長過程中，家庭生活、學校教育經常給我這種感覺，所以，我認為今天我沒有資格來此。但因我還在寫，還在迷惑，所以就和各位談談我的感覺，就是如此。

瘂　弦：由於兩位新銳女詩人的發言，使座談會漸入佳境。從他們的談話中，讓我們感覺到年輕一代確實不一樣，他們自由、率性，沒有任何負擔，像探險家一樣有勇氣去面對未知。

每一位都發言過了，現在開始自由發言，更深入地談這個問題。如果各位覺得以討論的方式，更能使臺上臺下的觀點、情感產生交流，請各位提出問題，可以指定回答。

黃美惠：請問詩齡較久的女詩人們，在年輕一代詩人談過之後，對他們有何看法？

席慕蓉：我很羨慕這一代，因在他們身上完全做到男女平等，不像在我這一代還有些包袱存在，所以我要拚命去表示男女平等。而他們已自己活出男女平等的世界，不必我擔心，所以我覺得非常快樂。我的女兒 17 歲了，已經到了寫詩的年齡，如果是在這樣的心情、環境中長大，我會覺得很快樂，因為她可以很健康、坦然地面對很多問題，而且她的智慧深度和方向是我所望塵莫及的，所以我覺得非常快樂、羨慕，我希望他們能接受我的謝意。

周麗娟：請問羅英女士，讀古詩或現代詩作品對於創作有無必要？

羅　英：我自己對古詩很少涉獵，背不了三首，我覺得寫詩和其他文學較不一樣，寫詩是非常自由的天空，可以隨意發揮，你要寫什麼就寫什麼，題材也是多變的，可以寫情感，或任何東西，如蚊子、蒼蠅、花，甚至垃圾堆裡的娃娃，都可以是詩的題材。

林士瀅：請問席慕蓉女士，寫詩與寫歌詞，在心境與風格上是否相同？又您對您的詩譜成歌曲有何感想？

席慕蓉：其實我並沒有寫過歌詞，是別人把我的詩拿去當歌詞。我高興的時候才寫詩，如果是為了某事而寫，我會有排斥感。現在既然詩已經發表，應該就不再去反對別人所做的任何事，但是，如果有些東西遠了一點，還是不好。

瘂　弦：剛才因為每一個人的發言只是一小段，未暢所欲言，是否再請他們針對主題充實發言的內容，請夐虹再綜合發表意見。

夐　虹：「文章千古事，得失寸心知。」寫作的人寫了一生，需要很堅強的毅力。當我們讀了古人的作品，它感動我們，使我們向更高的境界成長，我們就覺得想模仿他，想回饋於歷代文學家，基於此種理念，所以我們不能不做內容的反省。

從今天各位女詩人的報告中，我們可以發現充滿了個別性，有很大的個別差異。而個別差異的存在，也就是最真實的人生，從這個觀點，我們就可以駁斥那些提倡文學活動、社會活動的人，不要強調文學應該為某階層服務。事實上這種論點也不應成立，因為，每一個你都是構成這個時代的一分子，你不能忽略自己，於是就有所表現，所以各展風貌即是代表時代。或許在若干年後，我們會被做為社會學的資料，用以研究這個時代的心態。如果各位有心探討藝術的最高成就，就應有此基本認識，即人類的感情千古以來，都是一樣的內容，文學的特質就是在這個基礎上，以具有創意、新的語言、融合個人的特質去詮釋它，表現出現代生活所予人的各種刺激。像羅英女士的寫作方向，完全是外感的，而席慕蓉和我就是內發的，這是我們的個別差異。所以在千古不變的情感上，我們要加上時代知識的色彩。和西方比較，在創意上我們很幸運地身為中國人，我們的歷史悠久、地理山水靈秀、土地廣大，我們有很多鄉愁，而且我們的祖先有非常精緻的文化。此外還有前人的感情來豐富我們的感情，如李商隱、李白、王維的詩。

所以，在年輕時是做個別生活的嘗試，但是若有志於做一個文學家，必須做自我反省，文學作品不外是創意、個別性、真誠及真、善、美的融匯，而後者正是我個人的理念。

張香華：在敻虹女士這麼完整的說明之後，我能補充的很有限，在我自己的創作過程中，有兩點可提出與各位交換心得。第一、詩人要有敏銳、求知的心，不論年齡多大，應永遠對外在世界有熱烈追求的心，在心靈上亦永不要有老大的心情，才會對周圍之事，時刻懷著好奇，而去探索。第二、在我創作的過程中，我一直希望有所突破，不論在內容、形式上，不再重複以前所寫的東西，創作應有蟬蛻，不斷發現人生中新的題材及新的表達方向，讓最令我感動的東西表現出來，也讓讀者分享，這是我所希望的。

曾淑美：關於敻虹女士提到的人性問題。我要和大家一起思考的是，為什麼我們是詩人？我認為詩人之所以成為一個詩人，是很技術性的問題。因為我寫詩，我對詩有掌握能力，能運用寫詩的技術，如果寫出來的東西獲得大家的認同，你就變成一個詩人，基本上這與做罐頭的工人，知道如何製造罐頭，或農人知道如何耕田是一樣的；但是，為什麼大家會對詩人有這麼多的期待和幻想，覺得詩人就是抒情的代表、世界最純粹理想和象徵？

我並不覺得詩人的人性高人一等，因為包括我自己在內，人總是有很多缺點，但我還是會很留戀詩人這個意象，然而我檢討自己，並不覺得有高人一等的地方，所以，除了在技術上的要求外，詩人不應被賦予太多的幻想和期待，尤其是人性的期待。

我覺得人性並非一成不變，人性很深邃，更微妙的是，它深深受到我們所處的世界的制約，所以剛才敻虹女士說到我們這幾位的個別差異，表現出人性上的差異，每個人的性情確有不同，每一代都會造就出不同的人，我常想我們這個時代社會所造就出的這一代，對於所處的時代是持著何種態度去反省、面對、創作？在詩的技術性方面，對於比我更年輕的人所寫的「都市詩」由其中可以看出許多前例，我自己也會很害怕那種無名的釋放，及其所可能導致的道德危機，我生長在南投草屯的鄉下，所以我一直對都市感到陌生，現在看到興起更年輕的這一代有此潛力和衝勁創作「都市詩」，我一方面覺得非常驚喜，為何他們有這麼大的企圖寫這些東西；一方面又很害怕，屬於我這一類農業社會式的道德觀已經逐漸地淡化了。我有一種說不出的惆悵和恐慌，就像有時我走在臺北市東區的街頭也是覺得非常恐慌。

陳斐雯：講到人性的問題，我要談談我對人性的看法。我常因為對人性感到困惑才寫詩，我的詩中沒有理性、崇高的思想，並不是害怕它會斲傷我的創作熱情，而是因為我的性格比較懶散，我常有做壞事的感覺，那時我就寫詩，因此，我並不太贊同所謂無名、文明的觀點。我覺得這個社會常給人一種疲倦的感覺，我們常要面對權威、責任、良心，使得創作的熱情被壓抑，常被人牽著走，需要什麼就寫什麼。但是我還是堅持寫自己想寫的東西，這樣我才會欣賞自己，我喜歡做些讓自己欣賞的事情，所以我才寫詩。

聽　眾：請問羅英女士，讀太多其他學術性著作，對於寫詩會有不好的影響嗎？

羅　英：我覺得不會，如果看了更多書，會更增加詩的範圍、層面，對寫詩也很有幫助。

聽　眾：請問席慕蓉女士，你對詩歌朗誦的功能及意義有何看法？

席慕蓉：這方面我沒有經驗，但我很喜歡在電話中把我剛寫好的詩讀給朋友聽，但如果加上了表演的性質，我覺得有時對詩是一種傷害；不過如果做得好，可能對詩也是很好的。

瘂　弦：關於朗誦詩的問題，最近洛夫先生把作品請音樂家做成曲子朗誦，名為〈因為風的緣故〉。雖然音樂部分做得很好，但是大家還是覺得沉悶，可見朗誦詩不容易，因為現代詩中至今還沒有典型的朗誦詩出現，所以，在臺灣只有詩朗誦，而沒有朗誦詩，我們期待一個朗誦詩人的出現。

聽　眾：請問曾淑美小姐，如果你不失戀的話，你會用何種方式寫你想寫的東西？

曾淑美：我想還是詩吧！從小我就覺得除了寫作外，我就沒有別的才能，所以我一直寫，我想也有可能會寫小說，因為我在讀高中時非常迷張愛玲的小說，當時我一直計畫寫些文字精美、意象華麗、故事淒哀感人的小說，有點像蔣曉雲的小說。

聽　眾：請問從事文學藝術工作，是否不做謀生雜務更好。

陳斐雯：工作常會有影響。因為我在《人間》雜誌工作的那段時間，寫不出詩來，因為當你去採訪很悲傷的事時，很難寫出甜美的詩句，而由於對那些事物的看法和感覺，又不會選擇以詩來表達，就更不會寫詩了，只有藉由其他形式表達了。後來不知何故，寫了一篇童話，讓我肯定，我一定要離開《人間》，這並不是否定《人間》，而是所接觸的事物，使我覺得不舒適，於是就換了工作，以讓自己能舒適一點，能做自己想做的事。

席慕蓉：由於發問者的態度非常誠懇，所以我想回答這個問題。首先我們必須要有一個認識，工作是讓我們在這個社會上找到一個位子，得以貢獻力量，而不必把它看成是為了拿薪水，如果對這個位子不滿意，可以換；又如果有了好位子，同時也想寫詩，不知如何抉擇時，怎麼辦？其實同樣的事是可以一起做的，並不會有損害，就看你如何去做。

我在教書時，常很擔心一句話就會傷了學生的心，使他從此不再作畫，更喜歡鼓勵學生們作畫，但是十幾年來的經驗，我發現有些是我過分地擔心，因為要畫畫的人不論你如何罵他，他都會畫，所以，如果想做一件事，就不要害怕，勇敢地去做，因此，如果你想要寫詩，即使工作再忙，你也會找到時間去做的，不必擔心無法兼顧。

聽　眾：寫一般詩之後，再寫童詩，會有何影響？

敻　虹：在一個黃昏的下午，我為女兒寫了幾首詩，以後我就陸陸續續地寫了很多首童詩。兒童詩並非是學兒童的口語，講一些不清楚的兒語，它也有詩質，以我的一首詩為例：「我有一把木刀／一把真劍／一個翠綠色的滑板／和幾個洋娃娃／這是我心愛的寶貝／我知道媽媽心中心愛的寶貝是什麼／因為每次她幫我梳頭髮／都說我是她可愛的芭比娃娃」這是我寫給女兒的童詩之一，孩子看的懂，而這也是我內心所想的，所以就寫下了這首詩。

聽　眾：敻虹女士提到寫詩的心態分為內發和外感，二者有何區別？

敻　虹：其實不能如此嚴格區分，外感若無法激動內心潛在的認識，外感也不會產生作用；內發若無外在的刺激，也無法引發出來，二者只是一種大略的區分。

寫作是有個別差異的，不論在何種情況下，心中應有定力，使情緒不受外在影響，客觀地捕捉其永恆的一面。

林秀英：都市詩和鄉土詩有何衝突？

曾淑美：依我的閱讀經驗及自己所做的分類，鄉土詩可分為兩類：一類是完全以本地農村做為主體內容，如吳晟先生的作品即是；另一類是以工農兵為其內容。我個人很喜歡吳晟的詩，使我對鄉土詩充滿了希望。

臺北市的都市化、繁華、轉變地讓人目不暇給，令人感覺到後資本主義時代的來臨，在詩壇即可以看到後現代主義的浪潮興起，當我在閱讀這些詩時，有四種感覺，讓我很惶恐：(一）強烈的感官性。例如做愛、體毛的字眼出現。(二）時空感的夷平。讀不出詩背後的時空，不知發生在何時、何地。(三）歷史感的消失。(四）對道德的再界定。都市詩、鄉土詩同樣值得我們去面對、思考，因為它們都是在這塊土地上開出來的花朵。我只能說自己對都市詩感到惶恐，謙卑地說，這也許和我的背景有些關係吧！

聽　眾：請問曾淑美小姐，能否舉例說明能影響妳寫詩心情的事物。

曾淑美：因為我的工作而接觸到的一些對象，我從他們身上所看到的優、缺點、潛力、限制，會使我感到很痛切，而產生了刺激、感動，其中對我刺激較深的是，年輕的知識分子如何將其理想，通過人性的限制，落實在現實之中而不曲扭。這些使我深深發現人和理想及社會的限制、潛力。我常看到人的限制和潛力，所以，我常會同時覺得悲傷及喜悅。

聽　眾：社會對青少年有很多不好的影響，希望詩人能多寫些改變社會風氣的詩。

敻　虹：中華民族是詩的民族，如詩經的形成，就因民間詩風極盛，政府派採詩官蒐集，再經孔子刪成詩三百。在西方，柏拉圖排斥詩人；但在中國，詩是理性和感性的調和，蔡元培先生在教育總長任內曾提出「以美育完成道德教育」，現在則倡導「五育並重」，但美育仍是被肯定的。詩人的責任就是盡一己之力來貢獻美感。但是在現今五光十色的社會裡，人容易受到環境的紛擾，還有金錢的價值觀、教育方式的偏差，在在都使得孩子們在情意上易受戕害。想要改善此種現象，應從全體國民著手，大家回歸人道的精神，不論詩人、畫家、音樂家等都能盡一己之力，去逐漸地改善不良的風氣。

瘂　弦：今天是中國新文學文壇上的第一次女詩人座談會，具有歷史意義。而且今天我們也發掘了許多問題，在此特別對這幾位女詩人表示崇高的敬意和謝意。

——選自《聯合文學》第 44 期，1988 年 6 月

當法音流入詩的礦層

訪女詩人敻虹

◎滿光法師*

◎潘煊**

問：請問是如何的因緣，使您從一般現代詩的寫作，進入佛教現代詩的創作？

答：現代詩與佛教現代詩二者，於我而言，不是前後分明的兩個段落，而是重疊、並行的創作領域。我第一首佛教現代詩「爐香讚」13 首，已是十幾年前的作品了，當時學會梵唄，參加佛寺中的早晚課，深為感動，作品於焉誕生。接著是以祝福觀點寫成的〈祝禱〉，之後出現的「楊枝淨水讚」十首，則比較落實在人間的苦楚感受以及懺悔情懷。恭讀佛典，菩薩所行，令我深深感動，因而依據普門品詩偈，寫了歌頌觀世音菩薩的三百餘行新詩。去年七月，在佛光山受五戒和菩薩戒，為這生命中的大感動、大震撼，寫了受戒詩兩首。

其實，在我大學時期的作品中，就有禮讚佛陀、嚮往如來境界的詩句出現，我想，這與環境有絕大關聯。我自小在正信佛教家庭中長大，父親一輩子修持《心經》，於佛法具有正知正見，薰染所及，我對佛陀向有一種情感化的尊崇。所以，一路行來，自然地以抒情的筆調，發露宗教崇思，寫成佛教現代詩。

問：修行與創作在您生活中如何互相觸發影響？

答：我 15 歲開始寫詩，就立志要當一輩子的詩人，本來父親希望我成

---

*發表文章時為《普門》雜誌主編，現為美國佛光山達拉斯講堂住持。

**發表文章時為《普門》雜誌編輯，現專事寫作。

為女畫家，在那個時代，在臺東那樣荒曠原樸的大環境裡，父親能夠不著眼於現實的考量，對我的人生觀、價值觀有著深遠的影響。他帶著我去朋友家看畫，我第一幅看到的就是達摩祖師像。後來我讀了師大藝術系，接受許多資深、傑出的書、畫教授指導，有這麼好的師緣，我卻沒有繼續在繪畫上發展，還是回到了最初的心願，歸返於詩的領域。當然，繪畫的技法訓練、布局、著色和美學原理、鑑賞探討，可以會通於詩的創作，無形中讓我的詩傾向於繪畫的構圖。

修行也是一種美，那是情緒的提煉之美，用在我們一切的言語以及待人，以充滿甜蜜、尊重與照顧的心，對待周遭的一切。修行的心，讓我們好好掃地，悲憫任何有情，我記得小時候住平房，遇到有蜈蚣進來，媽媽從不曾一腳踩死，她總是用火箝子，夾著強悍的蜈蚣，走到很遠的大土溝，任它自行離去。這個慈憫的景象，深印在我心田。當然，修行的心，也讓我們好好對待小孩，舉個例子說，有一次，鄰居五歲的女孩來按門鈴，我當時手邊正忙，不方便立刻應門，但我知道她等我，我稍後便隨即下樓，對她解釋剛才的情況，雖然她只是一個孩子，但我希望將來她長大回想起這件事，都會有受到尊重的感覺。其實，修行的心，還能讓我們做出一頓好飯菜。有一天我與女兒去一家素食餐廳吃飯，一進門，就看到掌廚的歐巴桑正在怒罵她的女兒，氣氛很不愉快。我們雖然心情不受影響，但我和女兒同時覺得那些菜很不好吃，因此我才發現一個人的心如果不柔和，連烹調的飯菜，結構都會僵硬，內在的甘甜出不來，當然就不好吃了。

所以學佛修行，可以用在炒菜，用在端茶，用在讚歎，當然，也用在寫詩，用在創作。詩是一門藝術，藝術淨化情緒、洗滌心靈，加以佛法給我們的智慧，清淨卻又不離人情，那麼禪悅法喜的美感境界，便能由此而創生。但清淨不是僵化，宗教絕非說教，真正的佛教現代詩，是活潑生動，而非索然無味，因為好的作品，一定富涵真善的性靈，一定具足美感，自然就能感動人心。

問：您認為佛教現代詩應掌握那些重要內涵？

答：於內在蘊涵上，對於佛理需有正知正見的認識，讓詩臻於美、淨的境地。創作者希望透過提升的詩境以利益眾生，所謂「利益」，就是增進別人清淨的快樂，負面的場景描寫，給人不好的感受，就不適合入詩。掌握這些原則，詩篇就能莊嚴。

問：您對目前詩壇上創作佛教現代詩有怎樣的期許？

答：我鼓勵年輕創作者，皈依三寶，以佛法潤養自身，擴展題材，寫佛教現代詩。佛經浩瀚如海，只要有基本的文學底子，深入經藏，有取之不盡的啟發，於詩藝、於自性，都能有所進境。

問：您個人在佛教現代詩的創作上，目前有怎樣的寫作計畫？

答：目前我正要完成《妙法蓮華經》的介紹文章，每一段文前，都有一首詩。模仿佛經中有文有詩偈的文學形式。詩是如來認可鼓勵的文體，陀羅尼是如來所發的至真至善至美至淨的法語，可為詩偈、可為長文。所以一個創作者、修行人，如果將來能達於如來境界，所發出的語言，就是陀羅尼了。因此我們除了虔誦經典，了解經義，以創作形式來修行，也是一個很好的法門。

古印度雅利安民族，富於哲學思想與文學造詣，他們因發現五河流域之美，而有黎明之神、樹神、河神，又因文學創造如四吠陀，而更有語言之神，已然發現了語言的神妙性。如來在《法華經》裡說，學佛、學菩薩就要懂得陀羅尼，能寫能畫是世間五明中的聲明，深潛在中，亦是修行，自利而利人。

——選自《藍星詩學》第 12 期，2001 年 12 月

靜站在楊桃樹下的繆思

專訪敻虹

◎李進文*

我已經走向你了

「而燈暈不移，我走向你／我已經走向你了／眾弦俱寂／我是唯一的高音」，這是被詩人余光中和瘂弦稱作「繆思最鍾愛的女兒」的敻虹名句。拜訪前，我心中不覺浮現這句詩。

敻虹成名於詩壇甚早，作品總的來說不算多，但她所樹立的抒情內蘊、質感、文字風格及早慧的天賦，讓她在現代女詩人群中擁有極重要的位置。

敻虹因為赴美工作整整六年，回國後又常出外旅行，所以很少與文壇交遊互動，這些年來除了偶爾在報刊讀到她的詩作之外，敻虹始終給人一種神祕感，平添讀者對她的好奇心。

2008 年 12 月 26 日中午，我們相約到敻虹的新莊市住家，她搬來這兒三年了，整個社區也是簇新的。她招待熱情，活潑健談，笑容可掬，陪同的還有她的先生陳迺臣、女兒陳南妤。敻虹已是一頭銀髮，但氣色紅潤。她已為我們預備好一桌素菜，配上一瓶西班牙產地的紅酒。窗外青山微笑，12 月的野芒搖曳，冬陽難得晴好地灑入長窗。屋內的布置簡單溫馨，一些小飾品都是女兒在西班牙瓦倫西亞大學念書時帶回來的，因為我也去過西班牙自助旅行，話題從瓦倫西亞聊到南方的塞爾維亞，飲食之間，氣

---

*詩人。發表文章時為明日工作室總編輯，現為聯合文學出版社總編輯。

氛彷若有著甜甜的異國情調。

席間，女兒陳南妤正好提到昨天（12 月 25 日）耶誕節恰巧是夐虹夫婦結婚 40 周年紀念日。陳南妤翻譯過國內第一本由西班牙文直譯的西班牙詩人羅卡名著《吉普賽故事詩》，她已在瓦倫西亞大學獲得文學博士學位，並在東海大學任教六年。前一陣子，夐虹曾偕南妤一起到西班牙度假，母女倆開車三千五百多公里，兩星期內遊了大半個西班牙。

這是如何古典的下午

聊起居家生活，夐虹說她已經茹素三十多年了，當時是為了一位親戚的健康在佛前許願，從此吃素。陳迺臣老師在談話之間會招呼我們吃零食，夐虹笑言：「你看他都會主動『略』過我呢！」因為她自小就不愛吃零食，我問：那麼，總有特別愛吃什麼的吧？「嗯……反正，餓了才吃。至於茹素麼，應該是思想改變了，味覺感受也跟著變了。」

平常她的「運動」是走路，有時會跟先生開車到比較遠的地方散步，譬如昨天就到桃園縣三民路的運動公園，偶爾也在新莊公園，或者到更遠些的蘆竹漁港，或到淡水海邊走走。聊著這些「運動」，夐虹神情歡愉，眼中偶或閃現遙遠的時光……彷彿剛從她熱愛的臺東山河間散步回來，步入舒爽恬靜的詩中，讓人想到「白色的歌」系列所書寫的臺東大橋、卑南溪……溫暖的野風川溪、流向此刻的整個下午——是了，「這是如何／古典的下午／詭譎的／譎趣的／參入銘黃／手也罷，髮也罷／這是比塞尚早些的／古典的下午……」

你有所夢

「你的世界豐盈而無有邊沿／許多一瞬，是久遠的美麗／我不能忘記」。而那一瞬——就在 15 歲那年，夐虹「立志要當一輩子的詩人」。

夐虹的第一首詩是在 13 歲時寫給過世的同學，大量創作是在 15 歲（民國 44 年，念高一），第一次發表詩作是高一下學期，發表於《臺東新報》副刊，題目是〈離人〉；之後開始投稿《海鷗詩刊》（王萍主編），也投稿給《藍星詩刊》（余光中主編），高三起，除了在藍星發表，余光中先生又安排她的詩在《文星》雜誌的「地平線詩選」、《筆匯》雜誌，以及臺大夏濟安先生創辦的《文學雜誌》，甚至稍後的《中外文學》、《現代文學》等重要刊物發表。大一時，殷張蘭熙女士將她的詩選進 *New Voices*，瘂弦則將她的詩編進《六十年代詩選》。

民國 47 年秋天，她進入臺師大藝術系一年級。她透過詩，始終堅信：「文字具有不朽性。它的不朽，靠著世間將它保存。能被保存，靠著文字的價值性。」她以這樣的信念走上詩人之道。

這一片水晶的世界，刻著我的名字

15 歲立志當詩人，她義無反顧！在《金蛹》詩集中，〈詩末〉一詩，我們見識到敻虹年輕時對詩的執著：「因為必然／因為命運是絕對的跋扈／因為在愛中／刀痕和吻痕一樣／你都得原諒⋯⋯」

敻虹說：「我們年少的時代只有收音機、留聲機，生活很單純、寧靜，所以就容易「立志」。記得小學六年級的時候，媽媽問我『將來要做什麼？』我不加思索地回答『我要服務社會。』哈，針對這『怪異』的回答，母親沒有給予任何『修正輔導』，僅微笑道：『喔，這樣子啊⋯⋯』」

敻虹笑說，她自己很符合孔子講的「十五而志於學」——15 歲自己就立志要當一輩子的詩人（莫非她預言將來以詩「服務社會」？）「那時我已經在寫詩了。現在回頭，一切都來得很自然。『志』乃『士、心』組成，『志』不是做什麼工作、獲得什麼職位，而是你的心要向哪兒去，心內的理性和感性便趨使你向哪兒去！當經理可以寫詩，當記者也可以寫詩，『志』跟職業與收入無關。我小時候不知道有工作謀生這件事情，15 歲也沒有意識到現實生活問題，那時所謂『立志』是：這件事我一定要現在做、要做到老。」

為詩戒掉快樂

談到立志寫詩，我不禁思忖：她受過良好的美術教育、亦學過鋼琴，但此刻居家中很少刻意在牆壁掛上美術畫作，也沒有鋼琴擺設。音樂和畫畫相較於詩，好像在她身上比較不突顯？

敻虹談及她一個很特別的想法和經驗，她說：「我體驗過當一名畫畫的人是很快樂的，因為很快樂，所以會讓你愉悅地放鬆；可是——我已經立志寫詩了啊！而寫詩寫文章的人常常不是很快樂的，不是我故意要選擇不快樂，而是我選擇情緒會比較不快樂的一條路。因為快樂會把不快樂影響成快樂，於是就會不想寫詩，所以我就不畫畫了。另外，我也彈琴，彈琴也會快樂，但是道理同畫畫一樣。後來我就把畫戒掉、把琴戒掉，為了詩而戒掉！因為我試驗過，同時做畫畫和彈琴這兩件事的話會很快樂，但就是會不去寫詩。」

敻虹是「藍星詩社」同仁。她年輕時在生活、求學和創作上較無大起大落的波瀾，這可對照於她念大學時認識的「創世紀詩社」詩人群之離鄉背井、隨軍隊飄泊來臺的情況。尤其在創作方面，她本身當然也是非常努力，但很重要的關鍵是得到前輩詩人和同儕的賞識、推介；理論上，她應該快樂多於不快樂。「不快樂」的部分，除了前述緣於年輕時自我的「戒」之外，迄今始終貫穿的不快樂是她「歷史的、母系家族遺傳的深層的憂傷」，這起因於自福建龍岩往返遷徙臺灣的母親和外婆，她們面對宗族歷史環境的辛勞與不安。而這些遺傳自精神上的苦痛，也讓敻虹的不快樂催化了詩。

對於她的詮釋，我以《愛結》裡的一段話強作解人：「無情如死，愛生萬物。但愛，又是自縛的繩結，綿延的習氣，纏繞牽縈的掛心，是局限的美感。」為了詩，她戒掉的也許不是快樂，也許她是戒掉愛；先戒掉愛，有情才能重新綻放，才能讓詩再度滋生萬物。

啊，孤挺花，我的童年

「他來信時是明媚的春天／到了秋天，風沙從河床／自己升起／狼煙一樣升入雲霄／移動、擴散、彌漫整個／市鎮，整個灰濛濛的／啊，孤挺花，我的童年……啊卑南溪，卑南溪／幾里寬的河床／瀘了風沙的防風林……」這是一段充滿畫面的臺東故鄉的描寫，在這樣充滿艱難風塵的市鎮中，敻虹的家庭對詩人來說無疑是幸運的，可以讓她有恃無恐地「志於詩」。

「家裡的環境不用我擔心，記得爸爸闢了一座花園，有半月型的噴水池，有結實累累的楊桃樹，有數百株的蘭花，還有木槿花、茉莉花、孤挺花（amaryllis）……我曾經寫過〈那孤挺花〉，有學者評論說我寫的孤挺花不是臺東本地的花，是外來的品種，事實上，那是我爸爸在花園種的。或許是家裡那個環境比較符合詩的氣氛，所以自然而然讓我想當詩人吧。」

敻虹的父親說：「女孩子當畫家很好。」父親對她的要求完全沒有現實的考量。「因為爸爸的期望我才念藝術系。」她跟爸爸感情很好，從她的詩中我讀到，敻虹於 18 歲之前，下雨天，爸爸都還會到學校去接她呢，亦可從〈白色的歌〉這首形容父親白髮的詩，感受到父女間深刻的親情。

「爸爸是臺中人（受私塾教育和武學教育），媽媽是受日本教育的家庭主婦。爸爸原本學畫，夢想當畫家，後來跟梁老師改學攝影，習成之後就到臺東開照相館了。那時攝影生意很好，家裡的器材很齊全，記得念仁愛國小時，學校借用臺東戲院開遊藝會，戲院其實是電影院，沒有燈光，但是我家就有一整套舞臺用的燈光設備，於是就搬過去用。我父母都是虔誠的佛教徒，家裡有佛堂，爸爸也有一些在家和出家的朋友，我們家設有一個供僧的流水席，讓出家人行腳來這裡可以受供。記得民國 45 年《大藏經》出刊時舉行全省巡迴推展，我們家就請了一部（一百冊）來供奉。」

從敻虹對兒時家庭的細節追憶，大致可以拼圖出敻虹童年和少年時的概況，她小時候的生活氛圍是單純、虔誠的，這也影響她日後的性情與創作。

在楊桃樹下靜站

敻虹提到一段特殊的「靜坐」經驗。她父親說：「靜坐很好，靜坐時眼觀三尺遠，一心持念觀世音菩薩。」只說這樣，什麼靜坐的知識也沒教，但敻虹一聽就去「執行」了。

「我不曉得靜坐時一般要『坐著』(單盤或雙盤)、也不能在有風有雨的地方，那是忌諱的。我們家有花園，晚上我到花園，不管颳風落雨，每天在楊桃樹下『靜站』，後來才知道那是非常危險的事情，因為邪氣、風寒會侵入身體。」她說。

「靜站對我的好處是，我變得很容易專注，記憶力非常強，我一個晚上可背三百多個英文單字。記得高三畢業時還拿第一名。……我就這樣在我家的楊桃樹下『靜坐（靜站）』到高三畢業啊。」多麼像她〈尋〉那首詩中所說的「曾經我是個癡傻的女孩」！民國 47 年，她 18 歲讀大學，臺灣師大宿舍沒有花園，就沒有「靜站」了。

檢視時空的終端機：關於我的消息

「之前在一篇訪問中，我說我結婚後搬了二十幾次家。呵，其實總共的次數更多呢！」敻虹說。

敻虹的「流浪路線」相當可觀。她在臺東住到 18 歲，之後到臺北念書，大學畢業回臺東住了一年半後到臺南縣，又繞回臺北住了好幾個地方。結婚以後，因為先生陳迺臣到彰化師大前身工作，於是搬到彰化，然後再到屏東師專，在屏東他們也搬過好幾次家。

「這是我們很奇怪的命運。」近年，她和先生本來想長住臺中沙鹿，但因為小孩（南好）要去美國西來大學念宗教，於是他們夫妻也跟著到美國跟南好同住一段時間。她強調：「都是情勢改變，就自然搬家的。」

外在實體的「家」對敻虹來說，彷彿是流動的「因緣」。問她對於「家」的定義，她說：「家是一種凝聚。人在，家就在，譬如開車出去，那車子就是家，人在哪兒，家就在哪兒。人生流浪的經驗都是自然形成的，不是我決定要捨棄什麼地方，或前往什麼地方，也許是因為我的個性、也許是因為機緣吧。」

敻虹的媽媽是福建龍岩人，自小很寵她，敻虹在媽媽過世後，有好長一段時間的不捨與追念，至少用 20 年，每天念經念佛迴向。在她筆下有許多寫給媽媽的詩，像〈思母之歌〉(《觀音菩薩摩訶薩》，1997 年 10 月)，詩中說道:「從共修到自在解脫，母子才能永不分離。」在童詩裡她寫道：「雲是／飛走的／媽媽的白手帕。」媽媽跟外婆一樣對於遷徙都很勇敢，「可能是我遺傳自母系家族那種移民勇敢的血液，呵，也許真的影響我後來不斷地搬了好多次家呢！」

繆思最鍾愛的女兒

分析敻虹的詩作，有三個重要的階段，1968 年 7 月出版的《金蛹》詩集讓她奠定詩壇的抒情女詩人地位；1987 年 1 月獲中山文藝獎的《紅珊瑚》詩集大抵確定她轉而向佛；到了 1997 年 10 月《觀音菩薩摩訶薩》詩集，敻虹正式跟自我的過去告別，走向一個更豁然的思想與創作空間。

我的理解是:《金蛹》時期，她的詩自負、慧黠、從容，偶或拔高的鏗鏘音色，抒情中閃爍的無畏氣質，以及揉雜其間的幽微佛學教養，讓她的詩質具有神祕感，她又常以靈光閃現的獨特意象撞擊讀者的感官。許多讀者喜歡她早期這種帶有非真實經驗的主觀詩意，以及抒情中所隱藏的銳利、對文字的叛逆。

到《敻虹詩集》第二部分「白色的歌」(寫於民國 60 年到 64 年)，語言放鬆了，余光中認為此時期比較「成熟」。不過，整體可以發現她把內容主題拉大，文字意象更明朗，詩出之以真摯，不著重意象的雕刻。

再到《紅珊瑚》，文字更趨簡潔自然，不少內容是以詩來「自療」的，其原因，在余光中的序〈穿過一叢珊瑚礁——我看敻虹的詩〉中有略述，此時敻虹已是中年，至此部詩集，已看出敻虹向佛的決心。從〈中年的詩〉這首，可體會她內心的轉折：「雖然已是中年／仍有喜悅／於那粉蝶／流幻的波翼／／乃有歎息，為／草葉的露珠和香氣／而世事的紛擾，不許它困惑／許多路，合該只調整去向而／不在煩憂中適應／／山、海、沙、月／為支骨和膚顏／是這樣好，偶然因別人而流淚／的中年」。

自此之後的創作，《愛結》中甚至直接寫〈護生六題〉、〈楊枝淨水讚〉等佛教題目，大量涉及宗教佛學，迄《觀音菩薩摩訶薩》、《向寧靜的心河出航》，她鄭重向過去告別的心意已定，敻虹順服於佛釋。

對佛全心的順服，以瘂弦對敻虹這樣轉變的看法是「與詩不相違背」的，因為「宗教修持，對敻虹不是阻力，反而是助力了。」然而，我們這樣把敻虹的詩一脈讀下來，卻頗明確地發現，以往那個眾弦俱寂中唯一高音的女孩不見了！彷彿她在《金蛹》中早已預見了自己未來的轉折：「下次再見，我已中年」、「變得平凡而傳統，但還有夢……」一般人很難不懷疑詩的前衛性、詩的文字叛逆性與宗教似乎不可能完全相容，必有相互牴觸或抵消的部分……不過，宗教影響詩人也說不準讀者或許反而欣然樂見？畢竟詩是直指內心，恰恰與佛學本質一致。

總之反映在敻虹身上的是一些生命中的稜稜角角磨潤了，像她手腕上佩戴的圓圓佛珠，她不刻意於技藝的雕鑿，她也不挽留以往所樹立的風格，而是毅然走向一個更渾融、自在的內心世界。難能可貴的是，她的詩是如此真摯，恰恰都反映了她一路走來的人生歷程。

以童詩，說芬芳的話

女兒南好出生以後，敻虹寫過不少童詩，「我自己寫童詩的情境，是很真誠也真實的，寫〈一把掃把〉是真的在植物園時，看見樹葉落下來，小孩在那裡玩起掃落葉的遊戲」於是，敻虹就啟動想像力：「一把掃把／掃掉夜間／無明的恐懼／原來如此啊／難怪巫婆的飛行器是一把掃把」，因為巫婆也是一個怕黑的膽小鬼。這首詩發表在《稻草人》那冊可愛的童詩集裡。

她說：好的童詩所具備的條件，依每一位作者所熟悉的主題、所採取的角度而不同，不一定要很深刻才入詩，例如前人有「一片一片又一片，兩片三片四五片、六片七片八九片，飛入水中都不見」這樣充滿兒歌味道、很有趣的詩。

她的童詩沒有驚人的語句，屬於比較平實的，不在意象上雕鑿，側重在情感的真摯。「這也是我的美學觀，要先守住自己的情緒、情感和思想，先不要旁騖去管寫的詩是給兒童或大人，或者詩有什麼用途？這些先都不要想。」她認為，寫的時候都在向內探問，等寫出來，變成理性的文字時，再去判定這篇作品的價值。

夐虹在《愛結》詩中寫〈蝴蝶〉和〈黑嘴鳥〉，她以這兩首詩為例說：「很像是創造出來的，但卻是真實事件呢！某天在家中後陽臺，有一隻黑嘴鳥飛到我的頭上，把我的頭髮當鳥巢，我嚇了一大跳，又不敢捉，於是叫兒子幫忙」，夐虹的大兒子就對黑嘴鳥說：「媽媽的頭又不是鳥巢！」然後把牠捧下來。「這隻鳥真的進來住了 79 天，我們把紗門拿掉，讓牠可以到前陽臺散步，也可以自由飛走，可是牠進來後就不飛走了。牠膽子很小，在布沙發的背上走來走去，只找我兒子，兒子接電話時，鳥兒也會搶著對話筒講話，跟兒子親嘴。兒子讀報紙，牠在薄薄的報紙上危顫顫地走鋼索。這情節我只是如實報導而已。」

夐虹愈說愈有興味，她說：「在寫〈蝴蝶〉時，我才觀察到蝴蝶有吸管。蝴蝶飛進我家，在天花板上三天不肯走，我怕牠餓死，就用糖水放在我兒子的手上，對牠說：『蝴蝶蝴蝶、下來喝糖水。』我只是把牠當人看，蝴蝶竟翩然飛衝而下，用自備的長吸管（可舒直可捲起）把糖水吸完了。蝴蝶給了我生物的知識，這些都是真的，我只是把家裡的經驗寫出來。」

受出版社之邀所寫的《稻草人》田園童詩集，寫的時候有很多往事又浮在她眼前，她特別在詩中感謝她的父母選擇臺東住下，讓她的童年在秋季漫天的風飛沙、在大樹嘩然彎腰的颱風夜、在滿園蘭馥桂香的春暖裡、在父慈母愛的呵護中成長，使她一輩子有勇氣、有想像力……。

朝向美好，就是佛法

「對佛，如果很敬佩、很認同，那麼自己就會進入一個思想方法裡，不論待人處世，寫作、帶小孩、做家事等等，都一定會受佛法的影響。」敻虹說：所謂「修行」，意思應該是「修正、前行」。不論朝什麼方向、做什麼事，只要是正的，人都一直在做修正、再往前行。

佛法的思想是：人活在世間，就不應該放棄這世間，如果以為修行與生活是兩回事，那是不對的，不能二分法，因為離開汙泥就沒有蓮花，沒有不快樂，就沒有對照快樂的依據，從而認識「真實」、體驗「意義」。

「朝向美好，就是佛法；在世間就不會苦惱、不會害怕。在方法上，對人對事若遇到不如意，就用因緣法去觀它。我們在家人要對自己誠實，不能欺騙自己，把不好的看成好的，而要『如實知』，再擴大此『知』到無限妙慧。這是學佛的歷程。」

人人「心中自有靈山塔」，有詩

針對佛教現代詩或者禪詩，名相（語言）對大眾是否是一種門檻呢？簡單地講，「因為我是科班出身，包括碩士、博士論文、和受持的三歸、五戒、菩薩戒等等的影響，有時候會不知不覺地把名相及真言、明咒（陀羅尼）入詩，換言之，我是以佛學的立場來寫佛教詩」。

「有的人寫佛教現代詩或者禪詩是透過自身體驗的，那也是一種『禪』。我寫的是知識的佛學，採用知識加上情感的方式來寫。」

然而敻虹的佛教詩對一般人來說會不會包含太多術語或知識，以致跟大眾比較有「隔」呢？這樣是否脫離了佛教普及眾生的說法呢？敻虹微笑言：「我的寫作，一直不是『目的』，寫成了去發表，則是為了遙遠的不認識的『知音』。」

她說：「有些人讀了我的佛教詩很快樂，那我就是為了那麼幾位不認識的人，為他們發表。至於是否應該廣布大眾？因為我們不是出家人，不一定能做到廣布大眾。理論上，有時一句話就可以度到人家了，譬如英雄落難，一句話可能就讓他有信心、醒過來，那也是一種度了。至少我的知見是正確的，可免於誤導，寫作者、演講者不宜因為參一些禪就不依佛法而妄自發言，離開如來的教誨（離佛一字，即同魔說）。我所介紹出來的佛法思想沒有邪見、或偏離佛說，暫不設想是否大家一時都能接受。」

二十幾歲時，父親曾在信中告訴敻虹：「佛在靈山莫遠求，靈山自在汝心頭，人人皆有靈山塔，應向靈山塔下修。」使敻虹對自己和對人性都很有信心，同時也認為「人人心中都有詩，人人都有自己的一番境界。」

我的心，從自己的手裡釋放

敻虹曾說：「詩是如來認可鼓勵的文體，陀羅尼是如來所發的至真至善至美至淨的法語，可為詩偈、可為長文。」這個理念，迄今不變。

據說「大悲心陀羅尼」是千餘年來我國佛教徒所誦念修持者，慈悲攝受力很大。敻虹進一步說明：「佛學有很多法門，法門是無量的，你照這樣去做就叫修行，修行後會產生智慧、得以離苦。法門之中就有『陀羅尼門』,『陀羅尼』就是簡約的語言，涵蓋著真理，予你啟發、予你力量去開通，這是眾多的法門之一，我始終深信，而且永不懷疑。」

敻虹在《觀音菩薩摩訶薩》這一階段，顯然是向自身的過往告別了，例如在〈詩的幻象〉，她曾經執著於山海、執著於情愛，然而一旦「我的心，從自己的手裡釋放／釋放的手，又釋放了他自己」，一切，突然變得如此容易；放下，只是一念之間：「我的心／如果連美麗都不再依傍／那麼／詩也只是幻象」。但放下了愛，是不是就沒有了愛？卻也不然。在〈試試〉詩中：「把不是愛抽離，／跌進漫漫的想念，／液化到夢境，隱進山，融入河水⋯⋯／還在愛的裡面。」「你知道我的心，／你知道我的愛隨生而來，／隨軀而來，隨時隨念隨空隨緣分，／愛一直滿，一直在。不用害怕。一直在。」

她在 1999 年 8 月出版《向寧靜的心河出航》，完全回歸到簡單，亦即寫的是《心經》，讚頌《心經》。《向寧靜的心河出航》書名是出版社的編輯未知會她、未經她同意自行更改的，其實本來的書名叫《無等等梵唄》，梵唄直指內心，充滿力量。即使我們不寫詩，或者不會寫詩，敻虹認定「生命是世間的詩／境界可以直往／妙慧之虛空」。

空是劇場的帷幕未開

問敻虹未來有什麼寫作計畫？「藝術的創造不能預設！」她強調。所以她對未來沒有長遠的創作時間表：「對藝術，我沒有計畫，但是對人生是該立一個計畫，我的計畫是學佛的歷程還有很多功課，要守心、守戒，才能夠淨化自己、提升自己的智慧，這是現在我要做、也是未來要做的事。」

她說著說著，就請女兒列印出未發表的新作，長達 86 行的〈沙漠史詩略編〉。那是在美國加州沙漠地帶，於疾駛的車中所領略，她從 Redlands 橫跨到 Palm Springs，眼前天是粉紅的、山是淡紫的，彷若仙境，她將依附在沙漠的感受，寫出天庭與人間的史詩雛型。她希望能在 2009 年 2 月前整理好《淨言詩》詩集一冊，這是她近十年的抒情詩，以及讚歎佛法的詩，希望收集一百首的數量出書。

下午五點，在很輕鬆愉悅的氣氛中結束訪問，無意間我們望向窗外欲知曉此刻天色，可是長窗的帷幕已拉下了，我心中浮現敻虹那首小詩〈問〉：「你在看什麼？看——風！／風怎麼看得見啊？／——竹葉子在搖動。」

——選自《文訊》第 280 期，2009 年 2 月

敻虹詩中的情緒經驗

◎張芬齡*

無可否認的，女詩人的詩境和男詩人有著很大的差別。前者側重內在情感世界，而後者多關注宇宙、現實世界。綜觀《敻虹詩集》（分成第一部分「金蛹」和第二部分「白色的歌」），我們可以遍拾其個人情緒的痕跡，尤以第一部分為著。由詩集的安排，我們可約略看出敻虹由追求內在經驗漸漸邁向現實世界（如〈那孤挺花〉、〈白色之歌〉、〈媽媽〉等詩），由憶舊的情緒步向懷鄉懷國的情感（如〈東部〉、〈臺東大橋〉、〈晨間〉等詩）。本文試就敻虹詩中的幾個意象探觸其情緒經驗。

一

敻虹詩中的情感紀錄，有喜有樂，有哀有愁，而以失落惆悵的情緒為最，此類情緒又多隨著「愛」的飄失而至。愛情有理想與現實兩面；它是「所有脆弱中最脆弱，堅定中最堅定的」。這種模稜的說法是十分真切的。當愛情經驗存在時，情緒是喜悅的、飽足的和扎實的，如〈海誓〉及〈藍色的圓心〉二詩所披示。而在〈瞬間的跌落〉裡，我們捕捉到了詩人的另一種經驗：

> 那小小蓓蕾可最柔嫩。愛情，最易夭亡
> 你的秋天的憧憬寫上一張面容
> 轉後轉後，燈就暗了

---

*發表文章時為花蓮女子高級中學教師，現已退休，專事翻譯及寫作。

相遇不過是沒開出來的小小花兒
你不過是可憐的偶然

此處，把愛情比成幼小的蓓蕾；花的柔嫩和愛情的易逝在本質上是一致的。正因為愛之短暫，所以，你所取到的幸福正像橋邊孤零的「草葉」一樣「衰弱」。對詩人而言，愛情是另一種生活的體驗，有著企望和失望，最不幸的是這兩者的程度恰成正比。正如〈水紋〉中所說：

稚傻的初日，如一株小草
而後綠綠的草原，移轉為荒原
草木皆焚：你用萬把剎那的
情火

水草的成長暗喻愛情的孕育，而這一片綠意卻瞬間被焚化為灰燼。詩人很收斂地表達了她的傷感：

也許我只該用玻璃雕你
不該用深湛的凝想

玻璃是脆弱易碎的，用微弱的情感去關注他人，一旦有所失，那種失意、痛苦也該是較不尖銳、較易排遣的。而詩中的說話者（或者詩人）付出了相當高的代價，她用「深湛的凝想」去雕塑愛情，一旦愛情的藝術品被摧毀了，絕望的程度是可想而知的。〈詩末〉裡的人被禁錮在情緒的枯井中而不能自拔，正是這個原因。這「井」的存在，一方面可歸咎於命運的安排或作弄，一方面也可說是自己所建造的「心牢」。對一個專情的人來說，愛情經驗中總摻雜了悵惘的感受。在表現失落的情緒時，詩人的技巧和語調是相當重要的。在懷念初戀的小詩〈隕星〉裡，詩人把傷感直接訴諸語言：

愛情光化而去了
遺下點點的點點的，啊！為什麼是
葡萄燈盞之明滅
為什麼是回憶，是一窗細雨
是一窗淚！

這種一連串自問或反問的句子，太直接地披露情感，雖可直接影響讀者的情緒，但易使詩流於濫情，絕非詩歌所欲達成的效果，相反的，它反而不如收斂的作品來得深沉。

有了失意和挫折的經驗之後，詩人經過時光的洗滌作用，似乎體驗出了另一層意義，衍生出新的愛情觀，語調也有了轉變。在〈詩末〉一詩裡，詩人把愛比喻成一首「用血寫成的詩」，有悲有喜，有寬恕有怨恨（在〈淚〉中，詩人曾說：「愛和傷害同一泉源」，即暗示出愛和傷害是並存的）：

因為必然
因為命運是絕對的跋扈
因為在愛中
刀痕和吻痕一樣
你都得原諒

夐虹以一種半悲戚、半宿命但冷靜的語氣作結。在第二詩節裡就已有了宿命的前奏：

而且我已俯首
命運以頑冷的磚石
圍成枯井，錮我

且逼我哭出一脈清泉

生命縮小成一座冷磚圍成的枯井，而說話者「我」卻被命運投置其中。枯井暗喻人之心靈（英詩人湯普森 Francis Thompson 在〈天堂獵犬〉"The Hound of Heaven"中也曾用類似的意象——「我心如一殘破的泉」——來形容受追逐而枯竭的靈魂），暗示蒼涼、沉滯和荒蕪；磚石之「頑冷」則暗指命運之強勁及無情，人因反抗無效而屈服（「我已俯首」）。向命運低頭含有幾分宿命的意味。然而敻虹是位達觀的宿命論者，深知愛的消逝之必然（在〈瞬間的跌落〉裡已明白地表示出），而接受此一事實。無奈之外，流露著深刻的理解，因為愛的本身和當時的經驗已足可抵償一切不完美的結果；因為你畢竟「愛過」了，而這才是最重要的。所以這種宿命不啻是反抗命運跋扈的自衛手段，或許這也是詩人在許多詩中都能把情感澄清到相當程度的原因。以〈詩末〉為題，就已從側面賦予愛情的消逝一絲美麗的氣息。如〈水紋〉結尾所說：

但傷感是微微的了
如遠去的船
船邊的水紋……

又是一種冷靜而神傷的心情。

二

在〈詩末〉中，另外值得一提的是前述第二詩節中的「圍繞」意象：

命運以頑冷的磚石
圍成枯井，錮我
且逼我哭出一脈清泉

詩人給我們一幅「羈限」的具象圖畫，人陷入枯井猶如囚徒面壁而坐，顯得格外的無能及脆弱。在其他的詩裡，我們可以找到更多「綑綁」或「纏繞」的意象。有時是一種心靈的契合，如〈懷人〉一詩。在詩中，詩人以纏繞的意象表達出內心的懷想：

你的名字，化作金絲銀絲
半世紀，將我圍纏

詩人以絲縷的交纏表示出對友人（愛人）的懷想日夜「縈繞」其心。金絲銀絲有一種富麗之美，這種圍繞代表幸福、扎實以及對友情（或愛情）的擁抱，和〈詩末〉中的淒冷大相逕庭，它們的背後由兩種截然不同的情緒支撐著。

而有時它更是一種錯綜情感的掙扎。在〈水牋〉一詩中遍布著交纏的意象：

你在煙雲的高地
但涉水處，水草交纏
柔柔的千臂，牽結千網
有人勢將溺斃
水中的孤靈，孤荷

詩人以花喻人：以一朵荷花纏陷在滿是水草的沼澤裡，來比喻一個情緒受騷擾的人。有人將溺斃，但並非因為水草的糾纏，而是某種情緒的層層環繞不得解脫所致。那麼，那是何種情緒呢？是第二節末的「無端的宿命」，「固執的憂傷」以及第三節中的「閉蕊的孤寂」；而此種情緒卻又「不能遷移，不能渡濟」，是一種無由而又不能超越的死結，縱然有人從高地「伸手為舟」，也無從救援。這裡再次說明了人類情感的困境。

在另一首寫情緒經驗的詩〈綑〉裡，一開頭就出現纏繞的意象：

我是繭中的化民
你用千絲綑我
我不能站到殼外看人生
看自己可笑的一丁點兒人生

繭的存在使她不能站到殼外看人生。這「繭」是某種複雜情緒的困擾或迷惘所織成的，而詩中的「你」就是製造情緒糾紛的人。「你」在綑她入繭之後，卻變得與她毫不相關，不能體會出對方的感受（詩人以自焚的「灼熱」和「風雪」的冷峻來涵蓋一切情緒變化），始終只是個旁觀者，一個「岸上的人」或「畫外的人」。在詩首，詩人曾用一種埋怨的口吻說：

我不能站到殼外看人生
看自己可笑的一丁點兒人生

有股權利被剝奪的意味。但在詩末卻成了：

千絲千淚千情
我走進那交錯牢密的綑繫
一點也不想看人生

「千淚千絲千情」代表感情掙扎的過程，經過洗練，她體悟出了一種道理，採取了新的態度，由「不能」到「不想」看人生。消極的說，她似乎放棄了某些生活的權利；積極的一面則是她以接受事實為自衛的手段，以自足的口吻來打擊不能超越的現狀，和〈詩末〉有類似的觀點。這種認命和〈水牋〉中無端的宿命相比，有更進一層的超越。

在另一首詩〈藍網之外〉裡，詩人很明白地道出內心的超越：

我讀過希望的意義
所以，等待，你的名字不是焦急
我讀過愛情的意義
所以生命，你的名字，不是空虛

因此我們可了解此詩節的「我已脫身藍網之外」。「網」是另一個纏繞意象，為什麼叫做「藍網」呢？藍是一種深沉的色彩，有憂鬱的影射。憂鬱布置著大網，詩人曾一度陷入網內；如今已脫身網外，暗示著她已不再憂鬱，找到了心中的「歌」，千年的「笛音」，明白了生命中希望及愛的意義。

三

「藍」是敻虹愛用的字眼。除了〈藍網之外〉中的「藍」有憂鬱的暗示外，在其他詩中，詩人常用藍來布置詩的氣氛，甚且直接呼喚「藍」。因此，我們可以說「藍」不僅是一種顏色，它也代表一個在詩人心中極具分量的人（在〈白鳥之初〉一詩的後記裡，詩人說：謹以此詩贈給「藍」）。

在歌頌愛情的詩〈藍色的圓心〉裡，詩人開頭就說：

幸福的韻動初於此，始於此
藍色的圓心
波漣之起地；盪漾的源

一切漣漪由藍色的圓心蕩開而擴散，「藍」在此詩裡象徵著生命的泉源，不再是憂鬱的，而是希望的，快活的。

在〈十字花〉裡，我們也看到了一連串「藍」的字眼：

用藍花用神殿

覆你綠石，你上仰之冷面

月光，如藍色的睡袍，落上草徑

此地，音樂即起，即逝

呵，多深的藍，多冷的石

花、神殿、綠石、上仰的冷面、草徑以及冷石在在都托出墓園的背景，暗示詩中的「你」是一位躺在石下的亡友。我們不知道這位值得紀念的朋友是誰，但至少「藍色」在他倆之間是一道橋樑，有著無可言喻的默契，這種冷而靜的色調，帶給全詩淒冷而安詳的氣氛。在〈髮上〉和〈彼之額〉二首紀念亡友音容的詩裡亦復如此。從「彼之額」的首節：「彼之額在繁花之中，彼是一岩，彼冷然」，很明顯的可知這個人在墓石之下；第二詩節點出彼來自「藍」，這藍代表著什麼呢？在〈髮上〉一詩裡，詩人又提了二次「藍色萋萋」，因此我們再次肯定了「藍」具有特殊意義。從〈不題〉一詩中的末節，詩人直接呼喚：「啊，藍，請上我的階」，此處的「藍」確是一位友人。我們姑且不論前數首詩中的「藍」是否也與此人有關，但是詩人在那幾首詩裡把她對朋友的記憶意象化成一片藍——他倆之間的祕密色彩及語言——是可確知的。〈不題〉一詩中的「請上我階」，是何種階呢？上階做什麼呢？上階為的是被提升到「背景是亙古的長階」，這長階可說是生與死的界階。詩人與「藍」處在不同的國度，隔著長長的石階，但只要心中信仰同存或同隕，這道階梯是可以攀越的。她請求藍從「迢迢的視漠」走出而登上階石，正代表了心中無限的渴念和懷想。

〈十字花〉的末節：

但你又蛻化而出

將我扶起

我俯倒在階上

這是詩人想像中的一幕景象，是渴望所凝成的幻覺。在這兩首詩裡，詩人的情緒已平息到某一程度；「藍」除了有傷感的意味，也是情感的澄清和冷靜。

因此，在〈則你是風景〉一詩中，詩人不再憂鬱，而用想像來填補心中的空缺。在她的想像中：

此地滿是藍，浩浩的沉寂
我們返回最初，正是冬

冬季是潔白、寒冷而寧靜的季節，是掙脫情緒網後的季節，「沒有琴音始綻的驚震」。她希望能和逝去的朋友同眠玉石下，這種死亡的意念，在精神上是一種「提升」，因為千年之後，他倆都將化為自然界的一部分，一為山林，一為「可愛的風景」。生活的背景不再是紛華的世界，而是浩浩的沉寂；是菊開菊謝自然且單純的世界；不再短暫，而是永恆。一切由最初開始，再去擁有一片完整的藍，或者一個完整的朋友，即使這只在想像中才能實現。

從上面的討論，我們知道「藍」對詩人有著特殊的意義。在許多詩裡，這個字為詩人鋪下了冷靜深沉的情緒色彩；在有些詩裡，「藍」始終和死亡意象相連，因此我們可以說「藍」是詩人從前擁有而今失去的一部分；由另一些詩的直接呼喚「藍」，我們如果說「藍」是詩人的知音、密友，也無不當之處。

四

在其他詩裡，我們尚可發現另一組意象——房屋的意象。在〈如果用火想〉一詩裡，詩人把生命比喻成一條「無所等待的路」：

兩旁樹著奇妙的建築

有睜窗之複眼的時常流溢歡歌的巨廈
有憂鬱的小圓屋

生命如是一條道路（正如我們常說「人生的旅途」或「生命的道路」），那麼路旁的房屋就可說是人的內在經驗了。流溢歡笑的大廈是豪華的，富裕的和快樂的，代表經驗的圓滿和歡愉；憂鬱的小圓屋則指失意、貧乏和不悅的經驗。而主宰經驗的（即房屋的主人）就是人類的境遇了。巨廈和圓屋的快樂或憂鬱，都是人類情感的表徵。在詩末節，詩人說：

設使儲夢的城座起火了，在雨中
我怔怔地站著
觀望一個人
如此狂猛地想著
另外一個人

「儲夢的城座」是另一房屋意象。城堡是古代建築，在傳統上有神祕夢幻的影射。當一個人活在過去的美夢或幻境時，把他整個的經驗比喻成儲夢的城堡是很恰當的。而如今儲夢的城「起火了」（這是現實之火），正表示幻境在與現實接觸時被摧毀了，把人也丟回了現實。在詩末，「我」所觀望的那「一個人」是誰呢？我是回到現實之後的說話者（或者詩人），那一個人或許就是過去的自我，然而詩最末行的另一個人又是誰呢？當然這只有詩人才知道了，不過我們可以猜想那是詩人過去所心愛的人（「狂想」表示情愛之深），回到現實之後，她竟也對自己從前所付出的感到驚愕（我「怔怔地站著」）。所以這是一首覺醒（disillusion）的詩。詩題〈如果用火想〉，即指出如果以現實的眼光看人生，生命原是一條「無所等待」的道路，幻想中的期待和狂想都會化為往事；真實人生有悲有歡，正如房屋有歡樂的巨廈，也有憂鬱的小屋。

在〈火後的雨〉一詩，詩人以「雨中叩門」的具體意象來描寫抽象的失意情緒。她去叩門，然而對方的「華廈落鎖」、「園門落鎖」。這華廈是一個人的心靈（心扉），叩門即是敲人心扉，希望能與他人心靈相契合，而卻為對方所拒絕；她不被接納，終究只能做個過路的人。全詩以一種抑鬱而平靜的心情寫成。在〈彩色的圓夢〉裡，也有類似經驗的描述：

讓我也建一所華屋
就在你住著的大路

如果生命真如〈如果用火想〉一詩所說，是一條走向無所等待的道路，那麼人所居住的大路就表示一個人的生命，那座華屋即指一個人的內在經驗了。在他人生命的路上建築華屋，暗示著想把自己的經驗加諸他人分享或分擔。而說話者要對方分享的是什麼呢？

我什麼都該加倍還你的
捕捉不到的幸福，和
不必捕捉的懊恨

她曾從此人借出而今所要償還的竟是「捕捉不到的幸福和不必捕捉的懊恨」，換句話說，她得到的只是悔恨，她的情緒經驗是貧瘠的，而詩人卻用豐裕的華屋意象來比擬。這裡詩人用的是尖酸、挖苦的語氣：這座心靈的屋宇之所以富麗，實因有太多的懊恨綴飾其中。由此，我們知道說話者過去的經驗是苦多於樂，圓滿的夢想像汽球般地飄逝，而在詩中仍流露出盼望：

昨夜行經你的居處
竟希望你恰好推門而出

前面說過，房屋暗示個人內在經驗或心靈，那麼希望與他迎面相逢，正是兩心相合的想望。這也說明了詩人對過去的執著。

五

從《夐虹詩集》裡，我們找不出所謂宇宙性或世界性的主題，她從人的內在世界去探求意義，其風格是內蘊的和抒情的。在詩中雖不免有情緒上的重複，然清新冷麗，不乏佳品。夐虹是擅於處理情緒的。寫情緒的詩最怕騰不出美學距離而犯了文學大忌——濫情的毛病。19 世紀浪漫詩人華滋華斯（Wordsworth）曾說：「詩歌是強烈情感的自然流露；它植根於寧靜中回憶而得的情感。」這「情感」可說是詩的內容，而「寧靜的回憶」則是詩人對內容的處理或技巧了。正如〈火後的雨〉一詩中所說：「這心情是哭泣的心情」，是「雨中的心情」；用「雨」來比喻陰鬱哭泣的心情是傳統且適宜的。接著詩人點出這是一種「火後的雨」，如果說「火」是情感的翻騰（強烈的情感）的譬喻，那麼「雨」就是寧息火、淨化情感的利器了。夐虹的許多詩裡，有著失落的情緒，然而詩人往往不直接訴諸我們的情感表層，而由意象轉達，其情緒是收斂的，所以我們可以用「火後的雨」來說明夐虹寫作的一般心境。這種「哭泣而冷靜」的心情，也正符合了詩的原則。

——選自張芬齡《現代詩啓示錄》

臺北：書林出版公司，1992 年 6 月

穿過一叢珊瑚礁

序敻虹的《紅珊瑚》

◎余光中*

一

26 年以前，我主編《公論報》每週一次的《藍星詩刊》。投稿的新人裡面，頗有幾位還在東部的海邊念中學，不但筆名動人遐思，而且作品清婉柔美，有晚唐南宋之風，簡直可稱現代詞。其中的一位女孩，就是敻虹。後來才知道她的本名為何，而葉珊並非女性。當時我有事南下，黃用代編一期，迫不及待，把敻虹來稿置於刊首。之後凡我所編詩刊，包括《文學雜誌》和《文星》的詩頁，敻虹的新作無不採用。至於和她見面，卻是兩年以後的事了。

敻虹 15 歲便開始刊詩，動筆可說很早。十年後，她的第一部詩集《金蛹》出版，所收的 61 首作品分為「珊瑚光束」,「白鳥是初」,「水紋」,「草葉」四輯。這些詩表現的大致是少女情愫，主題和風格的變化不大。用作者自己的一句詩來說：「曾經我是個癡傻的女孩」。癡傻，因為她唯美唯情，執著於全心全意的愛情。這在女詩人，原很自然，只要翻開《剪成碧玉葉層層》那本詩選，便可得到印證。不過以詩人而言，《金蛹》的作者並不癡傻，她的詩藝在某些佳作裡已經頗為可觀。敻虹畢業於師範大學藝術系，可以想見她在詩中必然敏於營造意象。請看幾個例子：

*詩人、散文家、評論家、翻譯家。發表文章時為香港中文大學中國語言及文學系教授，現為中山大學外國語文學系榮譽退休教授。

暮色加濃，影子貼在水面
撕也撕不開……

——〈寫在黃昏〉

忽然想起
但傷感是微微的了
如遠去的船
船邊的水紋……

——〈水紋〉

而燈暈不移，我走向你
我已經走向你了
眾弦俱寂
我是唯一的高音

——〈我已經走向你了〉

這三個意象都很高明。前兩個是視覺意象：第一個用觸覺來襯托視覺，化靜為動，十分巧妙；第二個以具象喻抽象，而船與水紋的關係使比喻的意念更為豐富。第三個是聽覺意象，尤以武斷的對照取勝；在聲調上，句末的「移」、「你」、「你」、「寂」四字押韻，但其聲低抑，到「高音」二字，全用響亮的陰平，對照果然鮮明。值得注意的是，這三段都是詩的結尾，可見作者善於收篇。再舉〈詩末〉全首為例：

愛是血寫的詩
喜悅的血和自虐的血都一樣誠意
刀痕和吻痕一樣
悲慟或快樂
寬容或恨
因為在愛中，你都得原諒

而且我已俯首
命運以頑冷的磚石
圍成枯井，錮我
且逼我哭出一脈清泉

且永不釋放
即使我的淚，因想你而
氾涌成河

因為必然
因為命運是絕對的跋扈
因為在愛中
刀痕和吻痕一樣
你都得原諒

結尾的五行也因節奏明快、語氣武斷而動人、懾人，但是因為首段已將此意「先洩」，不免有點沖淡。綜觀全詩，我覺得首段第二行嫌長，第三段第三行節奏遲疑不穩；除此之外，這首詩倒不失為真摯感人、一往情深之作。第二段的意象，從頑石到枯井，從枯井到一脈清泉，一層逼一層，自然而有力。詩集《金蛹》裡的愛情，歷經憧憬、憂疑、驚悵、挫折、奉獻，至此而在血淚之餘甘願接受跋扈的命運。以前的詩中，作者望斷了多少的天涯路，至此而終於不悔，然而《金蛹》一書到此也就掩卷了。

《金蛹》裡的抒情小品，有的纖柔，像「珊瑚光束」裡大半的詩，有的華美，像〈當你畫我〉，有的穆肅，像〈不題〉，有的含蓄，像〈彼之額〉，有的緊湊，像〈懷人〉第二首，有的清淡，像〈草葉〉。而不論怎麼變化，其為句短筆輕、分段不大規則的抒情小品則一。大致上，書中的四輯詩，從早期的繁華繽紛到後期的沉著從容，顯示作者詩藝的不斷進展。我在「珊瑚光束」裡，找不到一首詩能和後面三輯裡的佳作比美。但在後三輯裡，至少可以舉出下列這樣的佳作：〈不題〉、〈我已經走向你了〉、〈瓶〉、〈彼之額〉、〈生之悲歡〉、〈寫在黃昏〉、〈汎愛觀〉、〈懷人〉二首、〈草葉〉、〈水賤〉、〈詩末〉。不過整本《金蛹》的主題比較局限於愛情，手法又比較飄忽朦朧；這情形，要等四年後，在「白色的歌」一輯裡，才有突破。

二

「白色的歌」收入 60 年至 64 年間的作品 15 首，裡面頗有一些好詩。〈閉關〉的句法和節奏十分獨特，耐人咀嚼。〈生〉、〈死〉、〈淚〉、〈夢〉四首都是戛戛獨造的小品，簡直可以自成一組。其中〈死〉失之於直露，餘下三首都是上品。〈淚〉像一幅清遠空靈的簡筆水墨。〈夢〉有迷幻之美，尤其在頭兩行：

不敢入詩的
來入夢

寥寥八字，暗示無窮，可與方旗的小品相比。但最精鍊的還是〈生〉的七行：

黃黃的一畦菜花在
紗簾外面搖動
陽光
騎單車的小孩
一點也未覺生的可喜
除非重重的
病後

前面四行的景色，都是紗簾裡病人所見，原也十分普通，但是重病初癒的人看來，這一切卻異常可貴：一道紗簾隔開了動的戶外和靜的戶內，對照鮮明動人。

這四首小品焦點集中，明確而凝練，比《金蛹》裡的詩成熟許多。但是「白色的歌」裡，真正令人耳目一新的，是主題和手法都有所突破的四首詩：〈東部〉、〈臺東大橋〉、〈白色的歌〉、〈媽媽〉。前兩首抒的是鄉思，後兩首寫的是親情。鄉思抒得有生命，有氣勢；親情卻寫得自然而深厚。比起一般的鄉土詩來，這四首詩不但為期更早，也寫得更好。《金蛹》的世界主觀而帶浪漫，和外界總似乎隔著一層紗。在這四首詩裡，那一層紗撤去了，讓讀者看到了作者，作者的家人和家鄉。以前的詩裡，自然的景色常在真幻之間，多半是烘托情感的造境，所以很少地理上的定點；現在，大自然成為硬朗真實的客觀存在，親切落實的地名標出了作者的「立腳點」。簡而言之，這是從主觀走向客觀。王國維認為主觀的詩人不可多閱世，客觀的詩人不可不多閱世。此說未免太強調定型。其實優秀而清明的詩人常會轉型：人入中年，憂患相迫，感慨漸深，寫詩自然而然會漸趨客觀。人到中年，要不多閱世也不可能，閱世既多，那「世」就會出現在詩裡；至於怎麼出現，則視詩人藝術之高下了。有些中年詩人不讓那「世」出現在自己的新作裡，往往給人不真、不變之感。王國維的「世」，說得窄些，便是「現實」，說得寬些，便是「人生」。

聽說大吊橋已流走
如抱的鋼絲曾奮力堅持
與萬匹馬力的山洪，決
臂力、張力
如蛟的鋼魂終於不支
鋼斷
如英雄之崩倒

像這麼樸實有力的語言，在她少女的時代不會出現，在一般女詩人的作品裡也很少見。這幾句詩無論在節奏或意象上都堪稱一流，唯一的不足是「如抱的鋼絲」，因為絲太柔了，不如說鋼索或鋼纜。此外，一連用三個「如」字，應稍予變化。「如蛟的鋼魂」卻是壯人心目的想像。〈臺東大橋〉是敻虹難得一見的長篇力作，長度僅次於〈絕然〉，在分量、結構、語言各方面，都比主題相近的〈東部〉勝出一籌。〈東部〉的末段很好，〈臺東大橋〉的末段更好：

苦苓子落地十遍
我已一樹華蔭
母親母親為我講了許多故事
孩子孩子我對你該說些什麼
卑南溪雨來無兆大水滔滔
鋼骨與河拔河
鋼斷

逝者如斯如斯
大吊橋大吊橋
今已杳杳
杳杳如我
迢遞的童年
——焚香，一祭

兩首寫親情的詩各有勝境，但感情深厚，語調天然，卻是一致。〈白色的歌〉通篇白描，此地的白不再是白鳥之白，而是白髮之白了。〈金蛹〉的手法多用比興，此篇卻直用賦體，確是一大變。賦體的陷阱是容易流於平淡無味，太散文化。〈白色的歌〉娓娓道來，卻能維持語言的表面張力，所以淡而不散，平易之中另有一股內斂力。一般自命樸素的詩，往往不能維持這種起碼的張力，便流於草率，散漫，就算是散文，也只是釋稀沖淡了散文。夐虹有過比興的鍛鍊，回過頭來用賦體寫，較能免於此病。〈白色的歌〉不用比喻，不用象徵，什麼修辭格都不用，單憑清純的白話來訴說真摯的孺慕之情，功力不露而功力自在，一結尤飽滿天然，確是一首上選之作：

你就是對我說一百遍
人總要變老變醜
我的心底仍為他們唱
一首綿綿的悲歌
像古老的先民
從四野唱
慢慢唱出一首首民謠
那樣

嚴羽認為古詩混沌，難以句摘。現代詩以前講究局部突出，每在片語單行上爭奇取勝，所以便於摘句；真能力貫全局而表面卻無警句可摘的溫婉淡永之作，乃不多見。〈白色的歌〉正是成功的一例，難怪讀來有漢魏五言古詩的韻味。這首詩，我曾選為一年一度香港朗誦節的誦材，效果很好。另外一首〈媽媽〉首尾都有隱喻，用得很妥貼，不算純粹的賦體，但語調的親切自如，感情的靜中見深，也不亞於〈白色的歌〉。

三

早在《金蛹》的年代，夐虹詩中曾有這樣的預言：

下次再見，已經中年

我一定變得傳統而平凡
可還有夢，張著小小的圓翼
七彩斑爛，紛紛飛落，和音樂一樣
飛入一片無望，一片迷茫

——〈彩色的圓夢〉

在新集《紅珊瑚》裡，敻虹已經是中年詩人，變得傳統，卻還有夢，並不甘於平凡。其實早在 1960 年代，她也並未全盤現代化，本質上是浪漫為體象徵為用的新古典中堅分子，毋寧倒是有點傳統。傳統一詞在 1960 年代，一般詩人曾經避若有毒，如今流行尋根，卻又趨之唯恐不及了。

15 年前，我曾說敻虹是「繆思最鍾愛的女兒」。才一轉眼，在女詩人選集《剪成碧玉葉層層》裡，大致依詩齡和年紀排列的 26 位作者之中，她竟已列在第八位，真令人愴然暗驚。身為中年而近於前行代，15 歲便已動筆的敻虹，詩齡也頗長了。在她之前雖有七人，但詩筆未停的只有蓉子。胡品清當然詩筆未停，但是她在臺灣現代詩壇的筆齡卻較晚。在敻虹之後，有才氣有潛力的女詩人越來越多，《剪成碧玉葉層層》裡，其實還缺了一個因故未列的方娥真。敻虹面對這麼多的挑戰，何以為繼呢？

她的答覆是這本新集《紅珊瑚》。新集有詩 51 首，分為「寫給母親」、「童詩」、「念亡詩」、「又歌東部」、「紅珊瑚」、「讚詩」六輯。就題材而言，「寫給母親」三首是前述〈白色的歌〉和〈媽媽〉的延伸。「童詩」六首裡，也有一半是孺慕心情。「又歌東部」八首則上承〈東部〉和〈臺東大橋〉，而且和孺慕心情相串。其中〈宇宙思〉性質全異，乃一例外，實在不應該放在輯中。「紅珊瑚」18 首，所收最多，性質最雜，有的懷故人，有的贈丈夫，有的寫家庭，有的詠人生，難以歸類。全新的題材是「念亡詩」和「讚詩」兩輯：前者悼念詩人迅夭的嬰兒；後者該是喪妣之後低迴於經文喃喃爐香嫋嫋的幻境，可以視為孺慕孝思的餘波。

哀樂中年，往往哀多樂少。作者到此，上則喪母，下則亡兒，自己也因亡兒的驚悸哀慟，長病了一場：

在我的心裡
只有有關你的生
沒有有關你的死
其實，關於你的生死
病了我的身軀，兩載
憂老我的青髮，半白

生老病死，百感交侵，乃使作者興起人生無常、歸宿何處之感。無告無助的幻滅心情，很自然地向焚香禮佛的遁世之中去尋解脫，乃有「讚詩」那一輯詩。敻虹在屢喪多病之餘，不但信奉釋迦，更吃起素來，據說對健身定性頗見功效。這傾向倒也不是突發而來，早在少作〈昇〉裡，她就已對釋迦明確讚禮。其實像〈不題〉一類的詩，都是莊嚴虔敬氣象動人的作品，其中歌頌的神雖未指明是誰，但那種宗教的情操總是感人的。〈金蛹〉裡所追求的，正是近乎宗教的愛，完美而赤忱。〈汎愛觀〉裡有「一枚小小的十字架」，但似乎信仰不堅。到《紅珊瑚》出版，作者崇釋的傾向乃告確定。

但在另一方面，作者自也有她入世的一面。前三輯的親情、童心、鄉思，固然都屬於人間世，而「紅珊瑚」一輯中，也有好幾首用情真摯的佳作，尤其是訴說夫妻恩情的詩。〈鏡緣詩〉表現的可說是現代的閨情，作者甚至提到「來世的婚約」，簡直把佛家的輪迴和古典的癡心合為一體，結尾的兩句：

就一世的夫妻論
我說清照啊，我比你幸福

真給我們一個驚喜。作者在飽經世變之餘，能把猶悸的心情依託在丈夫身上，而且自覺比《漱玉詞》的作者畢竟幸運，總還是不失生之喜悅。這一比，中國女子的韻味真足。〈如雨痕流下〉裡不但有夫妻之情，更有為人父母的情懷，帶著濃濃的感傷。〈四方城〉所抒，是中年主婦的四個座標，四度空間，構思很巧，可惜未能充分發揮。我認為這一輯裡最圓融深婉的一首，是〈記得〉。此詩筆輕句短，意味深長，除第一段稍弱之外，通篇的語調沉靜而自然。茲引其中段為例：

關切是問
而有時
關切
是
不問

倘或一無消息
如沉船後靜靜的
海面，其實也是
靜靜的記得

「沉船後靜靜的海面」，這比喻不但妥貼，而且充滿暗示。情感發生重大事故，表面上卻看不出來，真盡了含蓄的能事。同輯中另一好詩是〈鹽〉，用晶體、汗水、眼淚、潮汐等的聯想，貫串成詩。且看〈鹽〉的末段：

海是永世的歸屬
一枚貝殼，在遠遠的沙灘
記憶著
你

怎樣
液態時的柔情
固態時的等待
等待回來，入水融化

最後的一輯「讚詩」，皆緣釋子課誦的爐香而來，妙用佛語，巧探禪境，短句起伏，如漾漣漪，可謂在周夢蝶之外另闢一勝境。當以〈法界〉、〈蒙熏〉、〈諸佛〉、〈悉遙聞〉四首最美，且以〈悉遙聞〉為例：

拔尖而來的尖鈸
或喃喃之念誦　隱約如雷
乃至香的訊息
　　煙的詞句
處處在在，化為微波
起程作永恆之旅
不問路遙
悉有所聞

但是《夐虹詩集》裡「白色的歌」那一輯在孺慕和鄉思上開拓的新境，在這本《紅珊瑚》裡，雖然繼續開發，卻未有突破，甚至未臻前例的成就。「寫給母親」那一輯，沒有一首可以比美從前的〈白色的歌〉或〈媽媽〉。「又歌東部」那一輯也都不能與從前的〈臺東大橋〉爭雄。同一主題要屢奏變調，同曲而要異工，誠非易事。年輕詩人總有三兩主題可寫，卻苦技巧不濟。等到技巧鍊成，又恨主題已盡。探尋幾年，新經驗新觀點帶來了新主題，又惱於舊技巧不夠用，不合用了。如此循環不已，唯勇而智者能屢困屢解，挫而更前。到某一步解不了困的，從此便成了江郎。好在「紅珊瑚」和「讚詩」兩輯中，仍能提出若干佳作，未必輸給《夐虹詩集》。不過那情形，容我戲改〈臺東大橋〉的一句，「已經快到警戒線了。」我想敻虹體質雖柔，她的心魄當比臺東大橋更為頑強，不會向歲月的洪暴折腰。《金蛹》之後停筆四年，而有「白色的歌」，足證敻虹能自我解困。

敻虹的詩句以短取勝。如用電腦統計，她的句長定在一般的平均數下。她最出色的詩行詩節，可供摘句的那些，往往筆輕句短，在較小的空間裡迴旋。例如〈彼之額〉一首，換了李金髮來寫，一定不如她。敻虹戲稱，這是因為她體弱氣短，不勝長句。我也知道她曾有哮喘。反過來說，難道長句長詩，就一定是大塊頭的漢子寫的嗎？也許真可以研究一下。不過證之中國古典文學，四言古詩渾茫一氣，後來的絕句反而顯得纖巧了。以畫而言，保羅・克利的作品篇幅都小，仍稱大家。關鍵不在長短，在高低。

只是她的近作在句法上有兩個現象，要特別注意。其一是西化的直硬句法。這在她以前的詩裡只偶見，現在卻多起來。例如〈寫給母親〉有這麼幾行：

　　　　我貼著
冰涼涼的強韌的
透明的阻隔啊
聽到傳來
不斷的海潮的聲音

連用五「的」，形容詞任其無限串疊，乃成堆砌。也許可以這樣化解：

　　　　我貼著
透明的阻隔啊
冰涼涼而強韌

聽到傳來
海潮不斷的聲音

「海潮音」是現成的佛語，也許可另作安排：

海潮音
不斷地傳來

其二是迴行太多，乃使句法繁瑣，文氣不貫。迴行本為中國詩法所無，酌量使用，原可調節過分暢滑的句法段勢，而收頓挫懸宕、能歛能放之功。但是用得太多，反有吞吞吐吐囁嚅不快之弊。例如〈又歌東部〉的第三段：

水要沖走泥沙
水洶湧而來
我潛入，潛低，只要
我一觸到那柔軟溫潤
的泥沙，我便能把
竿插下，用獵熊
的臂力，追鹿的腿力
把二十根竹竿
圍成一塊土地——

九行詩裡有五處迴行，讀起來覺得節奏不順，相當拗口。要救這樣的段落，必須重組句法，減少不必要不見效的迴行。也許作者有意無意之間，要避免押韻和排比。換了有格律詩傾向的作者，很可能寫成：

我潛入，潛低
一觸到那柔軟的泥沙
我便能把竿插下
用獵熊的臂力
追鹿的腿力

稍加格律約束之後，這幾句也不見得怎麼更出色，但至少有一個美德：脈絡比較清楚。

格律詩寫壞了，缺點是刻板單調，以形害意，但如運用得當，也可濟自由詩散漫輕率之不足。許多年輕詩人一入手便寫所謂自由詩，以後如果一路只會自由詩，則在需要嚴整凝練的時候，往往力不從心，只會放，不會收。夐虹已經不是年輕詩人，她寫的也不全是自由詩，但如果她能對格律多下一點功夫，對她擅長的那種精鍊警策的短句小品，一定大有助益。在另一方面，〈白色的歌〉和〈媽媽〉的純厚天然，〈臺東大橋〉的健碩有力，仍可繼續發揮。願夐虹擺脫世變帶來的迷幻和憂傷，開坦自己的心胸，廣拓主題，精鍊語言，變化形式，則繆思對這位臺東來的女兒，必然寵愛有加。

1983 年 7 月 1 日於廈門街

——選自余光中《井然有序：余光中序文集》
臺北：九歌出版社，1996 年 10 月

五十年代清越的女高音
敻虹

◎鍾玲[*]

敻虹（1940～），原名胡梅子，臺灣臺東人。1957 年就開始在《藍星詩刊》上發表詩作，迄今寫作不輟，共出三本詩集：《金蛹》（1968 年）、《敻虹詩集》（1976 年）、《紅珊瑚》（1983 年），而《金蛹》中的詩，除了兩首——〈浪女〉及〈蒼白的牋〉[1]——全都收在《敻虹詩集》中。

敻虹的詩風大致可分為兩期。在 1968 年以前，《金蛹》中的作品，以愛情為主題，採用婉約柔和的語調。余光中說：「《金蛹》的世界主觀而帶浪漫，和外界總似乎隔著一層紗。」[2]在此時期敻虹以水仙子自戀的心態（見第四章第一節）[3]，塑造了一個由私有象徵構成的世界。1971 年後詩風趨於寫實及智性，她的題材拓寬了，除了情感，還包括鄉土情懷、家庭溫情、環境保護、時光之傷逝以及佛家哲理。文字風格力求淺白，意象也比較精簡。

敻虹早期的詩即展現其才華，如《金蛹》的第一首詩〈等雨季過了〉[4]：

他們教我，最好在早晨
早晨冷雨後，摘下那木槿花

---

[*]詩人、散文家、小說家、評論家。發表文章時為香港大學中文系（今中文學院）英制講師，現為澳門大學鄭裕彤書院院長。
[1]敻虹，〈浪女〉、〈蒼白的牋〉，《金蛹》（臺北：純文學月刊社，1968 年），頁 122～123、130～131。
[2]余光中，〈穿過一叢珊瑚礁〉，敻虹，《紅珊瑚》（臺北：大地出版社，1983 年），頁 9。
[3]鍾玲，《現代中國繆司——臺灣女詩人作品析論》（臺北：聯經出版公司，1989 年），頁 113～114。
[4]敻虹，《金蛹》，頁 2～3。

看略透明的絨瓣上
更透明的涼濕之——
清醒。等她被珍重地夾進厚厚的畫冊裡
等雨季過了，我想，我就可以捕住
一影淡紫的春天
捕住。最後用手指催她眠
春天碎了，因我不自主的不可原宥的顫抖
唉，顫抖，為驟臨的初時的懷念

此詩文法有歐化之弊，如「她被珍重地夾進」，或「驟臨的初時的懷念」。但其思緒層層進展，非常靈動。詩中的情節乃寫一少女摘下一片木槿花花瓣，夾在書中，後來取出乾枯的花瓣，卻因手顫抖，把花瓣震碎了。把沾雨的花瓣比作透明的清醒，以實物寫心境的比喻手法，已經很清新了，又用乾的花瓣來「捕捉／一影淡紫的春天」，此意象想像細緻，色彩優美。最後點出手抖，是因為心中的激動，因為懷念到「初時」而激動。這「初時」指向詩開頭的那個早晨，有周而復始的結構，少作而能有這麼多思緒上的轉折，令人驚歎其才華。

《金蛹》一集的詩歌，在意象的色彩方面，以白色、透明、藍色為主，這個素靜的世界可說是純潔少女內心境界的投射。她選擇的意象，也偏於纖細小巧，如〈逝〉[5]一詩中的意象：

讀完了一朵小白花的遺書
扁柏樹說：也飄到青草上了，我的絲帕
那曾在三月的白鷺鷥的頸柱上做夢
的我的絲帕，飄到青草上了。

[5]敻虹，《金蛹》，頁 12。

「小白花」，裹在「白鷺鷥」頸上的「絲帕」，這些意象都應屬純真少女世界中的事物，可以說很清新，但其設想則有嫌稚嫩。

雖說《金蛹》詩集所反映的作者內心世界有點稚嫩，但敻虹的詩藝絕不稚嫩，像她的〈滑冰人〉[6]中這一段，便成熟的運用了時空輻輳技巧：

於遼廣的冰漠上
以超光之速我們並肩滑行
（小伴侶，我為我的幸福哭泣）
而明日距我們近甚，近得
我們未曾為今夜互道完晚安
它已逝去。明日為年輕的刀鞋劃斃
睜圓驚異的眸，眼前是一道長長的白光路
一境不醒的夢

此段的主要意象是一對情人，在「遼廣的冰漠上」並肩滑冰，前面是一道白光路；意象鮮明刺目。「幸福」二字暗示此詩要捕捉的是在熱戀中時光飛逝之感，此詩中用空間的高速動作來描寫時光之飛逝。敻虹早期的詩中充滿這種想像力豐富的意象。

另一首早期的佳作是〈幻覺〉[7]：

有鈴聲響自天國
（我在泥洞裡哭泣）
一串芬郁燦爛的花自天國垂下
（我在泥洞裡哭泣）
那人在橋上。一個約會在風中

[6]敻虹，《金蛹》，頁 36～37。
[7]敻虹，《金蛹》，頁 115～117。

等著

　　（我在泥洞裡哭泣）

在風中轉著，燭光燭光

在風中等著

如果一片心中一片靈火熄去

世界真是夢境了，空渺渺的

又是錮閉的斗室

又是泥洞呵

潮濕地埋葬一隻

蟲蛹

（蝶蛹呵

春天呢

那人是花園

那人是園丁

我非花，我非花

那人無以栽護

愛不是偶然的贈予

靈火啊，靈火

在風中轉著，在風中轉著）

全詩分三組意象：第一組為女主角心中之幻覺，包括天國的鈴聲、天國垂下的花，及風中的燭光靈火；第二組是人間的約會；第三組是花園中濕地底下的一隻蟲蛹。這三組分天上、人間、地下三個領域，交錯出現。意象雖多，但事事都與男女主角有密切關係。男主角即「那人」，在橋上，也是花園中的園丁；女主角則為泥洞中的蟲蛹。敻虹用以下手法強調對女主角而言不可挽回之悲劇：蟲蛹尚未化蝶蛾，位卑而醜陋；「那人」的興趣在花不在蟲蛹。女主角因自覺於此而感受深切的痛苦，她之哭泣，及最後九行之自白都證明這一點，最後一行以「靈火／在風中轉著」的天上意象結束，意境提升而轉為空靈，哀而不怨。這首詩集合了敻虹早期私有象徵詩的四種優點：善於運用敏銳的五官感覺織造意象，清新奇妙的想像力，溫婉敦厚的語調，以及靈動的思路。

敻虹後期的詩中，不時也出現比喻巧妙，意象鮮明，結構嚴謹的詩，且文字乾淨而暢順，少見早期歐化之弊。余光中即盛讚她〈記得〉及〈鹽〉兩首詩的比喻及聯想。[8]在她的〈鄉愁〉[9]中，第一小節對故鄉臺東的懷念，第二段寫對大陸的嚮往，第三段寫對地球的依戀。視野越擴越大，層次井然。對地球的依戀設想尤奇，敘述者置身外太空回望地球：

……鄉愁有時候是
寒冷蕭索的　寂然的
對眸，當人在一萬光年外
回首看那太陽系，其中最美麗：
那寶石藍、翡翠綠、銀白
的地球，發光而冉冉
遙不可及……

此類佳作，後期的詩中屢見不鮮，如〈臺東大橋〉[10]；〈寫給母親〉[11]；〈哀南忘〉[12]；〈山河戀〉[13]；〈鏡緣詩〉[14]等。但也有功力不及的時候，企圖表現氣勢的鄉土詩，常有氣洩力衰之處。如〈又歌東部〉[15]到最後三節則趨散

[8]余光中，〈穿過一叢珊瑚礁〉，敻虹，《紅珊瑚》，頁 19～20。
[9]敻虹，《紅珊瑚》，頁 76～78。
[10]敻虹，《敻虹詩集》（臺北：新理想出版社，1976 年），頁 152～156。
[11]敻虹，《紅珊瑚》，頁 34～35。
[12]敻虹，《紅珊瑚》，頁 55～57。
[13]敻虹，《紅珊瑚》，頁 71～72。
[14]敻虹，《紅珊瑚》，頁 112～114。
[15]敻虹，《紅珊瑚》，頁 63～67。

文化，失去力量。又如〈四方城〉[16]，詩人以〈四方城〉喻主角「我」的生活，第一、二小節很能就牆的特性來寫，如第一面牆壁象徵物質生活，第二面掛在牆上「一幅多色而迷濛的山水」畫，象徵自己的血緣脈承。但寫到第三、四面牆，象徵丈夫和子女，就沒有扣住牆壁的意象來寫，有結構鬆散、意象不明確之弊。

敻虹早期詩中有兩個重要的私有象徵（private symbolism），即「藍」與「蛹」。「藍」象徵女主角心目中地位崇高、半人半神的意中人，在第四章第一節[17]中已論及。而敻虹最著力經營的則是「蛹」的象徵。在《金蛹》的〈前言〉中，詩人點明她以金蛹為書名，乃因其象徵童年的生活，以及象徵詩歌：「是紀念美好的童時生活，是象徵我對詩的崇仰」。但就《金蛹》集中五首以蛹為主要意象的詩來看，蝶蛹主要象徵處身情感困境的女性，也許〈前言〉中所說乃一種遁辭。前文所論的〈幻覺〉中，泥洞中的蟲蛹象徵女性陷於情感時，自覺處境的痛苦；〈綑〉[18]中，詩人說「我是繭中的化民／你用千絲綑我」，寫出陷入情網中女性受折磨的痛苦；繭絲可以是對方綑自己的情網，也可能是自己綑他人的網，在〈蝶蛹〉[19]中，則是綑他人用的網。而蛹的命運則終結於悲劇，〈幻覺〉中的蟲蛹，會死在濕地泥洞中；〈贈〉[20]中繭裡的蛹，煮死在水中，即在情感的火炎中滅亡；〈蝶舞息時〉[21]，蛹出繭而成蝶，但在舞畢之後，「只二瓣黑翅留下」，象徵激情過後的寂滅感。

臺灣女詩人對「蝶蛹」意象可說是非常偏愛，相信一則是因為此意象本身富複雜的生態過程，二則因為此意象有豐富的傳統意義。「蝶蛹」應指飛蛾類與蝴蝶類或蟬等昆蟲，尤以蠶為主。飛蛾有由蛹而作繭自縛，終而化飛蛾的生態過程。蝴蝶有由醜陋的蛹化為絢麗蝴蝶的過程，很明顯是用於文學

[16]敻虹，《紅珊瑚》，頁 109～111。
[17]鍾玲，《現代中國繆司——臺灣女詩人作品析論》，頁 113～114。
[18]敻虹，《金蛹》，頁 120。
[19]敻虹，《金蛹》，頁 19。
[20]敻虹，《金蛹》，頁 132。
[21]敻虹，《金蛹》，頁 7。

中「再生基型」(rebirth-archetype)的好材料。而蠶在中國傳統生活中，與女性有最密切的關係，神話中即與嫘祖織布有關。幾千年來養蠶、繅絲、織布，都是古代女性生活很重要的環節。而李商隱的名句「春蠶到死絲方盡」更把蠶在情感方面的涵意化為一個「公有象徵」(public symbol)。

席慕蓉的〈春蠶〉[22]，即是李商隱春蠶句的伸延，詩人既不網人，也不受人網，而是自己網自己：「做一隻寂寞的春蠶／在金色的繭裡／期待著一份來世的／許諾」。張香華的詩〈母親〉[23]倒是實踐了敻虹意想中的比喻，用繭中蠶來象徵受到維護的童年。而朵思與羅英則側重呈現「再生基型」，以蛾破繭而出的意象，比喻自我的演變或提升。如羅英的〈蛻變〉[24]即寫詩人自我之再生，以黑夜變成白日，蛹變成蛾作為平行的比喻。女性詩人特別偏愛蛹、繭、蛾的意象及其變化過程，不僅與上述的中國古代神話、古典詩歌有關係，也許與家庭婦女之社會處境及女性生理也有關係。女性生理方面的變化顯然比男性多，除了週期性的月信，並有明顯的更年期，此外還有生育、哺乳的能力，因此對蛹、繭、蛾這類富於變化的意象，特別有興趣。然而在眾女詩人當中，以敻虹所處理的「蝶蛹」象徵，最為集中，並自成體系。

敻虹的詩，頗富音律節奏之美，余光中以她早期詩〈我已經走向你了〉[25]的結尾為例：

而燈暈不移，我走向你
我已經走向你了
眾弦俱寂
我是唯一的高音

[22]席慕蓉，《七里香》(臺北：大地出版社，1981年)，頁80～81。
[23]張香華，《愛荷華詩抄》(臺北：林白出版公司，1985年)，頁101。
[24]羅英，《雲的捕手》(臺北：林白出版公司，1982年)，頁52～53。
[25]敻虹，《金蛹》，頁50～51。

他說此段「在聲調上，句末的『移』、『你』、『你』、『寂』四字押韻，但其聲低抑，到『高音』二字，全用響亮的陰平，對照果然鮮明。」[26]此外我想在節奏上，敻虹也具功力，如此段用了一些四字組成的詞語，如「燈暈不移」、「我走向你」、「眾弦俱寂」，此重複造成節奏感，而插在其中的「我已經走向你了」又是「我走向你」的變奏，破其四字組成詞語的單調。可見無論是音律或節奏，在早期詩中，敻虹已見功力。

此外，敻虹後期詩在文字上有一特色，常出現淺白流暢，且善用文字表現詩思的巧轉，如：

你只活一天，不知道
我為你病了一年

——〈哀南忘〉[27]

在我的心裡
只有有關於你的生
沒有有關於你的死
病了我的身軀，兩載
憂老我的青髮，半白

——〈念亡詩〉[28]

往往他一語相詢
我分百次回答
綿纏的囁嚅啊，終於
把人蹉跎成白髮

——〈愛情〉[29]

[26]余光中，〈穿過一叢珊瑚礁〉，敻虹，《紅珊瑚》，頁 4。
[27]敻虹，《紅珊瑚》，頁 56。
[28]敻虹，《紅珊瑚》，頁 58。
[29]敻虹，〈愛情〉，蕭蕭編，《七十二年詩選》（臺北：爾雅出版社，1984 年），頁 147。

可見敻虹善於用白話作排比、對比，表達巧轉的思緒，這是她後期的一種文字風格。並化詩詞句法入詩，如「病了我的身軀」即呼應的「紅了櫻桃，綠了芭蕉」的句型。

但整體而言，文字卻時有不夠修葺之弊。前文論及她早期的詩常見歐化的句子，又如〈贈蕭邦〉[30]中「非陽光非飄下的划泳在風中的樹葉」這一行：兩個「非」字，令此句文白夾雜，兩個「的」字累贅不堪。即使後期詩中歐化句子少了，仍不時出現，如〈那孤挺花〉[31]中，「到了秋天，風沙從河床／自己升起」，應是英語的動詞轉化而來：raise itself。中文比較順的說法應是：「沙從河床上／無風自起」。敻虹同蓉子一樣，也試以文言的詞語或文法入詩，如〈彼之額〉[32]：

彼之額在繁花之中
彼是一岩
彼冷然

藍綿白無盡，彼自其來
……

此詩雖文言成分很濃，但句法長短靈活，典雅的文言營造出此詩肅穆超然的氣氛，可說是成功的試驗。後期的頌佛詩也常以文言入詩，如〈諸佛現全身〉[33]：「珠玉玲瓏，絲綾錦繡／雲霞光華　為衣為冠／一一是美的理想」，卻用機械式的排列，文字內涵亦無新意。因此在文字方面，敻虹的詩有得有失，而以表現巧思，文字流暢的那類詩，最為突出。

敻虹早期的佳作，在〈導言〉[34]及「第四章」[35]中我討論過了。而〈鏡

[30]敻虹，《金蛹》，頁 88。
[31]敻虹，《敻虹詩集》，頁 140。
[32]敻虹，《金蛹》，頁 76。
[33]敻虹，《紅珊瑚》，頁 146。
[34]鍾玲，〈第一章・導言〉，《現代中國繆司——臺灣女詩人作品析論》，頁 1～26。

緣詩〉、〈記得〉、〈鹽〉則是後期的佳作，余光中說這幾首是「用情真摯的佳作」。[36]他又論及敻虹的頌佛詩：「妙用佛語，巧探禪境，短句起伏，如漾漣漪，可謂在周夢蝶之外另闢一勝境。當以〈法界〉、〈蒙熏〉、〈諸佛〉、〈悉遙聞〉四首最美。」[37]

我想正如余光中所指出那幾首「用情真摯」的詩，敻虹後期的傑出作品，同前期一樣，仍是以愛情為主題的作品。她能把再平凡不過的日用調味品〈鹽〉[38]，寫成一種深情的象徵，比喻妥貼，意想不到，貼著鹽在海水中、成結晶體、再在水中溶化的種種形態來寫：

海是永世的歸屬
一枚貝殼，在遠遠的沙灘
記憶著
你
怎樣
液態時的柔情
固態時的等待
等待回來，入水融化

在她的〈翡翠鰈〉[39]中，也用愛情來詮釋遠古地球初成形時的翡翠礦石，不但設想奇特，且富她早期詩中對色彩的超度敏感：

火紅的熱岩，曾遠遠
依戀那冰冷的綠石

[35]鍾玲，〈第四章・多姿多采的感情世界〉，《現代中國繆司——臺灣女詩人作品析論》，頁 107～138。
[36]余光中，〈穿過一叢珊瑚礁〉，敻虹，《紅珊瑚》，頁 18。
[37]余光中，〈穿過一叢珊瑚礁〉，敻虹，《紅珊瑚》，頁 21。
[38]敻虹，《紅珊瑚》，頁 126～127。
[39]敻虹，《紅珊瑚》，頁 128～129。

一段淚也紅，血也綠的愛情

在〈瓶〉[40]中，敻虹論及詩的創作：

……

又在深林，千萬片葉面欲滴著透明
散步過此，你用瓶汲引清液
詩一一形成
隨時傾注，樂聲不住地拍動薄翅
我在其中，我是白羽
案上列滿期待，一如岸上
你凌涉重重的時光前來
取走那瓶

詩中的「你」，似指詩神，因為「你用瓶汲引清液／詩一一形成」，「瓶」似指「靈感」。又因為「隨時傾注，樂聲不住地拍動薄翅／我在其中，我是白羽」，則林中的白鳥即指詩人。全詩意象清幽。結尾更是細緻空靈，似乎詩人已走到生命盡頭，一切還諸天地。敻虹早期的詩，以清純少女的幻想，織成一個充滿私有象徵的空靈世界，可以說實踐了「瓶」中她自己對詩的理念。

整體而言，敻虹應是臺灣女詩人之中，最全面體現女性感性的詩人。她的詩表現了五官感觸的靈敏，神經質式的感受，躍動的聯感活動，對色彩的敏感。題材方面也處理了一些典型的傳統女詩人主題，如浪漫清純、水仙子自戀式的愛情，落實於現實生活之中的夫妻深情，以及無私的母愛。早期的詩，雖說脫離現實，但呈現自成一體系的私有神話世界。此外，早期

[40]敻虹，《金蛹》，頁 74～75。

的詩，意象靈動，節奏優美，只有在文字上則有些歐化之病。後期的詩，文字轉為淺白，風格變成寫實，題材也多面化，有些詩流於過分淺顯，結構鬆散之弊，但也有不少文字巧轉，結構完整的佳作。

——選自鍾玲《現代中國繆司——臺灣女詩人作品析論》

臺北：聯經出版公司，1989 年 6 月

詩心・佛心・童心*
敻虹的創作歷程及其心靈模式

◎洪淑苓**

而燈暈不移，我走向你

我已經走向你了

眾弦俱寂

我是唯一的高音

——敻虹，〈我已經走向你了〉

敻虹（1940～），本名胡梅子，臺東人。藍星詩社的一員，才思早慧，1960 年代即以《金蛹》啼聲初試，獲余光中、瘂弦等的讚賞，謂之「繆思最鍾愛的女兒」。[1]迄今四十餘年，猶創作不輟，出版詩集《敻虹詩集》、《紅珊瑚》、《愛結》、《觀音菩薩摩訶薩》、《向寧靜的心河出航》，以及童詩集《稻草人》等。

一般認為，敻虹早期作品唯情唯美，中年以後，因為學佛，以之入詩，詩風有所改變；而二者之外，別出的大量童詩作品，也不容忽視。故本章擬針對此現象，以「詩心・佛心・童心」探討其創作的心靈模式，點出其情詩、頌佛詩、童詩的特色，並觀察前後期創作觀念的轉化，企圖指出其

*本文原題〈詩心・佛心・童心——論敻虹創作歷程及其美學風格〉，載於中國詩歌藝術學會編，《兩岸女性詩歌學術研討會論文集》（臺北：中國詩歌藝術學會，1999 年）；《藍星詩學》第 12 期（2001 年 12 月），頁 9～21、第 13 期（2002 年 3 月），頁 194～210。

**發表文章時為臺灣大學臺灣文學研究所及中國文學系合聘教授，兼任臺灣文學研究所所長，現為臺灣大學中國文學系教授。

[1]參見張默，《夢從樺樹上跌下來：詩壇鉤沉筆記》（臺北：爾雅出版社，1998 年），頁 256。

生命情調與美感。

一、作品分期及相關問題

敻虹的作品，依張健的看法，可分為：一期——少女時期；二期——婚後（約三十歲）的作品；三期——頌佛詩。[2]其少女時期的作品大約收在《金蛹》，今見於《敻虹詩集》的第一部分。敻虹於 1968 年和陳迺臣先生結婚，故《敻虹詩集》中，收錄 1970 至 1974 年作品的第二部分「白色的歌」，可視為一、二期的分水嶺。《紅珊瑚》中，除童詩、讚詩之外，都可說承接「白色的歌」，繼續在題材與主題上深化、擴張，故這些也是第二期的作品。但《紅珊瑚》的讚詩部分，則已然暗示另一個時期的萌芽，亦即頌佛詩時期的發軔。直到《愛結》，敻虹不僅繼續創作讚詩，從以「苦詩」為名的第一部分，可看出學佛對她的影響。《愛結》可視為頌佛詩的發展期。《觀音菩薩摩訶薩》全書以佛法為創作理念，除篇名明示為「觀音菩薩摩訶薩」，其餘作品也都是就佛理與參悟來鋪寫，本書代表其頌佛詩的成熟期。

如是，就題材而言，敻虹作品約有抒情詩、頌佛詩、童詩三大類別；以時間分期，則可再細分為：

第一、少女情詩期：1957 至 1967 年，約十七至二十七歲。主要是《金蛹》的作品，絕大部分是情詩，唯美唯情，纖柔婉約。

第二、婚後牧歌期：1968 年婚後，到 1978 年遭遇喪母之慟以前，28 至 38 歲。包括《敻虹詩集》的「白色的歌」，及《紅珊瑚》的大部分作品。廣泛地寫世緣人情：愛情、婚姻、鄉情、親情、友情，呈現田園牧歌般的寧靜祥和，此生命情調亦促使童詩的萌芽。

第三、學佛初始期：1978 至 1990 年，38 至 50 歲。1978 年遭遇母喪之慟，及其後產子夭折的打擊，使自幼拜佛的敻虹真正開始虔心向佛，發

[2]張健，〈藍星詩人的成就〉，中國詩歌藝術學會編，《兩岸詩刊學術研討會論文集》（臺北：中國詩歌藝術學會，1998 年 9 月 26、27 日），頁 13。

願茹素。[3]1987 年，以佛學論文《佛教般若思想與兒童美育》獲文化大學印度文化研究所碩士學位，適可代表其學佛的初步成績。此時期與前一期時間上或有所重疊，故將《紅珊瑚》的「讚詩」劃入此時期，而以《愛結》跋於 1990 年 11 月，為此時期之止迄。此時期以「讚詩」作為佛法入詩的形式實驗；以「苦詩」(《愛結》第一輯）演述對人間情感的體會，亦逐漸浮現「空」的人生觀。另有「童詩」29 首，內容更見豐富，是童詩的茁壯期。

第四、學佛成熟期：1991 年（51 歲）以後迄今。1993 年，以《鳩摩羅什與大乘般若空慧》論文，獲東海大學哲學研究所博士學位，可謂更上層樓。在此前後，夐虹已開始為《普門》月刊撰稿，宣揚佛教精神。又任教於佛教的西來大學，兼顧出世與入世的追求，故謂之為學佛成熟期。[4]1997 年先後出版的《觀音菩薩摩訶薩》與童詩集《稻草人》，是為其學佛的具體成果，作品中已顯見佛教精神。1999 年 8 月復又出版《向寧靜的心河出航》，係圍繞著《心經》而創作的佛教現代詩，更可看出夐虹對佛理的體悟。

粗略地說，夐虹少女時期的作品，大體是憑著感情的直覺，抒發其執著不悔的愛情觀，文采縟麗，情感澎湃激越，乃至於有近乎宗教的莊嚴情操。婚後時期的「白色的歌」則將眼光自愛情轉向親情鄉土，以素樸的語言，訴說真摯內斂的情感，這些都深受肯定與讚賞。然而其頌佛詩卻引發了異議。例如張健〈藍星詩人的成就〉論及夐虹的頌佛詩云：「情思真摯，但詩味卻薄了。」[5]余光中在《紅珊瑚》的序文中，雖然讚美其「讚詩」：「妙用佛語，巧探禪境，短句起伏，如漾漣漪，可謂在周夢蝶之外另闢一

[3]余光中，〈穿過一叢珊瑚礁——我看夐虹的詩〉，夐虹，《紅珊瑚》(臺北：大地出版社，1983 年)，頁 17。夐虹〈思母一二〉注明（民國）68 年夏月，母逝經年，知其母亡於 1978（民國 67）年。又，夐虹，〈學佛人〉云：「八年前因為許願而吃素。」《普門》第 135 期（1990 年 12 月)，頁 124～125。故逆推為 1982 年發願茹素。

[4]參見張默，《夢從樺樹上跌下來：詩壇鉤沉筆記》。碩博士學位資料，筆者自國家圖書館「全國博碩士論文提要」索引而得。夐虹開始為《普門》撰搞，大約在 1990 年。

[5]張健，〈藍星詩人的成就〉，中國詩歌藝術學會編，《兩岸詩刊學術研討會論文集》，頁 13。

勝境。」[6]但這其實是一語帶過，並不如探討同集其他作品那麼仔細；因此雖取〈法界〉等四首為最美，仍然有「快到警戒線了」的戲語，提醒敻虹日後須有所突破。

瘂弦為《愛結》作序，一則以喜，一則以懼。其言云：「由於她長期以來對佛理的參悟，使作品更具有哲學意趣與思想深度。那禪宗中特有的活潑與機趣，使她詩的語風彈性更大，姿采更多。」又云：「萬一我的老友到了河的對岸，也盼望她有能力游回來；在桂葉與菩提之間來往自如，把兩個世界變成一個世界。」[7]兩段話，前者是欣喜樂見的部分；後者則是對於敻虹創作與修佛是否能平衡，感到憂慮。而面對這層憂慮，敻虹以〈兩岸之間——敬答一位詩友〉[8]，無此無彼的觀點回答。

可見以佛入詩的優劣，見仁見智，至少不是一般理論批評所熟悉的作品類型，而且這還牽涉到「隔」的問題。大多數人會同意，宗教性質太強的作品，容易與讀者造成隔閡，非同道者可能不易進入作品的內涵，術語、寫作形式，往往形成第一層的障礙。其次，學佛與作詩，二者可否相反相成？抑或兩相妨礙，最後學佛者不立文字，作詩者遠離佛道？此處借用古代詩人學佛的問題加以評量。

詩人學佛，在唐代可說是一大風尚，而且大部分醉心於禪宗；降至宋明兩朝猶盛不衰。李淼《禪宗與中國古代詩歌藝術》第三章〈禪是詩家切玉刀〉嘗就此情況加以推介，並指出針對習禪與寫詩之利害關係的正反面意見。持正面意見者認為，詩禪相似或相通，因而習禪有利於寫詩，以禪喻詩之風大興於唐宋及至明清，即是很好的證明；持反面意見者則認為詩禪對立，又區分為兩類：一種是站在禪宗家教立場，認為寫詩妨害參禪，持此論多是禪師，但詩人本身如白居易也有「詩魔未降得」的苦惱，僧人齊己則有「狂吟傷情」、「愛詩廢道」的感慨；一種是站在詩人的立場，認

---

[6]余光中，〈穿過一叢珊瑚礁——我看敻虹的詩〉，敻虹，《紅珊瑚》，頁 21。
[7]瘂弦，〈河的兩岸——敻虹詩小記〉，敻虹，《愛結》（臺北：大地出版社，1991 年），頁 3。
[8]敻虹，〈兩岸之間——敬答一位詩友〉，《觀音菩薩摩訶薩》（臺北：大地出版社，1997 年），頁 97～100。

為禪宗妨害寫詩，如韓愈、潘德輿都說過類似的話，以為入禪習佛即是出世，不關心世事，淡然無情，而詩卻是為時為世，情動於心而作，習禪又怎能不妨害寫詩？[9]

據此，試把禪宗擴大為一切習佛者。在學佛與作詩的衡量上，瘂弦大約是偏向詩佛相對論，雖然他仍肯定禪佛的機趣使敻虹的語風禪性更大，但仍不免憂慮，學佛可能妨害寫詩。敻虹崇尚的《法華經》，禮敬觀世音菩薩，屬天台宗一派，與禪宗不同，但她所抱持的仍是「詩禪相通」，認為學佛可以使自己澄清煩惱，使心靈中的清泉湧現，把信仰和詩觀、日常生活，簡化、融合在一起，更具有創造力，且自得其樂。[10]《觀音菩薩摩訶薩》收錄〈生命是世間詩〉云：「生命是那麼圓滿地／涵擁了一切／生命就是一首詩」、「生命是世間的詩／境界可以直往／妙慧之虛空」[11]，由此可見學佛以後，敻虹對於人生、詩、佛理（「妙慧之虛空」）企圖一以貫之的理想，她對學佛、寫詩都是有信心、有定見、有遠景的，如其所言：

> 我的「詩觀」的結論是，文字具有不朽性。它的不朽，靠著世間將它保存。……向圖書館的藏書編目、向藏經樓的聖典古籍、向人間傳誦之口、記憶之心，不朽的詩句，在那裡：永恆。[12]

敻虹學佛，以佛入詩，她有意研創「佛教現代詩」[13]，以其作品看，可包括二類：一是與佛教有直接關係的，如兩組讚詩（〈爐香讚〉、〈楊枝淨水讚〉）、各種頌歌（對佛典經文的詮釋、對菩薩、修行者的頌歌，如〈觀音

---

[9]李淼，《禪宗與中國古代詩歌藝術》（高雄：麗文文化公司，1993 年），頁 115～123。

[10]敻虹云：「寫作之人感受特別敏銳，心靈柔軟易傷，常常如夜鶯泣血，……學佛以後，……結果會不會捨成空無所有呢？幾經自省，不會的。原來人心自有清泉、源源流出，可澆灌自己有限的生命，也可灌溉無限的創作之田園，學『捨』，只是將濁水換淨水而已。」敻虹，〈向傳誦之口，向記憶之心──以信代序〉，《觀音菩薩摩訶薩》，頁 7～8。

[11]敻虹，〈生命是世間詩〉，《觀音菩薩摩訶薩》，頁 96。

[12]敻虹，〈向傳誦之口，向記憶之心──以信代序〉，《觀音菩薩摩訶薩》，頁 8～9。

[13]例如何寄澎等，《中國新詩賞析》（臺北：長安出版社，1981 年）選注敻虹詩九首（這些賞析由何寄澎執筆），算是選本中最多的，在作者介紹時有如此評語，參見該書，頁 243。

菩薩摩訶薩〉、〈鳩摩羅什頌〉），這些以佛教文字、儀典、人物為主題所作的詩，可統稱為頌佛詩，也是現代的佛教詩；二是以佛學的觀點入詩，表面上仍是一般人情物理的題材，實則可歸究出其佛學思想（如〈愛結〉、〈而今遠離愛想結縛〉），充分代表其學佛之後感情觀、人生觀的轉化，乃以佛入詩，可視為佛教的現代詩。

簡言之，敻虹學佛，確實是其作品轉變的重要關鍵。而其藝術高下，則請詳下文的討論。

二、詩心：緣情唯美

敻虹早期的情詩備受矚目，許多選本都曾選入〈我已經走向你了〉等作品，肯定其細緻的心思、深湛的凝想、奇詭的幻臆[14]，這裡擬以審美的觀點，集中探討其藝術風格。

詩心，泛指一切創作的心靈。漢代的〈詩大序〉有云：「在心為志，發言為詩，情動於中，而形於言。」言志抒情靠的就是一顆靈活敏銳的「詩心」，才能發為歌詠。魏晉時代的文論家更主張創作和情感的密切關係，如陸機〈文賦〉：「詩緣情而綺靡。」劉勰《文心雕龍・明詩》：「人稟七情，應物斯感。感物吟志，莫非自然。」[15]二者都強調情感的觸發，陸機又特別注重文字的華美（綺靡），可見深摯的情志加上文字的藝術，是詩人創作的內在與外在的雙重條件。而敻虹既擁有細緻靈動的詩心，也特別講究用字的藝術，因此形成了她「緣情唯美」的寫作風格。

（一）顏色與意象

敻虹早期的作品，頗有「緣情綺靡」的特質，她的「詩心」是運用於對各種感情的召喚、呼應，而後以柔美的意象、獨特的語法、淒迷的境界

---

[14]敻虹云：「現代詩與佛教現代詩二者，於我而言，不是前後分明的兩個段落，而是重疊、並行的創作領域。」滿光法師、潘煊訪問，〈當法音流入詩的礦層——訪女詩人敻虹〉，敻虹，《觀音菩薩摩訶薩》，頁 213。

[15]以上廣泛徵引中國古代文學批評名篇，不另注明出處。可參見張健編著，《詩心》（臺北：國家出版社，1983 年），但其「詩心」意謂「詩的心聲」，亦即解說「詩是什麼」。

呈現出來。綜觀《敻虹詩集》的「金蛹」卷中，雨、淚、夢是其作品中經常出現的字眼，同時往往與「冷」的觸覺相伴相生：

早晨冷雨後，摘下那木槿花[16]

我們在雨中相遇[17]

像今我們隔著一個
冷冷的夢境[18]

為什麼是回憶，是一窗細雨
是一窗淚！[19]

夜深深，夢冷冷，
怎又為我哭泣呢[20]

這些句子都傳達了幽深清冷的感覺，有的作品題目本身就透露了這樣的訊息；也代表愛情的纖弱、易碎。而經常藉蝶、蛹、花與蓓蕾譬喻愛情，也更襯托愛情的美麗與虛幻。例如〈蝶蛹〉以蝶破蛹而出、展翅飛翔比喻兩人初遇的悸動之美[21]；〈海誓〉以蛹化蝴蝶，生生世世的循環，代表對永恆愛情的嚮往[22]；或者透過各種花朵的意象，例如略透明淡紫色的木槿花[23]、白色的茉莉[24]、純白淡香的十字花[25]；有時作「藍色的十字花」[26]、小白花[27]

---

[16]敻虹，〈等雨季過了〉，《敻虹詩集》（臺北：新理想出版社，1976 年），頁 2。
[17]敻虹，〈蝶舞息時〉，《敻虹詩集》，頁 6。
[18]敻虹，〈憶你在雨季〉，《敻虹詩集》，頁 9。
[19]敻虹，〈殞星〉，《敻虹詩集》，頁 10。
[20]敻虹，〈莫〉，《敻虹詩集》，頁 24。
[21]敻虹，〈蝶蛹〉，《敻虹詩集》，頁 18～19。
[22]敻虹，〈海誓〉，《敻虹詩集》，頁 84～85。
[23]敻虹，〈等雨季過了〉，《敻虹詩集》，頁 2。
[24]敻虹，〈尋〉，《敻虹詩集》，頁 20；〈即景〉，《敻虹詩集》，頁 127。
[25]敻虹，〈金色洋中〉，《敻虹詩集》，頁 27。
[26]敻虹，〈十字花〉，《敻虹詩集》，頁 73。

等等，這些色彩淡淡的花朵都是令人感覺柔美而憂傷的意象；又如其〈瞬間的跌落〉:「那小小蓓蕾可最柔嫩。愛情，最易夭亡」、「相遇不過是沒開出來的小小花兒／你不過是可憐的偶然」[28]，已把花的蓓蕾和愛情連接在一起，都指向「夭亡」的慘然命運。

擅於捕捉意象，且有意無意重複使用，乃構成敻虹作品的特色。除上述現象之外，「藍」的意象，更為突出，且具有深刻的象徵意義。

從題目〈藍珠〉、〈藍光束〉、〈藍色的圓心〉、〈藍網之外〉開始，已隱然可見「藍」在其心目中特殊的地位。「藍」可能代表其戀慕的對象，也可能是心中理想形象的投射[29]，因此「藍」便用以描述愛情中的挫折、別離之苦，以及堅定不移的執著，更成為追憶往事時的重要場景，試引其詩句為證：

唉，怎麼展眸又是海
色藍而冷、而亮、而碎了偶駐的寧靜[30]

諸音鏗鏗然落下
藍色氤氳中
那人驚歎[31]

幸福的韻動初於此，始於此
藍色的圓心[32]

那是太細太細的長繩
橫自圓圍著宇宙的淒亮藍珠幕

---

[27]敻虹，〈逝〉，《敻虹詩集》，頁 12～13。
[28]敻虹，〈瞬間的跌落〉，《敻虹詩集》，頁 94。
[29]例如「一九五八年冬，晚・課座上／我的宇宙冷縮冷縮／冷縮成藍珠」，敻虹，〈藍珠〉，《敻虹詩集》，頁 28。「藍珠」成為其心中至高無上的宇宙，一份靜默的獻禮；而其詩頗多以「藍」色來形容或成為呼告的對象，故有此推測。
[30]敻虹，〈虔心人〉，《敻虹詩集》，頁 30。
[31]敻虹，〈你有所夢〉，《敻虹詩集》，頁 65。
[32]敻虹，〈藍色的圓心〉，《敻虹詩集》，頁 59。

我如何哭著過去[33]
我已脫身捕捉
憂傷，那透明之變色蝶的
藍網外[34]

此地滿是藍，浩浩的沉寂
我們返回最初，正是冬[35]

涉過這面寫著睡蓮的藍玻璃
我是唯一的高音[36]

在上面第一、二、三例中，以眼眸如海，藍而冷表示受到愛的悸動，又以藍色氤氳代表美好的感受，也以「藍」代表幸福的開始；可見「藍」的意象和愛情的密切關聯；第四例，由藍珠圍成的光束，傳達離別的哀淒；第五例的藍網代表愛情，「藍網外」表企圖逃離愛的憂傷；第七例的「藍」代表愛情的回憶；以上都是「藍」的意象和愛情象徵密切連結的例子。最後一例，藍玻璃成為兩人之間似有若無的阻隔，但我仍執意向你靠近，表現不悔的深情；這裡藍色的淒清感，和玻璃的透明、冷脆，形成最佳的搭配，更彰顯愛情受到阻隔的境況。

藍色在美術上屬於冷色調，具有寧靜、憂鬱等心理意義，因此在美感經驗上，它應屬陰柔之美，配合各作品中相關的修辭用語、主題等，共同烘托一個哀傷纖柔的意境。敻虹把「藍」和各種媒材結合，海、湖、眼眸、玻璃的清冷、深邃、透亮，光、網、氤氳之氣的迷茫悵惘，這些質感都塑造了「藍」的晶瑩亮麗，可愛可憐。連同上文雨、淚、夢等意象，敻虹作品可說相當符合「優美（grace，意同陰柔美）的事物在形式方面都具有小

[33]敻虹，〈藍光束〉，《敻虹詩集》，頁 41。
[34]敻虹，〈藍網之外〉，《敻虹詩集》，頁 62。
[35]敻虹，〈則你是風景〉，《敻虹詩集》，頁 66。
[36]敻虹，〈我已經走向你了〉，《敻虹詩集》，頁 50。

巧、柔和、淡雅、細膩、光滑、圓潤、精緻、輕盈、舒緩、嫩弱、絢麗、微妙、秀麗、清新、漸次等品格」的說法。[37]加上深情不悔、甘受情感牢籠的主題意識，敻虹作品在在引起讀者的同情、憐惜，為之動容。[38]

（二）悲劇感與崇高感

敻虹作品風格，雖可以陰柔美概括，但其中蘊含的悲劇感與崇高感亦不容忽視。

悲劇理論源於亞里斯多德（Aristotle）的《詩學》（*Poetics*），其定義為：

> 悲劇：是對一嚴重（spoudaios，或譯嚴肅、重要、高貴）、完整、及有某種長度之行動的模仿；在戲中各部分的語言都經過各種藝術的修飾，在方式上是表演的，而不是敘述的；通過憐憫與恐懼（或譯恐怖）造成這些情感的淨化。

憐憫與恐懼，便是悲劇所引發的心理作用。而亞氏對憐憫的定義是「一種痛感，這種痛感是由看見災難或痛苦降臨不應得者而它如可能降臨我們或我們之朋友所激起」；恐懼則是「一種由於對未來可能發生之災難或痛苦有預期而產生之痛感」。[39]

除憐憫與恐懼的感覺之外，學者也都同意，悲劇可以引發崇高感，因為「對人生真理的追求，對倫理道德上的崇高的充分肯定，是悲劇感的核心內容。欣賞悲劇所激起的情感不同於主題與客體和諧統一、平靜溫和的

---

[37]戚廷貴主編，《美學：審美理論》（吉林：東北師範大學出版社，1989 年），頁 104。又，朱光潛，《文藝心理學》（臺北：金楓出版社，1987 年），頁 93。

[38]敻虹在這方面的表現，今人多有談論者，例如蕭蕭、張漢良等編，《現代詩導讀・導讀篇二》（臺北：故鄉出版社，1979 年），頁 63～71，選敻虹，〈臺東大橋〉、〈如果用火想〉二首，蕭蕭在賞析中即指出淚、夢是敻虹經常使用的意象。鍾玲，《現代中國繆司──臺灣女詩人作品析論》（臺北：聯經出版公司，1989 年），頁 169、174，亦指出，敻虹酷喜用白色、透明與藍色；而「藍」與「蛹」為其重要私人象徵。張健於《中國現代詩》（臺北：五南圖書公司，1984 年），頁 13，亦點出「藍」在敻虹詩的特殊意義。筆者於此處則另外指出「冷」的觸感，下文亦將特別論其火的意象。

[39]參見劉昌元，《西方美學導論》（臺北：聯經出版公司，1986 年），頁 289～298。

優美感，而是主體與客體的相對應、抗衡的崇高感。這種崇高感也可能包含著恐懼與憐憫的成分，卻遠遠超越了對恐懼與憐憫的隔化，而達到情感與認識相統一的理性的昇華，能使人震撼，催人感奮。」[40]

敻虹作品中的愛情多不完美，沒有圓滿的結果，使人哀憐是必然的，但其呈現的悲劇力量，則在於作品中那種無悔與宿命的認知，以〈我已經走向你了〉為例來分析：

你立在對岸的華燈之下
眾弦俱寂，而欲涉過這圓形池
涉過這面寫著睡蓮的藍玻璃
我是唯一的高音

唯一的，我是雕塑的手
　　　　　　雕塑不朽的憂愁
那活在微笑中的，不朽的憂愁
眾弦俱寂，地球儀只能往東西轉
我求著，在永恆光滑的紙葉上
求今日和明日相遇的一點

而燈暈不移，我走向你
我已經走向你了
眾弦俱寂
我是唯一的高音[41]

在這首詩中，「眾弦俱寂，我是唯一的高音」之語，彷彿強調「眾醉獨醒」、「雖千萬人吾往矣」的勇者精神，宛若一愛情的烈士，將渡易水。其前途

[40]戚廷貴主編，《美學：審美理論》，頁 267。
[41]敻虹，〈我已經走向你了〉，《敻虹詩集》，頁 50～51。

未卜，因為對岸華燈下的你，以及面前這寫著睡蓮的藍玻璃，其實是渺不可及，阻礙重重；詩的第二段云「不朽的憂愁」、「地球儀只能往東西轉」正洩漏此中消息。而「我」仍堅持，甚至以堅定又喜悅的口吻說：「我已經走向你了」。當讀者以旁觀者的角度欣賞此「行動」的演出，必然為其勇往直前的精神所震撼，因為此中人對愛情抱持如此高度之信仰與虔敬，知其不可猶為之，這種衝突與抉擇，正是崇高感的展現。而讀者又會哀憫其事之不成，勢將鎩羽而歸，又不得勸阻，只能任由其高唱「我是唯一的高音」，不亦痛哉！況這樣飛蛾撲火的情境，也是戀愛中人陷入的「情人眼裡出西施」、「赴湯蹈火，在所不辭」，凡抱持九死無悔，熱戀中（或苦戀中）的男女，經此詩之反鑑，得無懼於愛情之魔力乎？

又看〈綑〉，更能體現這種悲劇感：

我是繭中的化民
你用千絲綑我
我不能站到殼外看人生
看自己可笑的一丁點兒人生

你是岸上的人
能感知多少灼熱
當我自焚

當我赤足走過風雪
你是畫外的人
正觀賞那茫茫的景緻

千絲千淚千情
我走進那交錯牢密的綑繫

一點也不想看人生[42]

本篇以「繭中的化民」、「可笑的一丁點兒人生」比喻「我」的痛苦心情，應是失戀之後，極度沮喪、自我封閉的處境；而「岸上的人」、「畫外的人」兩組譬喻，恰形成強烈的對比，「你」已是個局外人，事不關己般冷漠，是何等冷酷無情。因此「我」連掙扎的意願都沒有，情願「走進那交錯牢密的綑繫／一點也不想看人生」。〈綑〉的主題是宿命悲觀的人生觀，但是由於意象譬喻的巧妙，張力十足。例如首段「千絲綑我」與「一丁點兒人生」，千絲與一丁點兒的小大對比，恰構成微弱卻強韌的生命圖象；而第二、三段岸上的人與自焚者，畫外的人與赤足走過風雪者，兩兩之間乃形成衝突，快者自快，痛者自痛，相較於之前可能有過的熱情愛戀更顯得今日形成陌路的悲哀。

就讀者觀感而言，看到「我」與「你」這樣的創痛與決絕，焉能不悲憫、痛惜？而「你是岸上的人／能感知多少灼熱／當我自焚」不啻點出感情今非昔比的弔詭，令人驚悚不已。但是讀者若能藉此詩真正洞悉情感的多變無常，在這一連串的閱讀過程中，應可由同情、悲憫（「我」的愚癡）、憤怒（「你」的置身事外）、絕望（對於愛情的永恆不變性）中，淨化與昇華，而建立釋懷自處之道。

黑格爾說：「悲劇人物的災禍如果要引起同情，他就必須本身具有豐富內容意蘊和美好的品質，正如他遭到破壞的倫理理想的力量使我們感到一樣，只有真實的內容意蘊才能打動高尚心靈的深處。」[43]在〈綑〉，那美好的倫理品質便是「我」所求的愛情永恆，而今已遭破壞，因而為讀者所共鳴同感。但是，因此而喚起的沉痛、悲哀、憐憫、恐懼，並不是要把人引向悲觀、消沉，相反地，因為目睹此中人物的犧牲與堅持，體會到「詩的正義」，因此得到激勵、振奮，使人意識到，生命之美，乃在於從人生的大悲大哀大痛苦中，煥發出意志和力量，而這也是悲劇之美所帶給人的崇高

[42]敻虹，〈綑〉，《敻虹詩集》，頁 120～121。

[43]戚廷貴主編，《美學：審美理論》，頁 268。以下對崇高感的引申，亦參見該書，頁 251～256。

感。

敻虹作品的悲劇意識乃源自於其以執著不悔的愛情觀與宿命的人生觀互相抗衡，其諸多愛情詩往往反映了偶然的相逢、必然的分離與不必然的重逢，由此造就生命的浪漫情調，以敏感的心靈和強大的命運力量搏鬥。例如〈彩色的圓夢〉，寫離別追想之情，但所惦記不忘者是「捕捉不到的幸福，和／不必捕捉的懊恨」，正透露其反覆、猶疑、難以釋懷的感慨；又預測「下次再見，已經中年／我一定變得傳統而平凡」害怕變得傳統而平凡，正是其不甘心受制於命運的心聲。[44]又如「金蛹」的卷末〈詩末〉，以淺白的譬喻指出：「因為必然／因為命運是絕對的跋扈／因為在愛中／刀痕和吻痕一樣／你都得原諒」[45]，即是這支命運迴旋曲的最佳注腳。

三、佛心：以空為美

佛心，謂受佛學啟發，對人世有卓越之慧見，一般多稱菩薩心腸，著重在情感、善行，但這裡將更強調智慧的顯現。佛學博大精深，門派頗多，但大約可以無常、無我與涅槃為主要觀念，藉此以洞悉因緣生滅，不著於色相，進入最高境界（涅槃）。

敻虹修習《法華經》，屬天台宗一派。天台宗興起於陳隋之間中國江左地帶，以《法華經》為主要經典，其精神又可與《涅槃經》匯通。《法華經》的根本思想是「空性說」，認為宇宙間的一切現象都沒有實在的、可以把握的自體；「三諦圓融」之說，可以更進一步說明此理。此由慧文禪師就《中論》的〈三是偈〉：「我說即是空」、「亦為是假名」、「亦是中道義」闡發而得，其謂為「一心三觀」；而後慧思禪師加以承繼發揮，以即空、即假、即中的精神，解為「三諦」，亦即是真諦、俗諦與中道諦這三種智慧的境界，也都指向「空」的意義。

呂澂《中國佛教思想概論・天台宗》云：

---

[44]敻虹，〈彩色的圓夢〉，《敻虹詩集》，頁 108～110。
[45]敻虹，〈詩末〉，《敻虹詩集》，頁 132。

> 因為一切法都由各種條件具備而發生，所謂「緣生」，就不會有「生」的自體，而成了「空」。諸法雖空，卻有顯現的相貌，這成為「假」。這些都超不出法性，不待造作，法爾自然，所以又成為「中」。三層義理在任何境界上都有，由此見得相即。換句話說，隨舉一法，即是空，又是假，又是中。這可用圓融的看法去看。以空為例，說假，說中，都有空的意義。因為如何成假，有它的緣生，成中也屬緣生，緣生即空。所以非但空為空，假如中亦復是空，於是一空一切空。同樣，也可從假，從中來看一切一味。三諦相即的意義說到如此地步，可謂發揮盡致，故稱圓融三諦。[46]

這段話當有助於我們對敻虹所修習的佛理之了解，而「空」確實也可作為分析其近期作品的思想依據。

（一）理性中年的人生觀

然而縱使不標榜學佛，婚後的歲月，敻虹也已逐步踏入中年。《紅珊瑚》收錄〈中年的詩〉有云：「山、海、沙、月／為支骨和膚顏／是這樣好，偶然因別人而流淚／的中年」[47]；〈轉折〉的第二段小標題「中年」下有云：「慢慢，我的／心不著色／慢慢我洞察你每一個／轉折」[48]此時年近四十的敻虹所自剖的，正是理性的人生觀，少女時代經常滴落的淚，如今已是「偶然因別人而流淚」；對感情的執著，也蛻變為「不著色」的灑脫自在，可以冷靜觀察人生的種種變化。

余光中為《紅珊瑚》作序時，也特別指出「人到中年」創作轉型的問題。他把《敻虹詩集》第二部「白色的歌」劃入敻虹中年時的作品，認為敻虹的表現樸實而有勝境，親情、鄉思都闡述得很好，尤其難得的是像〈鏡緣詩〉這樣的閨情作品，他說：

---

[46]呂澂，《中國佛學思想概論》（臺北：天華出版社，1982 年），頁 357～367。
[47]敻虹，〈中年的詩〉，《紅珊瑚》，頁 121。
[48]敻虹，〈轉折〉，《紅珊瑚》，頁 122～123。

> 〈鏡緣詩〉表現的可說是現代的閨情，作者甚至提到「來世的婚約」，簡直把佛家的輪迴和古典的癡心合為一體，結尾的兩句：「就一世的夫妻論／我說清照啊，我比你幸福」真給我們一個驚喜。作者在飽經世變（案：指其喪母、亡兒、長病）之餘，能把猶悸的心情依託在丈夫身上，而且自覺比《漱玉詞》的作者畢竟幸運，總還是不失生之喜悅，這一比，中國女子的韻味真足。[49]

〈鏡緣詩〉流洩的感情確實平和和溫婉，但詩中「一念之止，萬苦頓滅」、「就一世的夫妻論」云云，已經暗寄佛家思想，不作緣訂三生的「來世婚約」，只願「一世夫妻」，下輩子轉為父女關係，顯然欲由此解脫男女情愛的糾纏，無論是苦是樂。[50]

整體而論，《紅珊瑚》的作品仍然透露「重情」的觀念（「讚詩」另論）：對亡母的思憶，經年、再一年，流淚、誦經，仍然思慕不已[51]；對亡兒，有詩二首，以記早夭的嬰兒與傷心的母親之皆有難以割捨的天倫親情[52]；對闊別多年的友人，有「水的聯想」，亦即是欲泣的傷感[53]；對故鄉，更唱出沛然的山水牧歌、鄉土戀曲等[54]，題材更廣闊，用語平和而有力，深情依舊。

對於愛情，〈秋箋〉的「茉莉白花的清晨」、「薄木槿花的淡紫翼」、「最早最哭泣的／薔薇」[55]諸語，似乎都在呼應著少女時期的某些記憶，代表不能忘情的態度；〈記得〉一詩尤能呈現這微妙的心境：詩的第一段說，只要你曾說過一句一句真純的話，我便（永遠）記得它；第二段說，即使不問，如沉船後靜靜的海面，其實也是靜靜的記得；末段云，夏末、秋初偶然的一兩次情事，

[49]余光中，〈穿過一叢珊瑚礁——我看敻虹的詩〉，敻虹，《紅珊瑚》，頁 18。
[50]敻虹，〈鏡緣詩〉，《紅珊瑚》，頁 112～114。
[51]敻虹，〈思母一二〉，《紅珊瑚》，頁 36～39。
[52]敻虹，〈哀南忘〉，《紅珊瑚》，頁 55～57；〈念亡詩〉，《紅珊瑚》，58～59。
[53]敻虹，〈故人懷——給紀惠美〉，《紅珊瑚》，頁 98～99。
[54]如敻虹，〈卑南溪〉，《紅珊瑚》，頁 67～70；〈山河戀〉，《紅珊瑚》，71～72。
[55]敻虹，〈秋箋〉，《紅珊瑚》，頁 103～104。

我也是記得[56]；此詩風格柔美，在寧靜的氣氛中，悄悄透露「難以為情」的幽深境界。其中，「沉船後靜靜的／海面」最能夠點出「人到中年萬事休」的況味，感情的海不再波濤洶湧，卻又潛藏著種種「記得」的祕密。

作為書名的〈紅珊瑚〉，前半歌誦珊瑚的晶瑩不摧，末則轉喻為：「海的心神　含凝為／樹狀的舍利／人的情意　專注一生／不也是那——灼燃的／紅珊瑚」[57]，把灼燃的紅珊瑚當作人的情意專注一生，頗有以世間為道場，因為專注，乃能由迷轉悟，終於證得「舍利」之意味。由是，〈紅珊瑚〉之為《紅珊瑚》中，「讚詩」之前的壓卷之作，殆有深意：代表中年的敻虹，以理性又摯誠的眼光，觀看人間情態，平靜喜樂，有入有出。

（二）以空為美的參悟

相對於 40 歲的《紅珊瑚》，50 歲出版的《愛結》，顯現有意識的以佛入詩，輯一的「苦詩」凡 28 首，以「苦」、「結」喻人間之愛；而後有「護生六題」，從禽鳥昆蟲，寫到人類，以及大陸「六四天安門事件」，表現佛教慈愛護生的胸懷；最後〈驚見衛星雷達站〉一首，即冠以「苦詩之結束」的標題，內容乃藉衛星雷達站譬喻修行嚮往的西方極樂與東方佛國：「圓形、白色而精微，磁攝我的心，／那向西的和向東的雷達站！／這時景象向晚，／盍興乎往！」[58]明白揭示主旨。換言之，「苦詩」所輯，實可視為一場修行的歷程，由〈問病〉、〈問愛〉開始，經過各種對愛情、人生的反思，是非差別對待的消弭，終於找到淨土的嚮往指標。[59]

在這場修練中，敻虹指出「愛」的凌遲與苦痛，〈愛結〉云：「淡淡說來，是那致命的愛。／你用溫婉的凝視，／你用溫婉的拋捨。／每日每日，處我一次：／甦而復死，／死而復甦的頞浮陀地獄刑。」[60]在「一念之間」，即使是溫婉的愛，仍然使人如墜入地獄之苦，而且是生而復死，死而復生的煎

[56]敻虹，〈記得〉，《紅珊瑚》，頁 106～108。
[57]敻虹，〈紅珊瑚〉，《紅珊瑚》，頁 132。
[58]敻虹，〈驚見衛星雷達站〉，《愛結》，頁 59。
[59]敻虹，〈跋〉，《愛結》，頁 145～147。
[60]敻虹，〈愛結〉，《愛結》，頁 20。

熬。這比起前文所引〈緥〉中，「一點也不想看自己可笑的一丁點兒人生」之語，無異是更上層樓，正視了愛的痛苦。又如〈是否〉詩中，對於紅葉題詩、絲巾沾淚的少年情事，也表現出悟道的智慧，體會了「領納也是一種施捨」、「無情才是有情」，末句「忍戀的苦心」，尤其是迥異於昔日用情癡迷的敻虹，由苦戀到忍戀，逐漸轉濁為清，對感情有更新的詮釋。[61]

試看〈只有晚風與空無〉，此詩的題面已點出若干旨趣，在「之一」部分，設想一場動人的輪迴與重逢，但很快地點破一切都是空想；「之二」則設想相逢於道途，但你輕快隱去，「我心裡伸出雙臂。但，只有晚風，與，空無」，可謂心念一轉，惋惜、不捨，都已散入風中，風的流動與不可捉摸，正是「空無」之特性；這一節的詩句特地用括號夾注的形式呈現，使其中情感的表露更為含蓄而有層次，而終於導出心中的領悟：

你在暮色中上山，
　　（一階一階，也是向我走來）
我在半山的路徑遇見你。
　　（你布衣的肩頭，留有我的淚漬）
你說你要上山養神，
　　（轉身，衣袂步履都輕快的隱去）
就走進更伸入暮色的深山。
　　（我心裡伸出雙臂。但，只有晚風，與，空無。）[62]

經過這一層失落與轉折，接著在「之三」，首先引述紅葉題詩，但終究領悟葉面其實不易題詩，「年深日久，剝離容易，／粉碎在我的手中也容易。／那一分分支解的，正是／前生當年，我對你的愛情」[63]，因為體悟到「愛情」

[61]敻虹，〈是否〉，《愛結》，頁 18。
[62]敻虹，〈只有晚風與空無〉，《愛結》，頁 26。
[63]敻虹，〈只有晚風與空無〉，《愛結》，頁 27。

其實是容易支解的，並沒有永恆不變之理，所以下一首〈差別〉詩中才說，敏銳的美感超越愛，要釋放愛，「只有放手，讓來自山林的、／回到原來的山村」，只有讓萬物回歸本來面目，不有我執，才能到達「深刻與悲痛，來過與走，／中間沒有差別什麼」。[64]

「苦詩」輯中，還有更積極的思想：「這你這我，這苦因的自己」、「我從冰雪的高山一一俯視」[65]，乃云企圖跳出生死煩惱，以超然無我的角度省思自己的人生。〈問水〉推究水之為本體，波紋不興，因而我也還原於風前的沉默、空無和寧虛；而既已為水，更願起而成為活的海，深深遠遠！[66]這裡再次提出「空無」的思想，且對於生命之本體與外緣，有深刻的思考。

如是可知，佛學空觀，確實為敻虹作品注入新力量，使之更有思想的深度，而且展開另一種美學風格——以空為美。敻虹也曾論述這樣的課題，其〈美的沉思〉一文以因明（宗，因，喻）辯證法，申論空之為美：

> 在「一、美是何物？」的陳述中，已知美具有「空」性——內容無限，時間永恆——，而佛教教義形上之空，更具足美，而超越之。
>
> 空的境界是涅槃寂然、無相無作、不生不滅——永恆、清湛、博大的狀態。空又是佛法身，……生命在完全自由的狀態中。空又是般若大智慧，……空能創生萬有，……歸納言之，空的境界展現永恆、清湛、博大、自由、無限、無礙、圓融、圓滿等「高級精神的情感」（借用康德語）。[67]

敻虹用「生命在完全自由的狀態」詮釋「空」的境界，相當高明，但人欲到達此境，終屬不易。《愛結》的〈觀夢〉詩云，佛法的上乘，即使在夢中也要不動悲喜，展現「定力」，但對於夢中「你」的往生，「我」仍然有

[64]敻虹，〈差別〉，《愛結》，頁 32。
[65]敻虹，〈指令消失〉，《愛結》，頁 34。
[66]敻虹，〈問水〉，《愛結》，頁 10。
[67]敻虹，〈美的沉思〉，《普門》第 130 期（1990 年 7 月），頁 52～55。

「掩抑」的悲傷反應[68]，可見修持之難！

在敻虹進入學佛成熟期之後，《觀音菩薩摩訶薩》所收的〈說法二帖〉在在呈現敻虹對於諸法性空的體會與思考，因此「其一」以水喻世間相；「其二」則以萬法自然，嬰兒之哭之笑之成長是自然，情人之哭，愛之無常，也都是自然——把一切現象都視為自然，實已消弭了個人好惡差別之心，趨向「空」的境界。[69]

這對「空」的體悟，在〈而今遠離愛想結縛〉一詩也有所展現：

我真正愛你時
已不說愛
不說想念之綺語
我從愛之繭
忘苦而化翅
向淡藍的氣流
向梵唄的音波
終究我也不是蝶　不是蛹
不是來源　不是往後
不是結的重重

終究是
為遠逸而蛻變的
一場夢[70]

在本詩中，對於愛的觀察了解，已經提出非蝶非蛹、無來無往的「空」觀，結尾說「終究是／為遠逸而蛻變的／一場夢」，一場夢乃指今世當下的人生，那

---

[68]敻虹，〈觀夢〉，《愛結》，頁 22。
[69]敻虹，〈說法二帖〉，《觀音菩薩摩訶薩》，頁 75～78。
[70]敻虹，〈而今遠離愛想結縛〉，《觀音菩薩摩訶薩》，頁 81～82。

是為「空」做準備，故毋須執著於名相，而今世所有的因緣都將因為這個「空」觀，自然生滅，無牽無掛。這層感悟，在後期詩集《向寧靜的心河出航》也一再演示，尤其藉由對應於《心經》的經句，把「色即是空，空即是色」的道理用淺顯優美的文字詮譯出來，例如〈是故空中無色〉：

人間是
歷歷的詩劇和繪畫
以彤雲、落日，以白馬賦歸
展開於大草原
最自在最幸福的你
唯在美中
欣賞

欣賞
色是種種起
空是劇場的帷幕未開
劇未演，舞臺未建
一片空蕩蕩的草原
一片空蕩[71]

詩中揭示人間的各種美景，而幸福如你者可以在「美」的情緒、情境中欣賞，但第二段更提示，你更要了解這種欣賞，不是執著與眷戀，而是要能徹底了悟「色」不過是因「緣」而生，「空」才是本體，空蕩蕩的草原才是萬古彌新的宇宙真相。從以上這些作品，我們確實可以感受到敻虹進入中年以後，逐漸形成的「以空為美」的理性人生觀和生命情調。

（三）頌佛詩的形式與意境

[71]敻虹，〈是故空中無色〉，《向寧靜的心河出航》（臺北：佛光文化公司，1999 年），頁 72～73。

自《紅珊瑚》起，敻虹創作「讚詩」以及許多頌佛作品，包括對《法華經》內涵的詮釋，以及對其第 25 品《觀世音菩薩普門品》的詩偈賞析。如果說〈爐香讚〉[72]、〈楊枝淨水讚〉[73]是出於禮佛之後的熱忱直覺，則《觀音菩薩摩訶薩》諸頌佛詩更是有意為之，極欲藉此達到宣揚佛理、薰浸人心的功能。

以詩學的眼光看，這些讚詩、頌佛詩首先引人注意的，是它的形式。敻虹把課誦前的讚語，作為詩的題目，然後加以引申發揮。篇幅多短小，頗有小詩的意味。〈觀音菩薩摩訶薩〉這首組詩也是利用此形式，提供新的閱讀經驗。譬如其第一節的詩偈與創作詩句是這樣顯示的：

世尊妙相具　我今重問彼
佛子何因緣　名為觀世音

眾生與法界所崇敬
寂靜虛空的如來啊
妙相平等無比
面對著世尊清靜的法身
我至誠請示：
請問那佛子、那菩薩
為什麼名字叫做觀世音？[74]

「世尊妙相具」這四句黑體字是《觀世音菩薩普門品》本身的詩偈，也等於這一小節的題目；而後面的七行，係針對這四句詩偈的詮釋，也就是作者敻虹創作的部分。又如第 16 節：

[72]敻虹，〈爐香讚〉，《紅珊瑚》，頁 135～136。
[73]敻虹，〈楊枝淨水讚〉，《愛結》，頁 127～143。
[74]敻虹，〈觀音菩薩摩訶薩〉，《觀音菩薩摩訶薩》，頁 11～12。

雲雷鼓掣電　降雹澍大雨

念彼觀音力　應時得消散

詭譎變幻的烏雲黑壓壓地蓋下來
閃電從中天劈下，十萬瓦的聚光燈
向天地探照
冰雹和大雨，同時哭喊而下
直逼茅舍、麥田、菜畦
和脆弱的玻璃窗……
「南無觀世音菩薩！」
放學的孩子、回家的路人
一起躲到瓜棚底下
菩薩的聖號從人們的口中傳誦
音波乍起
雷雨消散[75]

「雲雷鼓掣電」這四句黑體字是詩偈，以下 12 行是作者敻虹的創作與詮釋。此詩全篇以 26 小節鋪排，各小節分別針對四句詩偈加以詮釋、發揮。在佛經的詩偈與敻虹所創作的詩句之間存在著微妙的關係，可以互相發明烘托，也可以各行其是，然後由讀者各取所需。因此就各小節的詩作而言，詩偈如同題目，就整首詩的篇章結構來看，詩偈乃如引文楔子，而且詩偈在各小節之前出現，也會造成閱讀中斷，引發讀者諸多思考，以及與後文印證。這一點可謂敻虹頌佛詩的創發處。然而，這在形式上固然是一種試驗、創發，卻有值得再討論之處。因為像這裡第一節的表現，大致上只是解釋了前面四句詩偈的含意，或者只是「翻譯」了詩偈的內容，在詩本身的藝術成就上比較欠缺，對非教徒的讀者而言，也比較不會引起興趣。但第 16 小節所描述的，冰雹大雨下的芸芸眾

[75]敻虹，〈觀音菩薩摩訶薩〉，《觀音菩薩摩訶薩》，頁 36～37。

生，就相當具有人間情味，讓人感覺不只是用白話「翻譯」佛經詩偈，而是加上作者的想像、詮釋，比較具有詩歌創作的藝術表現。

因此，這類「佛教現代詩」不只是在形式上用分行的白話詩句來解釋佛經偈文，更重要的是也要運用想像、形容、譬喻、象徵等技巧，使內容更為深刻，超越經文，發揮佛理，才能獲得廣大讀者共鳴。以這個標準來看同集中的〈諸佛護念的大乘經典：《法華經》〉，此詩完全依隨經文的脈絡來解釋，作者的發揮較少，讀起來就比較有「隔」的感覺——對一般讀者而言，宗教色彩過於濃厚，術語、觀點的獨特性，反而都可能形成障礙。這是敻虹推廣創作「佛教現代詩」的一大挑戰。[76]

事實上，綜覽敻虹與佛法有關的作品，她很能掌握一個原則：既是為世間說法，當然要動之以情，而且以優美的語言吸引。譬如〈法界〉:「沒有約束的是生命／受約束的是／心情」[77]，「約束」乃就法「界」而感發，其理雋永；〈火焰化紅蓮〉:「這蓮花，這來自火焰的紅蓮花，／終於開在我心安靜的水上」[78]，就題釋義，風格靜美；而《紅珊瑚》的〈蒙熏〉，把香煙形容成青色的蓮花雨、柔軟的飄雪，非常美麗，並引發喜悅靜謐之心[79]；前引的〈觀音菩薩摩訶薩〉的第 21 節「無垢清淨光」部分，以秋晨清波上一朵素淨的蓮花，形容諸佛菩薩，也相當美麗動人，使人讀之法喜充滿。[80]似此，妙解人情世理，具有人間情味，引發美的想像與喜悅感受的頌佛詩，方才稱得上是詩學與佛學的完美結合，相得益彰。

四、童心：慈愛為美

童心者，嬰孩之心，赤子之心也。《老子》28 章云:「知其雄，守其雌，為天下谿。為天下谿，常德不離，復歸於嬰兒。」復歸於「嬰兒」即反璞

---

[76]敻虹，〈諸佛護念的大乘經典：《法華經》〉，《觀音菩薩摩訶薩》，頁 115～160。
[77]敻虹，〈法界〉，《紅珊瑚》，頁 138。
[78]敻虹，〈火焰化紅蓮〉，《愛結》，頁 141。
[79]敻虹，〈蒙熏〉，《紅珊瑚》，頁 139。
[80]敻虹，〈觀音菩薩摩訶薩〉，《觀音菩薩摩訶薩》，頁 45。

歸真之意。《孟子・離婁》亦云：「大人者不失其赤子之心也。」大人者，本指一國之君，此處不妨解作一般成人，代表人人皆有一顆童稚清純的心靈；以此嬰兒之心、赤子之心觀照世間萬物，方能得其真意與新趣。

又，明代李卓吾有「童心說」：「童心者，真心也」；「失卻童心，便失卻真心，失卻真心，便失卻真人」；「天下之至文，未有不出於童心焉者也。」[81]此「童心說」下啟公安性靈一派，真心可解作真摯誠懇之心靈，亦即「性靈」之謂，而這都有別於名利之心、載道之心，純粹由個人情性出發，創作優美的文學作品。

合二者以觀，詩人本就是世間赤子，不計較名利得失，一派天真。而詩人為兒童寫詩，則完完全全是童心的展現。在童詩裡，詩人或者尋回童年時光，或者為兒童描述美好與光明等，凡是上乘之作品，都足以感動兒童，也能引發成人、兒童的共鳴。詩人潛藏的「童心」，可說是性靈中最珍貴的部分。

（一）萬物有情，慈愛護生

敻虹的童詩始見於《紅珊瑚》的六首，而後是《愛結》的 29 首，在此書〈跋〉中提及，寫童詩乃是為兒女記下他們童稚時天真的笑容話語，因此各篇大都借孩子口吻寫成。這些童詩除了表現兒童天真爛漫的想像外，更重要的是顯現了敻虹的萬物有情觀，也表露她慈愛護生的胸懷。

譬如《紅珊瑚》的〈請〉，請求獵人、漁夫網開一面，不要趕盡殺絕：

獵人請不要把箭或者鉛彈
對著飛鳥的心臟，或野雁
的翅膀，或浣熊，或山鹿
或海鷗，或雉雞的身上

漁夫請不要把網
撒向游過來的海豚，那稍能和

---

[81]李卓吾，《焚書・卷三》。

我們靈通的動物，不要
請不要把還能救活的小鯨
分割來食，當它不慎
擱淺在沙灘上

讓我們來分一分
可吃的和不可吃的
讓我們像辦家家酒一樣，來分
叫松鼠跳躍在草間、樹上
叫天鵝、鴛鴦游於河面
叫猴子住在山中
還有雲豹[82]

這首詩以童稚之口呼籲獵人和漁夫手下留情，並且提議用「可吃和不可吃的」原則來區分哪些動物應該被保護，存活下來，這種天真的語氣，使人更見悲憐之意。

《愛結》的〈黑嘴鳥〉、〈蝴蝶〉等作品，也都描繪了人與誤闖室內的鳥、蝴蝶和平相處的情境，誠是萬物與我並存的寫照。[83]類似這些，都可以歸結於慈悲為懷的精神，表現慈愛為美的意境，如同其〈美的沉思〉一文所崇拜的「悲情之美」，以菩薩捨身護生，救難離苦為最高最圓滿之境界。

敻虹近來的童詩集《稻草人》則以童年在臺灣東部的田園生活為題材，希望啟發兒童和大自然接近。[84]透過這些說明，也可與其書中的作品比對。敻虹的童詩乃以親情論理、田園自然為二大類型，間或可見環保、護生、導引自我的作品。敻虹的「童心」即由此呈現，代表她對兒童心靈成長的關懷，希望以這些溫馨的記憶、雋永的情理，召喚兒童的「詩心」。

[82]敻虹，〈請〉，《紅珊瑚》，頁 48～49。
[83]敻虹，〈黑嘴鳥〉，《愛結》，頁 107；〈蝴蝶〉，《愛結》，頁 113。
[84]敻虹，〈作者的話〉，《稻草人》（臺北：三民書局，1997 年）。

《稻草人》係應邀而作（「小詩人系列」之一），故全書 20 首作品，呈現以下的特質：一是歌詠自然，而且暗寓人與自然和諧的關係，提示萬物有情、慈愛護生的觀點；二是對臺灣鄉土的熱愛，相關作品洋洋灑灑，流暢生動，可啟發兒童對臺灣本土的認識與關愛。[85]關於臺灣鄉土部分，可說是敻虹自〈臺東大橋〉[86]以來，努力拓展的題材，以童詩的形式出現，更富有歡樂喜悅的童趣。而萬物有情、慈愛護生，更可謂是她學佛心得的自然呈顯。這個思想趨向，也是她超越其他童詩作者的地方，能夠在童趣天真之外，提升童詩的境界思想。譬如〈搖籃之歌〉，藉由「搖搖搖」的字句重複，把小貓咪和毛線球，貓頭鷹和小松鼠，小蟋蟀和螢火蟲都帶進詩歌的場景中，陪伴小娃娃在月光下進入夢鄉，呈現溫馨有情、甜美寧靜的世界。[87]而〈農夫的家〉、〈稻草人〉、〈默契〉和〈好奇的小麻雀〉四首，更可以連接起來看，寫出了農夫、稻草人和麻雀之間的關係，透露敻虹萬物平等，各取所需，和平共處的思想。在〈農夫的家〉中，敻虹首先勾勒出一個淳樸勤勞的農夫形象[88]，繼而在〈稻草人〉中寫著，稻草人係依照農夫的想像，被塑造出謙卑而樸拙的模樣[89]；然後在〈默契〉中，展開農夫、稻草人和小麻雀的關係：

稻草人
不是
小麻雀的
敵人

稻草人
只是

[85]參見洪淑苓，〈童詩的田園取向——向明、敻虹童詩集評介〉，《現代詩》復刊第 30、31 期合刊（1997 年 12 月）。
[86]敻虹，〈臺東大橋〉，《敻虹詩集》，頁 151～156。
[87]敻虹，〈搖籃之歌〉，《稻草人》，頁 20～21。
[88]敻虹，〈農夫的家〉，《稻草人》，頁 30～31。
[89]敻虹，〈稻草人〉，《稻草人》，頁 32～35。

老農夫文靜、幽默的忠徒
對小麻雀
宣讀著誠懇的告示：
「這裡是農夫的辛勞血汗
請到野地覓食
勿來此處冒犯！」

對於老農夫
世界和產權的宣布
小麻雀和稻草人
只有默契
沒有敵意[90]

這樣的物我關係是充滿「默契」，沒有「敵意」的，稻草人盡忠職守，只是警告麻雀不要越過界線，毫無驅趕或殺生的意圖——雖然我們知道，實際上稻田裡的稻草人對驅趕麻雀也起不了什麼作用，但敻虹採用這樣的角度，也就是一種態度，宣示著她心中理想的和平共處的世界。到〈好奇的小麻雀〉這一首，敻虹安排農夫老了，不再能夠紮出好看的稻草人，麻雀感到奇怪，老農夫跟牠解釋後，還請牠多多包涵。這實在是個天真有趣的想法，老農夫和麻雀也是「只有默契，沒有敵意」，不但互相包容、欣賞，也有互相關懷的味道。[91]這四首詩一方面是農村生活的寫照，另方面更顯現了敻虹慈愛寬容的思想。

（二）以佛理注入童詩

尚可注意者，《愛結》的幾首作品，已悄悄注入佛學的觀點，引導兒童去思考人生意義以及自我存在的問題。前述〈黑嘴鳥〉，在鳥飛走後，詩中的孩童有這樣的感歎：「人們說這個叫緣，／緣盡了就要分散。／但我還想再探問

[90]敻虹，〈默契〉，《稻草人》，頁 36～37。
[91]敻虹，〈好奇的小麻雀〉，《稻草人》，頁 38～39。

究竟，／難道那感情我們不能做主嗎？」[92]探觸了緣起緣滅的問題。又如〈幻想〉有云：「但誰來變成我呢，坐在那兒幻想？」[93]探觸了「『我』是誰？」、「『我』在哪裡？」等本體與存在的問題；而〈我是一棵樹〉彷彿提供了答案：「時間是一隻美麗的翠鳥，它飛來飛去、飛來飛走。／而我是一棵樹——亭亭地生長著。」[94]生命如樹，任時間的翠鳥來來去去，不喜不悲，呈現自然禪境。又如〈雨・蟬〉，更藉著雨聲、蟬聲以及山音無聲，推演出寂靜的境界，深入淺出而禪趣自現，試引詩作如下：

雨聲和蟬聲，
做勝負的拉鋸戰。
終於雨聲全贏，
蟬聲全隱。

雨來了，
蟬走了，
……是麼？

蟬的翅膀濕了，拍不動歌，
山雨的銀絲絃越拉越響，
山蟬把金翼合起來，
奏出最勝的山音無聲。[95]

這首詩把大自然界雨聲和蟬聲的消長寫得很流暢生動，有清新怡人的氣息，但從象徵的層面看，「雨」可以解作法雨均霑的雨，是世間法師、居士說法時的開示之聲；「蟬」通禪，是一種無言的點化，因此世間說法的聲音逐漸

[92]夐虹，〈黑嘴鳥〉，《愛結》，頁 112。
[93]夐虹，〈幻想〉，《愛結》，頁 99。
[94]夐虹，〈我是一棵樹〉，《愛結》，頁 89。
[95]夐虹，〈雨・蟬〉，《愛結》，頁 102～103。

壯盛，彷彿蓋過原本的初心，但其實「無聲之聲」才是佛法的最高境界。

敻虹以佛學關懷兒童，尚可由她的碩士論文〈佛教般若思想與兒童美育〉之寫作動機與目的，獲得旁證：欲使兒童在佛理的基礎上，藉著美勞作品的創造與欣賞，習得空慧、定智、慈悲等，在成就與喜悅中不執著，增益其美思與善行，直趨世間涅槃的境界。[96]這樣的想法，亦適用於其童詩作品。又，以親情題材看，熟悉佛理亦成為敻虹對子女的期許，〈媽媽的話——給南圭和南妤〉即云：「親愛的孩子，媽媽愛你。／願你長大以後，／了解出世的真實，／也珍惜入世的真情。」[97]依敻虹自己的體會，父母陪伴子女的時間有限，因此她也教子女學佛拜佛（如同其父母教導她的）：「佛的慈悲無邊，有求必應，眷顧我們世世生生。」[98]由是而知，在〈《愛結》跋〉中，敻虹說她只能寫詩給孩子，這些詩背後其實寓含佛學的浸染，〈媽媽的話——給南圭和南妤〉列為「童詩」卷末，其意在其中矣。這份深厚的護犢之情，亦恰是「慈愛為美」的表現。[99]

五、心心相印・火焰紅蓮

心心相印，佛學用語，謂不藉言語，以心相印證佛理。[100]這裡借指敻虹作品中，詩心、佛心、童心三種創作心靈模式的交會。

在探討童心、童詩的部分，我們不難看到童心和佛心的交會：慈悲的菩薩心腸，使敻虹的童詩充滿溫情摯愛，而佛理的定慧思想，則使其童詩更有深度，且具備個人特色。而童心與詩心，也頗多通貫之處，例如二者

[96]敻虹，「摘要」，〈佛教般若思想與兒童美育〉（中國文化大學印度文化研究碩士論文，1987 年 5 月）。

[97]敻虹，〈媽媽的話——給南圭和南妤〉，《愛結》，頁 122。

[98]敻虹，〈學佛人〉，《普門》第 135 期，頁 124～125。

[99]敻虹云：「修行的心，也讓我們好好對待小孩。」她這份慈愛，實可謂「幼吾幼以及人之幼」。滿光法師、潘煊訪問，〈當法音流入詩的礦層——訪女詩人敻虹〉，敻虹，《觀音菩薩摩訶薩》，頁 215。

[100]例如裴休，《集黃檗山斷際禪師傳心法要》：「自如來傳法迦葉已來，心心印心，心心不異。」又，〈圭峰定慧禪師碑〉：「但心心相印，使自證知光明受用而已。」引見《中文辭源・第二冊》（臺北：藍燈文化公司：1983 年），「心心相印」條，頁 109。

對田園自然的喜愛與感發就是相通的。即使是看來背道而馳的詩心與佛心；前者以多情為勝，後者企求無情；二者仍然有離有合，值得進一步推敲。

（一）早期作品的宗教情操

敻虹早期作品緣情唯美，箇中的深情執著，就佛學觀點言，正是執迷不悟，煩惱苦痛之源。然而其用情之真誠，卻使得作品呈現宗教般神聖莊嚴的氛圍。余光中指出：「其實像〈不題〉一類的詩，都是莊嚴虔敬氣象動人的作品，其中歌頌的神雖未指明是誰，但那種宗教的情操總是感人的。《金蛹》裡所追求的，正是近乎宗教的愛，完美而赤忱。」[101]而所謂宗教的愛，不僅指外在莊嚴虔敬的氣氛，也應包括內在熾熱的情感，可以為之犧牲奉獻，宛若教徒的殉道精神。

除了〈不題〉，仍有許多作品可以作此印證，茲擷舉相關詩句：「誰是焚身的檀香」[102]，意謂愛情的信徒虔心祈禱，並以焚身的檀香自比，暗示為愛情犧牲奉獻；「我的神，請上階石／豪華的寂寞，在你之後」、「我的神，請引我以昇」、「啊　藍，請上我的階／紛繁的聲，在你之後」[103]，此處以「神」稱呼所愛慕之對象「藍」，並宛似信徒祈求天神降臨，在這樣莊嚴的氣氛中，「我」亦感覺靈魂的提升：「迷惘的上方，我的神常在／我的藍常在」[104]，此處仍以「神」稱呼「藍」，但「迷惘」之情，如同上文所引之「豪華的寂寞」、「紛繁的聲」兩句，其意都暗示著這份感情所帶來的消沉寂寥，也使之深陷感情的泥淖，不能自拔。可以這麼說：敻虹作品中經常出現的「神」、「神殿」、「禱聲」、「虔敬」、「昇」等字眼，都是其近乎宗教情操的展現。而其中「我」的虔心祝禱、引領而望神的降臨，乃有如教徒祈禱之姿；再加上對愛情與永恆的渴求，敻虹的情詩本來就深具宗教的赤忱。

〈昇〉一詩尤其顯現愛情與宗教情愫之間的交揉。本詩以「我忽有雕心之慾」起興，請求佛釋迦為之擎舉「燦燦希望，燭之白圭」，而另一方面則是

[101]余光中，〈穿過一叢珊瑚礁——我看敻虹的詩〉，敻虹，《紅珊瑚》，頁 17。
[102]敻虹，〈虔心人〉，《敻虹詩集》，頁 30。
[103]敻虹，〈不題〉，《敻虹詩集》，頁 48～49。
[104]敻虹，〈未及〉，《敻虹詩集》，頁 53。

「我為你擎，在湖岸」，表示在宗教的虔敬下，其實為的仍是愛情雙方的了解融洽（而且偏向「我」單方面的訴求），此燦燦希望、燭之白圭即是照亮雙方情感的曖昧，使之朗現、確定，了解「他的語言」，使「我」可以進入彼岸他的世界。但這結果仍是悲觀的，因為雙方始終「隔朦朧的星帷／在此對視」。因此又將感情轉回宗教，祈求佛釋迦為之淨化，達到「超乎美，超乎真實／超乎，芬馥的愛情，人能夢之夢」的「昇」（昇華）的境界。由此也可知，「雕心之慾」指的殆是被情觸動的心靈，是情意的流轉，也是愛欲的浮現。[105]

（二）火焰化紅蓮的體悟

肯定這一點之後，將更明白敻虹之學佛，以佛入詩，乃有其潛在因素，非一朝一夕驟至。從人生歷程看：敻虹自云因父母信佛拜佛之影響，故自幼也焚香拜佛，而後中年喪母亡兒的刺激，使她虔心茹素受戒；接著又攻讀碩博士學位，使學理與修行相輔相成。這層層的轉折，以至於水到渠成，影響其創作歷程，但創作的內在動力也促使詩與佛理的契合。除上文所剖析之宗教情操外，敻虹也經常用「火」的意象來象徵情感的熾熱與淬鍊，試舉幾個例子：

誰是焚身的檀香[106]

五千色火光齊滅
　　（你承受不起我的信仰）[107]

草木皆焚：你用萬把剎那的
情火[108]

這心情是雨中的心情
火後的雨，風裡的雨，山間的雨[109]

---

[105]敻虹，〈昇〉，《敻虹詩集》，頁 54～55。
[106]敻虹，〈虔心人〉，《敻虹詩集》，頁 30。
[107]敻虹，〈黑色的聯想〉，《敻虹詩集》，頁 42。
[108]敻虹，〈水紋〉，《敻虹詩集》，頁 104。
[109]敻虹，〈火後的雨〉，《敻虹詩集》，頁 118。

當我自焚[110]

焚身於一片水光[111]

這些句子都指向愛情對「我」的燒灼，愛情的園地宛如一處煉獄，使之痛苦煎熬，因此常有「焚」的動詞與場景，令人讀之驚心動魄。而「火後的雨」、「一片水光」，簡單地說，是痛苦之後的哭泣、眼淚，以雨、水的意象呈現；更深入說，是試練之後，企求淨化、洗滌、昇華的表現。

因此我們也可以說，屢次套用「火」的意象與象徵，在在襯托敻虹生命中的宗教情操，在尚未茹素向佛之前，敻虹可說早以此身為道場，愛情為煉獄，進行一場艱難的修行。這對生命的虔誠獻身，正是其作品動人至深的原因。《紅珊瑚》的〈翡翠鰈〉、〈紅珊瑚〉[112]二首，同樣也以烈火來譬喻愛的燃燒，經過千萬度的高溫的熔鑄、數十年的沉積，才足以形成翠玉珊瑚，如同人間堅貞的情意一般。在這裡，可看到步入中年的敻虹，對感情已能從旁觀角度賞玩，依然歌頌「火」的紅熱，卻是客觀抽離，肯定的是愛情的共相、抽象價值，而非早期的主觀投入。更往後觀察，50 歲出版的《愛結》的〈火焰化紅蓮〉(〈楊枝淨水讚〉第九)，則顯現更圓融的觀照，茲取首二段以明：

這火來自與這水同樣的母胎，
是孿生的清涼和忿熱癡愛。

這蓮花，這來自火焰的紅蓮花，
終於開在我心安靜的水上。[113]

---

[110]敻虹，〈緗〉，《敻虹詩集》，頁 120。
[111]敻虹，〈贈〉，《敻虹詩集》，頁 130。
[112]敻虹，〈翡翠鰈〉，《紅珊瑚》，頁 128～130；〈紅珊瑚〉，《紅珊瑚》，頁 131～132。
[113]敻虹，〈火焰化紅蓮〉，《愛結》，頁 140。

這裡的水指「純淨甘涼，(觀音）大士取自八功德海」的楊枝淨水，火焰乃人間忿熱癡愛的七情六欲，在經過修煉轉化後，「火蕊漸漸芬芳，而出落為蓮花」，火焰化為紅蓮，呈現圓滿自在的境界，

如是，從焚身的情火到燃灼的紅珊瑚，以至火焰紅蓮，實可代表敻虹作品感情境界的轉化，也可看到其如何由敏銳多情的「詩心」向清淨超越的「佛心」靠近，二者終於互相融合，相反相成。

六、結語

敻虹早有文名，但關於她的作品研究，僅見於單篇賞析或章節的討論，而且比較看重其早期作品，例如鍾玲《現代中國繆司——臺灣女詩人作品析論》第四章第一節與第五章第三節的論述，其結論曰：「整體而言，敻虹應是臺灣女詩人之中，最全面體現女性感性的詩人。……早期的詩，雖脫離現實，但自成一體系的私有神話世界。此外，早期的詩，意象靈動，節奏優美，只有在文字上則有些歐化之病。後期的詩，文字轉為淺白，風格變成寫實，題材也多面化，有些詩流於過分淺顯，結構鬆散之弊，但也有不少文字巧轉，結構完整的作品。」[114]此言可稱允當，然自鍾書出版之後，敻虹後續發表之作品，仍值得細心觀察，故本章首先對其作品作分期的探討，然後以詩心、佛心、童心三種創作的心靈模式，對應相關作品加以爬梳鑑賞，也試圖對以佛入詩的原因、現象、意義加以論評。

對於後者，本文抱持較樂觀的看法。因為以佛入詩，確實提升了敻虹作品的思想深度。敻虹自己也說：「修行也是一種美，那是情緒的提煉之美」、「所以學佛修行，……也用在寫詩，用在創作。詩是一門藝術，藝術淨化情緒、洗滌心靈，加以佛法給我們的智慧，清淨卻又不離人情，那麼禪悅法喜的美感境界，便能由此而創生」、「如來在《法華經》裡說，……能寫能畫是世間五明中的聲明，深潛其中，亦是修行，自利而利人」。[115]敻

[114]鍾玲，《現代中國繆司——臺灣女詩人作品析論》，頁 182。

[115]滿光法師、潘煊訪問，〈當法音流入詩的礦層——訪女詩人敻虹〉，敻虹，《觀音菩薩摩訶薩》，頁

虹所努力者，即是要善用此文字之美，為世間人呈現佛境界之美。

詩人學佛參禪，以提升作品境界的例子，我們不妨再以蘇東坡為代表。東坡〈跋李端叔詩卷〉云：「暫借好詩消永夜，每逢佳處輒參禪。」即有詩禪可以融合，相得益彰之意。[116]而其後期詩文作品，因為與僧人密切往來，如參寥子，以及己身參禪之故，往往寄寓佛理思想。如寫於黃州的〈定風波——莫聽穿林打葉聲〉云：「回首向來蕭瑟處；歸去，也無風雨也無晴。」正揭示了一個寬闊空無的人生境界。東坡並沒有出家，但其生命情調也已轉入佛家的境地。

至於敻虹，桂葉與菩提之間的拔河，結果無可預測，但對於「美」的追求與體悟——包括詩之美與佛法之美，則仍然是一條正在開展的路，我們有足夠的理由相信，這是一段嶄新的人生歷程，文字，仍是渡向彼岸的舟楫。如其詩〈詩的幻象〉云，在懂得釋放之後，「一念之轉」正是釋放超越的契機，無可無不可，方是空境。除非這一天到來：「我的心／如果連美麗都不再依傍／那麼／詩也只是幻象」[117]，這時機，也許存乎一念之間，但恐怕連其本人都不知箇中玄機，只有隨緣自在，可寫詩處還寫詩，不執著於孰真孰幻，才算得「中道」，證得圓融三諦、《法華》究竟。

——選自洪淑苓《思想的裙角——臺灣現代女詩人的自我銘刻與時空書寫》

臺北：臺灣大學出版中心，2014 年 5 月

215～217。

[116]詳參杜松柏，〈第五章・禪學與詩學之合流〉，《禪學與唐宋詩學》（臺北：黎明文化公司，1976年）。

[117]敻虹，〈詩的幻象〉，《觀音菩薩摩訶薩》，頁 90。

卑南溪
從敻虹到詹澈的後山詩意象

◎林韻梅[*]

一、前言

當前臺灣現代詩壇，若提及出身臺東的詩人，必然會想到敻虹（本名胡梅子，1940 年生於臺東）、詹澈（本名詹朝立，1954 年生於彰化）與莫那能。莫那能的原鄉在阿朗壹（安朔）；敻虹與詹澈則在卑南溪旁長大，這條臺東第一大溪也因此成為兩人部分詩作的共同母題。

敻虹的少作〈我已經走向你了〉:「你立在對岸的華燈之下／眾弦俱寂／而欲涉過這圓形池／涉過這面寫著睡蓮的藍玻璃／我是唯一的高音」，決定要越過水池所象徵的障礙，充分展露少女企慕的深摯和對自我情感的珍重。《詩經》〈秦風・蒹葭〉:「所謂伊人，在水一方。溯迴從之，道阻且長；溯游從之，宛在水中央」，詩中呈現深情嚮往，卻可能因對方的矜持或外力干預而無計可施；相形之下，敻虹在詩末複誦「我已經走向你了／眾弦俱寂／我是唯一的高音」顯然更有自信，彰顯出現代女性大異於古人之處；也讓讀者看到少女敻虹追求唯美的情感面目。余光中以「繆思最鍾愛的女兒」稱許敻虹，應是因著這種意象蘊藉的華采所致。這樣一位擅長抒情的女詩人，與長於用詩批判社會的詹澈，如何因著卑南溪而產生交集呢？

---

*散文家、小說家。發表文章時為臺東高中教師，現為臺東後山文化協會理事。

二、敻虹的東部詩篇

落日在山的方向，雲霞在
海的方向
曠廣的河床呼應
那默默的天
初二到高三，放學以後
坐看的卑南溪

——〈卑南溪〉

13 歲開始寫詩，15 歲大量寫作，誓言一生要與詩為伴的敻虹，在臺東中華路媽祖廟對面的大宅出生，也在此度過童年與青少年歲月。身為長姐，帶著幾個妹妹，沿堤防走到臺東大橋，眼前是布滿沙石的卑南溪；初高中六年，就讀臺東女中，在教室陽臺，就可望見卑南溪灰色的身影。在卑南溪南岸尚未有計畫植林的 1940、1950 年代，十月初，東北季風一颳起，大小沙粒就直撲當年的臺東鎮，上學的孩子幾乎都得戴上護目鏡，才能踏上前往學校的征途；風沙太大，有時連身旁的人都看不清，四處仍覺孤單，路途倍感迢遙。

啊，孤挺花，我的童年
童年的秋天，秋天的
早晨，一早就刮風沙
啊，卑南溪，卑南溪
幾里寬的河床
濾不了風沙的防風林

——〈那孤挺花〉[1]

1972 年，敻虹隨任職屏師的夫婿遷居屏東；因夫婿被徵參加教召，暫回臺東小住。帶著不滿三歲的孩子，生活的壓力與種種傷懷，必須獨自承受，其中孤單的心緒，和童年在卑南溪風沙掩覆下無助的心情疊合，用「孤挺」花為名，是明顯的象徵。至於詩中寫道：「用大玻璃罩保護我吧／讓戰爭不要氾濫過來／征去我的男人」，「大玻璃罩」應該是來自童年戴護目鏡的聯想吧！

敻虹 17 歲就得到詩壇的掌聲。在 1957 至 1967 年「金蛹」時期的詩作[2]中，不寫生活，只寫心情。心情原本可以入詩；單純率真的言語是詩，浪漫綺想的歲月是詩，解構支離的心緒是詩；內觀的文學作品，突顯個人的生命情調。但女詩人年華漸長、離鄉漸遠，終於望見年少生活，童年的卑南溪，成為詩中特殊的元素，1971 至 1974 年留居屏東時期[3]，她還寫下了〈東部〉、〈臺東大橋〉等詩。

大颱風之夜
母親說：風向回南了
回南，苦苓子飛落一地
石石磊磊的卑南溪啊
洪暴已經過了警戒線
聽說大吊橋已流走
如抱的鋼絲曾奮力堅持
與萬匹馬力的山洪，決
臂力、張力

[1]敻虹，《敻虹詩集》（臺北：新理想出版社，1976 年），頁 140～141。
[2]《敻虹詩集》第一部分「金蛹」，頁 1～132。
[3]《敻虹詩集》第二部分「白色的歌」，頁 133～175。

如蛟的鋼魂終於不支
鋼斷
如英雄之崩倒
鳥靜日落、心悸淚流
皆不擬的
悲哀啊

——〈臺東大橋〉[4]

1974 年 5 月，詩人回憶將近十年前黛娜颱風襲捲臺東的片段。那個颱風就在卑南溪口外海形成，直撲臺東；四處散落的屋頂、傾圮頹倒的牆垣、如暴屍荒野的路樹電桿，地平線向後退卻，卑南溪不再被屋舍所阻，遠遠就可看見 1934 年竣工的大吊橋，鋼索纏著斷裂的橋面，在空氣中瑟縮發抖。粗鋼索也不能敵的洪水將詩人的童年一併消弭——「灰灰卑南溪吊橋怎可流失我的童年」「大吊橋大吊橋／今已杳杳／杳杳如我／迢遞的童年」，一旦童年記憶的象徵從土地上消失，生命驟然有了斷層，對於後代無從交代，對於生長的土地一時竟有無法言說的悲懷，「母親母親為我講了許多故事／孩子孩子我該對你說些什麼」。在後記中，詩人說：「臆想當夜，黑水困鬥白龍，翻騰嘶吶，以至於死。余愛其獸，悲惻不足，以請記之。」更表明了這種心情；如此說來，這首〈臺東大橋〉仍是在抒發主觀的感受而已。

然而，黛娜颱風和這座大吊橋，非僅屬於夐虹的童年，同時也是所有老臺東人的記憶，橋如英雄崩倒的怵心傷痛，也是老臺東人所共有的；夐虹此作於是化為「荒山荒水／石連石／疊疊磊磊的卑南溪」旁的悲歌。余光中以為此詩在節奏、意象上都堪稱一流，「唯一不足的是：如抱的鋼絲，因為絲太柔了」[5]：但若將大橋鋼索的生命力投射在卑南溪旁辛勞民眾的身

[4]夐虹，《夐虹詩集》，頁 152～153。
[5]余光中，〈穿過一叢珊瑚礁——我看夐虹的詩〉，收入夐虹，《紅珊瑚》（臺北：大地出版社，1983 年），頁 1～27。

影上，這「絲」反而貼切，每個人都像根絲，結合成「索」，終於能凝聚成力量——如蛟的鋼魂，卻敵不過大自然的翻覆無情，耕地被大水沖走，再度留下磊磊的礫石，無形中，鋼絲與山洪的拉鋸也成為移墾後山民眾努力與大自然抗爭的寫照。

我說與你聽
東部，東部是大斧劈的山水
山溶溶，水嘩嘩
卻在一朝
山河的動力，凝成青嵐
洪水銷跡，兆噸的岩層
入定為畫

——〈東部〉[6]

山水本可入畫的東臺，隨時空遞移，逐漸開展出更豐厚的土地生活意象。1974 年 10 月，在愛荷華短期訪問的詩人因著「爸爸的頭髮變成白的／變成我心裡一首／白白的歌，悲傷的調子唱的」，將心底為父母的痛惜擴大成對勞苦先民的悲憫。

你就是對我說一百遍
人總要變老變醜
我的心底仍為他們唱
一首綿綿的悲歌
像古老的先民
從四野唱

[6]敻虹，《敻虹詩集》，頁 146。

慢慢唱出一首首民謠
那樣

——〈白色的歌〉[7]

同時期，詩人思念夫婿的詩篇，也揉進先民的生活面目，期待回到男獵女織、互相依靠的素樸。

遠遠的草上如果
有一點
劈拍的聲音
如果我們坐在階前
為狩獵或織布
猶豫
落葉的行色
水的煙色
如果我們互相靠著，為
那輕快的
寧靜
挽留

——〈晨間〉[8]

敻虹離開愛荷華後，定居中和。回臺東的腳步稀了，寫臺東的詩反而多了，「又歌東部」八首[9]，將卑南溪旁的歲月在腦中反覆懷想，編織成章。

---

[7]敻虹，《敻虹詩集》，頁 160。
[8]敻虹，《敻虹詩集》，頁 161～162。
[9]敻虹，《紅珊瑚》第四輯「又歌東部」，頁 61～88。

十七歲，搖一搖頭
就三十七，你回過幾次東部
開天闢地，青濛濛
嘩盪盪的山河

——〈山河戀〉

我絕然絕然是
黃昏連著中夜連著
清晨，春的最舒悅
連著秋的大風沙
在防洪堤上蹀躞
水窪中垂釣
絕然一夢二十年

——〈絕然〉

他走在前頭，我跟在後頭
一個人撐一把傘，爸爸來接我
涉過及膝的水回家
雨沛沛，天黑黑
在雨中有一回爸爸來接我
我十八歲爸爸已五十多
左右利吉山、貓山、鯉魚山
竹林、牛車茅舍都在水墨畫中

——〈依稀雨中〉

有時候我的鄉愁在
山水畫的東部

風雨打著黑傘
童年和媽媽，都埋在
山氣水勢的東部

——〈鄉愁〉

母親過世後，詩人對於東部卑南溪畔的回想更濃。就個人的抒懷而言，以上幾首詩的意象環環相連，山、河、水、風雨、傘、父母，縈迴再三。詩人是學繪畫的。

將卑南溪旁的生活意象點染成水墨畫中的山水人物，再訴諸文字；水氣氤氳中，詩心詩情都流露感傷。但若是以此來論斷她的東部詩篇僅是「懷舊念愛」[10]、「孺慕鄉思」[11]，未免忽略敻虹最真實的後山經驗。或許是因後山悲苦的生活與多數久居城市的評詩者有隔，所以將她這一系列作品的主題簡化；其實，當個人情思在面對造物嚴厲挫鍊之際，詩人回憶中浮現的還有土地勞動者的群相。

真正有一首詩，寫在
老農夫的臉
日曬而雨淋。曠野流螢
寂無人，遠遠的二胡
跨越三公里的河床
來比鄰。檳榔、斗笠、簑衣
一生只寫一首詩
老農夫的臉

——〈鄉村〉

[10]張默、蕭蕭編著，〈敻虹詩鑑評〉，《新詩三百首・上冊》（臺北：九歌出版社，1995 年）。
[11]余光中，〈穿過一叢珊瑚礁——我看敻虹的詩〉，敻虹，《紅珊瑚》，頁 21。

夐虹筆下的老農，一如杜甫〈客至〉詩中的鄰翁，臉上卻刻著更多滄桑；由詩末「真正有一首詩／寫在東部靜靜的鄉村／至於我的詩／看似綺麗／已落入無信的言詞」，可以看出詩人對過往著重辭采、雕鏤詩句的反省；不必等老來，詩人或因信仰，已逐漸了然渾樸漫與的價值。

我不知道柴火一斤多少錢
一株合抱的枯樹可以燃燒多久
大水來了呵，許多人喊著
爭恐地涉水而過
遠遠的沙洲上，木麻黃的防風林
早已流走。大水流來
一些流木，擱淺在沙洲上
如果試探的赤足
不慎，便印證
生命只等於生活

——〈卑南溪〉

全用平鋪直敘，逗點切割後的文句，像一幅幅連續展現的畫面，一群為生計必須搶「大水柴」的大人小孩們，無畏於可能被溪水流走，爭先恐後地拚命向前：這是 1940、1950 年代臺東孩子的特有記憶。然而，不幸因此喪命的大有人在，「生命只等於生活」寓藏著詩人的惻隱。喪母亡子之痛，使她在虔誠禮佛之餘，回溯熟悉的故鄉人事，自然有深沉的悲憫；這種悲憫，未曾眼見後山人移墾艱辛者是無法體會的。余光中以為「又歌東部」系列，在鄉思上開拓的新境界，未臻〈臺東大橋〉的成就[12]；事實上〈臺東大橋〉的鄉愁是自我情感的投射，其客觀性建構於物我的對立，存在著距離，而〈卑南溪〉則是人我

[12]余光中，〈穿過一叢珊瑚礁——我看夐虹的詩〉，夐虹，《紅珊瑚》，頁 22。

交融，視眾生的苦難為個人的傷痛，就意象的開發而言，擴大且深入生活底層，就內涵而言，則是更接近土地生活的真相。《新詩三百首》不選〈臺東大橋〉而選〈卑南溪〉，是別有洞見。

「50 年前的勞苦，到第三代才漸漸忘記」是〈又歌東部〉的詩前小序，夐虹的自臺中移民到臺東墾荒，詩人趁著記憶猶存，再寫臺東人向卑南溪討生活的景況，對焦在沙洲上種西瓜的原住民。

看風景的人，看水看人
撿柴的人撿柴，或被水流去
種西瓜的人，捏著鈔票，緊張的守候著
（水來了也好　流來新的　沖走去年被西瓜　吸了營養
留下病菌的土地）

大水來了啊
蛟勇的山胞一躍而下
手持長竿，與河爭霸
竹竿三丈，水三丈
我要插竿為地
水要沖走泥沙
水洶湧而來
我潛入，潛低，只要
我一觸到那柔軟溫潤
的泥沙，我便能把
竿插下，用獵熊
的臂力，追鹿的腿力
把二十根竹竿
圍成一塊土地——

水仍未退，還有一丈，漸漸八尺
你看的是那濁灰的卑南溪水
我想像的是那竿影下肥沃的沙泥
這一季種下西瓜
明年就有好收成
他們快速地議價，馬上成交
簡單的秩序，水仍未退
河水和汗水都還在身上
山胞拿了錢，愉快的笑起來
買酒去

——〈又歌東部〉

敻虹不是看風景的人，她是在卑南溪邊生活過的。她看到移墾者撿漂流木的艱辛，看到原住民必須放棄狩獵的長技以與溪爭地；肥沃沃的沙泥裡曾有多少人命喪其中？儘管如此，卑南溪仍是餵養後山人的一條母河、是希望所寄。拿到錢的瓜農，滿心歡喜；詩人卻說：「東部啊東部／朝思夜夢的東部／你是如此簡單的／把遊子的心魂摧搖」，摧折詩人心魂的，是歡笑之下的生活重擔，是常民百姓無法逃脫的生計暗礁。李敏勇讀〈卑南溪〉，看出是一首人間悲歌[13]，自然是慧眼；但因詩人「不論是什麼歌／都漸漸緩和」的自註，就以為「柔美抒情的語詞蘊含著敻虹的思緒和調性」，明顯忽略敻虹這一系列作品的寫實性。這些詩篇末的確都以委婉語氣收結，這是遊子身在異地無力施為的心境呈現，不應視為中年詩人仍延續少時柔美的基調。

敻虹終是虔心皈依了，詩中留下禪悟：「最初，我的心／依傍著種種美麗／海潮、胡琴、洞簫／從童年的臺東海岸／夜晚的空荒中／縈迴婉轉」；

[13]李敏勇，〈卑南溪是一條歌〉，《臺灣詩閱讀——探觸五十位臺灣詩人的心》（臺北：玉山社出版公司，2000 年），頁 111～117。

「我的心／如果連美麗都不再依傍／那麼／詩也只是幻象」。[14]或許法名「弘慈」的敻虹是真的跟過去說再見了[15]，但是，臺東孩子還是會從她的詩中聽見那時代人的生活苦澀困挫。書寫苦澀困挫，不必依傍美麗，敻虹的東部詩篇也不會是幻象。

三、詹澈的《西瓜寮詩輯》

1981 年，詹澈用直敘的筆法、呼告的語調，寫下〈卑南溪四部曲〉：

「突然有人流失了／他的妻兒在岸邊一面哭喊／一面順著流水跑到出海口／海邊還呼嘯著大浪／他們在和水浪搶奪大水柴的同時／會撞著上游沖下來的屍體／人的、牛的、豬狗／在水中浮沉」；「當洪水由濁黃消退成淡藍／子民們又成群來到妳身旁／他們在洪水洗淨的沙地上／分劃西瓜的眠床／……／卑南溪／這該是成熟與豐收的季節呀／但妳的子民們／已擔憂起明年的事了」。[16]

距敻虹寫〈又歌東部〉後四年，詹澈似有意的重述敻虹使用過的母題，但據詹澈自己的說法，他對女詩人這一系列詩篇是在稍後才有接觸，與其說是母題的重複，不如說是母土的苦難令人掛記。詹澈早期的作品多見對社會不公不義的控訴，他的詩句往往是情感激越而少鍛鍊，節奏感自然是有的，文字的密度卻不足；所幸青年詹澈對這一點是清楚自覺的：「我近乎是以吶喊的心態寫的，既是吶喊，就不顧什麼藝術性了」。[17]再以〈卑南溪四部曲〉為例，說話似的便於朗誦，雖然也道出瓜農生活的艱辛，卻懷抱著過度的樂觀：「不斷的流吧／不斷細訴那屬於妳／屬於我，也屬於全人類／自由的、純潔的生之訊息」，彷彿人只要回到臺東、回到童年的居所，一切源自都市的罪愆都可以阻絕在外。雖然他已在河川地上勞苦工作，卻心

[14]敻虹，〈詩的幻象〉，《觀音菩薩摩訶薩》（臺北：大地出版社，1997 年），頁 87～90。
[15]敻虹，〈向傳誦之口，向記憶之心〉，《觀音菩薩摩訶薩》，頁 1～9。
[16]詹澈，《手的歷史》（臺北：德錦圖書公司，1986 年），頁 29～53。
[17]詹澈，〈探索的道路（自序）〉，《手的歷史》，頁 11。

懷不甘，又因為有關單位的干擾[18]，對於工作著的土地，情緒恐怕是起伏多變，也因此缺乏對在地勞動生活深刻的理解。

詹澈在沉寂多年之後，重執詩筆。1994 年之後，中年詹澈或坐[19]或站在父親的西瓜寮門口觀望[20]，他對卑南溪的觀察是多角度的：從溪望向群山、從山望著大海[21]、從此岸望向彼岸[22]、由彼岸較之此岸[23]，或跟隨山影緩躺在溪水中仰視夜空，用身軀去感覺水中生物的感覺[24]，或是如雲走過、由更高的地方俯視溪河山頭梯田。[25]因為生活必須與卑南溪的沙洲共存，十年之間，行走其上，觀想的世界不斷擴大，藝術造境與思維日漸深沉，不僅是古繼堂所說「視聽觸味」諸覺的通感[26]，《西瓜寮詩輯》有多首詩更透視內在慾望，並清晰自覺和土地不可分的關係：

我被她誘惑了最底層的慾望
肉體和靈魂都走出寮外

——〈黑夜的太陽〉

用慾念穿透感覺
用隕星戳破夜衣
空網的夜色裡
山腳的腳
以膝蓋的高度伸入海岬

[18]詹澈，〈探索的道路（自序）〉，《手的歷史》，頁 10。
[19]詹澈，〈星夜的質疑〉句，收入詹澈，《西瓜寮詩輯》（臺北：元尊文化公司，1998 年），頁 93～95。
[20]詹澈，〈老鷹和燕子〉句，收入《西瓜寮詩輯》，頁 62～63。
[21]詹澈，〈星夜的質疑〉句，收入《西瓜寮詩輯》，頁 93～95。
[22]見詹澈，〈火光中的飛絮〉，收入《西瓜寮詩輯》，頁 80～82。
[23]見詹澈，〈米飯的幻迷〉，收入《西瓜寮詩輯》，頁 121～122。
[24]見詹澈，〈與夜河平行〉，收入《西瓜寮詩輯》，頁 129～130。
[25]見詹澈，〈時間與溪河的鎖鏈〉，收入《西瓜寮詩輯》，頁 189～190。
[26]古繼堂，〈西瓜寮與詩〉，《中國詩人叢刊》1999 年冬季號。

與夜河平行的我
滾燙的身體已被雕塑成石塊

——〈與夜河平行〉

詹澈在往後的作品中進一步將慾望形成的壓力投射在人對土地的剝削、人對西瓜的壓榨；並將卑南溪谷比為子宮，被賤賣的西瓜猶如被強制剝離的卵子：

在夢土與夢裡的邊境
石頭蒸發了肉體內最後一滴水

——〈動或不動的夢土〉

像一個慾望的雛型
漂浮在生命之河面
從它最初張開花蕊求愛
就註定這衰亡的命運

——〈等待成熟〉

成熟的西瓜臉上被蓋印
授記後如賣身契
都被留下一截蒂頭臍帶
它們一粒粒排列金光閃閃
像太陽的精子
河邊石頭等著黑夜來臨
在夜氣中長出月色的絨毛
像河身排放的卵子
山谷空曠

山谷空曠如子宮

——〈吻別與封印〉

儘管肉體意象的迸發有些眩人，但詹澈最終關懷的土地、農民，並沒有被文字掩蓋。在這本詩集中，詩人經常寫「蹲著」，用溪埔人的眼光、用至謙卑又貼近溪沙的姿勢觀看自然與自己，並且為瓜農代言，訴說他們的無奈：

總是喜歡蹲下來生起篝火
在溪邊
總以為可以傳遞一點溫暖的信號

——〈篝火相映〉

西瓜園幅射廣大綠色瓜葉的海波
和冒出頭的石頭的白浪
蹲下來看
立刻平靜如一張綠格子稿紙
格子裡，我一個人像一個問號彎腰

——〈有時會帶一本書〉

謙卑的彎下腰
或蹲下來
看見自己的影子縮成石塊
看見剛受孕就凋萎了
毫無牽掛和執著
西瓜的雌花

——〈站在突兀的石頭上〉

商人來了

他伸出右手

我伸出左手

彼此詭異的笑一笑

拍拍肩，請根菸

然後蹲下來談

——〈蹲下來談一談〉

較商人更厲害的、更讓詩人憂心的，還有 GATT 和 WTO，常在詩句中現身。[27]遠的威脅未到；近的則已迫在眉睫——溪水的缺乏；到遠方引水；「水啊」發自農民口中，渴望有水源又怕出了大水[28]，「水啊」發自西瓜苗的呻吟，有水才聽得到瓜果長大的聲音[29]；越是平情的說，張力越強，越感受到大自然環境變遷的迫人，越了然此地謀生的不易。這「水啊」二字所含的悲哀，其感染力遠大於「大水來了啊」的憂懼；人對大自然災害感到無可如何，是常情；對截水的鄰人無可奈何，則會令人怵惕不平。

詹澈在《西瓜寮詩輯》中，寫大自然的變化，寫卑南溪的河網迷路，寫瓜農被九港風吹成紫烏金色的臉孔，寫溪邊撿賣彈殼的原住民孩子，寫自心的矛盾，取材更見開闊。從一個不甘心的觀察者變成一個虔誠的文字行動者，卑南溪和詩人的內心重重交疊成象，他不再做露骨的批判，文字意念反而有更多層次可供探究，在藝術性和思想性兩方面，中年詹澈大步超越了過去的自己。沈奇說這本詩集是「現代漢詩之最新成就中，特別值得重視和有研究價值的一個文本。」[30]彼岸有人如此看待詹澈詩作，太平洋岸的後山人，又豈能忽之而不顧？

[27]見〈有時會帶一本書〉，《西瓜寮詩輯》，頁 96～98、〈山上橫著一條光的眉毛〉，《西瓜寮詩輯》，頁 106～107、〈河網迷路〉，《西瓜寮詩輯》，頁 123～124。

[28]見〈商標和影子〉，《西瓜寮詩輯》，頁 41～42、〈河網迷路〉，《西瓜寮詩輯》，頁 123～124。

[29]見〈風景以外〉，《西瓜寮詩輯》，頁 91～92、〈聲音〉，《西瓜寮詩輯》，頁 51～53。

[30]沈奇，〈夢土詩魂〉，《臺灣詩學季刊》第 27 期（1999 年 6 月），頁 117。

四、結語

夐虹〈卑南溪〉中有如此詩句：「卑南溪是一條苦苦的悲歌／詹澈知道，臺東的孩子知道」，兩位詩人間曾有相同的土地生活經歷，可傳遞印證；〈又歌東部〉取材自卑南溪中的瓜農，和詹澈的代表作《西瓜寮詩輯》諸作則有薪火相傳的意義。兩位風格原本大相逕庭的詩家，在書寫生長地時，前後相映，並無扞格；足證寫作者可由成長環境中尋得創作源泉，只要有心探掘，自會汩汩流出。

目前，詹澈繼續勾勒「東海岸速寫」、「蘭嶼素描」；甫入中年的另一位後山詩人作者徐慶東，則重回出生地太麻里尋找他的詩心。年輕一輩的習詩人，原鄉是否也會進到他們「吐絲的思路」中呢？

本文有關夐虹部分，得胡淑瑛女士協助，特此致謝。

原文載於《東臺灣研究》第 5 期（2000 年 12 月）

——選自後山文化工作群《文學臺東：後山文化工作協會十年紀念專輯》

臺東：後山文化工作協會，2003 年 8 月

感性似水理性似佛
談敻虹的詩

◎施養慧記錄整理[*]

日期：民國 90 年 2 月 9 日

地點：臺東縣知本閣家歡度假飯店

主持人：詹澈

與會者：李元貞、張香華、林韻梅

主持人——詹澈：

新世紀後山文學盛事，首場要談論的是敻虹的詩。

我們邀請三位從事文學評論與創作的講師，分別以三個不同角度，來談敻虹。

早期臺東是文化沙漠，文壇很多人知道敻虹，臺東人卻只知道胡梅子。敻虹本名胡梅子，法名弘慈。1957 年以新人之姿，投稿余光中在《公論報》主持的《藍星詩刊》，被譽為「繆斯最鍾愛的女兒」，1968 年出版第一本詩集《金蛹》，初期的詩作就隱現她對佛法的研究與嚮往，近十年來，她的詩大量地引用佛經語言、典故，以現代詩弘揚佛法，敻虹是國立師範大學美術系畢業、文化大學印度文化研究所碩士、東海大學哲學研究所博士，目前任教於美國加州西來大學。其他作品有：《敻虹詩集》、《紅珊瑚》、《愛結》、《觀音菩薩摩訶薩》、《向寧靜的心河出航》，其中《紅珊瑚》獲得中山文藝獎。

---

[*]兒童文學作家，現專事寫作。

李元貞：

當臺灣鄉土文學漸受重視之後，大量發掘日據時期的作家幾乎以男性為主，相形之下，女作家就被嚴重的忽略。此外，從歷史來看，女性不論在法律、經濟或文化界，都有被忽視的情況，這正是我編《臺灣現代女性詩選》的動機，因為婦女運動應是全面性的，所以本書中介紹 1951 至 2000 年，半個世紀中，不分派別的 37 位女詩人。談到臺灣的現代詩，第一本選集《六十年代詩選》，27 位詩人當中只選了二位女詩人，就是敻虹與林泠。所以，很高興來到臺東，挑戰詩壇以男性為中心的觀點，來談談臺東的女詩人敻虹。

此性非一，挑戰「陽具中心」

先向各位介紹法國精神分析女性主義者露絲・伊瑞格萊（Luce Irigaray）在 1977 年發表的「此性非一」的觀點（This sex which is not one），來談敻虹詩裡的「非一」觀點。露絲・伊瑞格萊透過戲擬手法來駁斥佛洛伊德的「陽具中心」觀點，她認為相較於男性封閉的「陽具中心」觀點，女性的生殖器與思想，更具有開放性與流動性。以西方觀點而言，女性在社會上被歸為第二性，有如黑格爾所言，奴隸為了生存，所持有的雙重想法。女詩人必須具備社會觀，還要有主體觀念與之抗衡。敻虹的詩之所以讓人百讀不厭，除了想法的表達與感情的抒發，她對事物的看法也是流動的、非一的。

敻虹亦是寫情詩的高手，〈我已經走向你了〉這首詩，是大學時代同學們必背的。詩中描述愛情時，真誠地掌握了愛情快樂與憂愁的雙重觀點。例如——「你立在對岸的華燈之下／眾弦俱寂，而欲涉過這圓形池／涉過這面寫著睡蓮的藍玻璃／我是唯一的高音」。

當人碰到自己所愛的時候，即使四周依然喧鬧，霎時也會覺得整個世界都沉寂下來，而自己是唯一的高音。敻虹透過文字，將那種熱情整個展現出來。將看到愛人那種興奮、熱烈的心情，表露無遺，接下來她寫對愛情能否持續的憂愁：「唯一的，我是雕塑的手／雕塑不朽的憂愁」，也表現得很好。

包容現代與古典的汎愛觀

在 1960 年代，現代主義對古典主義的愛情觀——真情與永恆，產生了質疑，詩人余光中曾以新古典主義手法出版《蓮的聯想》一書，與現代主義論辯。對於愛情，敻虹的〈汎愛觀〉則包容了現代與古典，她說：「用某種信仰看雲／春天為什麼渺渺茫茫？」愛情的複雜性，選擇汎愛與否？端看個人選擇何種信仰而定。她又說：「總是這麼一瓣瓣數著／好春天，該如花／愛情那有趣的結兒總是解了又打」。雖然愛了一次又一次，無所謂的永恆，可是那些為了愛情忠貞的人，是：「一枚小小的十字架／裝飾在壁上／一枚小小的痛楚／裝飾在捧向胸前的手上」。她用「裝飾」來諷刺那些為了忠貞而痛苦的人；有趣的是，最後她說：「春天為什麼渺渺茫茫／看雲用什麼信仰」。「雲」的意象很重要，表面上她好像贊成汎愛觀，忠貞變成十字架與裝飾，但如果以汎愛觀的信仰去看雲，雲是流動的，汎愛的觀念就被瓦解了：用雲的姿態，把信仰看成雲，信仰是會流動的，人對愛情的看法，若用汎愛觀，當然是渺渺茫茫；若用忠貞的態度，那就有真情，春天就不會渺渺茫茫。

或許男性長期在父權文化薰陶下，學會的是歌頌永恆的愛情，對永恆的觀念僅適用於女性，男性的情慾卻不需受約束。因此，我認為敻虹的觀點比余光中豐富，且貼近愛情的多變與複雜性。

敻虹在〈鄉愁〉詩中，愛臺灣，也思及大陸的老家；〈媽媽〉則寫母親，也寫女兒的觀點，我想女人的長處，總是時時顧及別人的感受，善於思慮讓我們顯得更豐富、純厚；但是考慮別人時，也不要犧牲了自己。這正是我編女性詩學的原因，無非希望透過辯論，形成不同的美學觀點，否則只有一種解讀，未免過於單調。我認為：讀敻虹詩的態度，正該如此。

張香華：

今天我是以個人欣賞詩的心情，來回顧敻虹的詩。敻虹和我其實淵源頗深，在師大時，曾經是室友，我們又是半個同鄉，因她母親是福建龍岩人，我也是龍岩人；這層關係，讀夐虹的詩，倍感貼心與親切。

對於臺東，所謂人不親，地親，或是地不親，文學親，像因「人」聞名的波蘭 Simposica 小城，就出了哥白尼與兩個得過諾貝爾文學獎的女詩人，而我結識了夐虹與葉香。曾有學者說過：「社會上有成就的人，都是有家鄉的人。」因為一個人對土地的認同，他的精神狀態就不一樣，所發出的能量也有別於流浪漢，因此，他的東西就有分量，他的語言就能動人，夐虹就是個典型。她年輕時的詩，可以雲遊、可以上天下地；後來的詩，很多是以她所熟悉的土地——臺東出發，她寫臺東大橋、寫東部。一個創作者不是一成不變的，是隨著她的人生閱歷、心境，或高或低、或開或合。《夐虹詩集》中，有一段話：

> 取 17 歲所見，垂掛在嫩綠的楊桃樹上，那燦燦的蝶蛹為名，是紀念美好的童時生活；是象徵我對詩的崇仰：永遠燦著金輝，閉殼是沉靜的渾圓，出殼是彩翼翻飛。

17 歲，那燦燦的蝶蛹

17 歲是夢樣的年齡，她那時開始建構她的人生，17 歲如果不為美、不為理想、不為愛情沉醉，非人也。每個人都會經歷此過程，不管後來是否變成汎愛觀，乃是人生自然的曲線，所以她有個詩集叫《金蛹》，讓我們閱讀到她的世界好光明，而金色原本代表著莊嚴、堂皇的正色。17 歲的她如「那燦燦的蝶蛹」發光、發亮。相信每個年輕人都寫過詩，很少人是例外，是否持續下去，是另外一回事；詩是屬於年輕人的，是年輕人的心靈世界，若年輕時不寫詩，言行舉止老氣橫秋，行事風格與靈魂彷彿都被扭曲了。接下來我們看夐虹的〈緬〉：

我是繭中的化民
你用千絲綑我
我不能站到殼外看人生
看自己可笑的一丁點兒人生

你是岸上的人
能感知多少灼熱
當我自焚

當我赤足走過風雪
你是畫外的人
正觀賞那茫茫的景緻

千絲千淚千情
我走進那交錯牢密的綑繫
一點也不想看人生

這麼深情的女性詩人，在她年輕、詩情勃發的時候，把金色的繭，當成追求美好的象徵。到了後來，她會寫出這樣一首詩，可見心情上的起落，對人生領悟也有所不同。「我是繭中的化民」，道出歲月進入中年，感歎今是而昨非？生命之所以可愛，無非它隨環境與際遇呈現不同的面貌，讓你想要永遠地追逐。「你用千絲綑我，我不能站到殼外看人生，看自己可笑的一丁點兒人生」，述說每個人的極限，卻迷失在自己的極限裡，所以她覺得自己原來是被人間的千絲所綑綁，綁住了那一丁點可笑的人生。的確文學可以使人從不同的層次來回顧自己，她說：「你是岸上的人，能感知多少灼熱，當我自焚」此時，她重新檢視自己的生命，「你」是個客觀的客體，她是主觀的，你是岸上的人，隔岸觀火，當我自焚時，你可以感受到我多少灼熱？「當我赤足走過風雪，你是畫外的人，正觀賞那茫茫的景緻」，你把我當成幅畫，高興時看我兩眼，你不必走進來，跟我一起赤足走過風雪。隨閱歷的增加，她的體驗，已超越金蛹時期。最後，她說：「千絲千淚千情，我走進那交錯牢密的綑繫，一點也不想看人生」，從詩人的感慨中，給我們很多啟示。

至於，閱讀現代詩或古人的詩中，往往有佳句，而無佳篇。但夐虹年輕時的作品，與後期的作品相較，最難能可貴的一點是即使意境有所不同，詩語言的魅力不變。而創作者從純粹抒情到人生觀的闡述，甚至到抽象形而上的思考，語言的書寫可能變得枯燥無味，或是肩負使命感時，不知不覺露出教訓人的口氣；但是夐虹在表達自己時，依然靈活運用與掌握語言的特性。各位可以從這個角度，去欣賞詩人的語言、夐虹的語言。〈綑〉這首詩，語言非常的精美，多年後重讀此詩，還是覺得很好。我舉兩首不同期的詩，來說明詩人的變化性，作為一個欣賞或創造者，變化性是值得自我要求的。此外，如果有非常好的想法，語言卻不精采，亦無法動人。有些朋友曾問我：「我好怕新詩，怎麼辦呢？」我就說：「那就不要讀嘛！」當然，如果能夠讀詩、可以領會詩中意境，人生當然更豐富、更深刻。

淒美的愛情，不能沒有羅蜜歐

下面我再介紹一首〈不題〉給各位聽：

從盼企中走出
請上階石，踏著叮咚音符
有顏彩以繽紛來，有江海以澎湃來
我的神，請上階石
豪華的寂寞，在你之後

則引我以昇，回首是悠宙
且信仰我們同存，或者同隕

且等我等待，於此長階
背景是亙古
我的神，請引我以昇

從迢迢的視漠中走出
啊　藍，請上我的階
紛繁的聲，在你之後

這首詩象徵敻虹早期的生活面貌，我覺得人在談戀愛時，是盲目勝於汎愛的。敻虹在這首詩中，將感情聚集在一起，發出很強的力量，愛情是兩性的，若只有茱麗葉，沒有羅蜜歐，將無法構成那麼淒美的愛情；因男女雙方的專注，才能享受愛情的甜美與豐富。她說：「從盼企中走出，請上階石，踩著叮咚音符」，人一出現，背景音樂就緩緩的宣洩出來了。「有顏彩以繽紛來，有江海以澎湃來」，炫麗、豐富飽滿與感情同在。「我的神，請上階石，豪華的寂寞，在你之後」，人在專注之後，寂寞就會躲在背影裡。各位可從這首詩中，看到敻虹是以什麼樣的心情，來呈現她的感情世界。「啊　藍，請上我的階，紛繁的聲，在你之後」誰不嚮往這種感情啊！有時汲汲營營的追逐，終其一生也遇不到。有時在人生某個旅程、某個片刻卻不期而遇，可是能夠尋獲真愛的又有幾人？祝福大家！

詹澈：

張老師提到——人不親，地親，敻虹詩中提到臺東大橋，臺東大橋曾是亞洲第一長的鐵索橋，颱風時被吹斷了，有關東部詩的部分，我們就交給在臺北生長、被臺東的土給黏住的林韻梅老師來談。

林韻梅：

我是以在地人的身分來談敻虹的詩，先分享一首《觀音菩薩摩訶薩》詩集中的〈詩的幻象〉：

最初，我的心
依傍著種種的美麗
海潮、胡琴、洞簫
從童年的臺東海岸
夜晚的空荒中
縈迴婉轉
種種的美麗
素心蘭、桂花、茉莉
與沉水、檀木的香氣
父親的慈、母親的愛
丈夫、兒女的關懷
以及師尊、朋友的情誼
一一有難捨的記憶。

敻虹透過這首詩，來總括寫詩的過程與心情，似乎在向現代詩的世界告別。因為她發現「禪」的生活更貼近詩。所以她在詩末說：「我的心／如果連美麗都不再依傍／那麼／詩只是個幻象」。

白色的敻虹，臺東的歌

對我而言，落腳臺東這塊土地後，坐在臺東讀她的東部詩篇，感受更加深刻；特別要感謝敻虹令妹胡淑瑛老師提供給我資料。敻虹目前人在西班牙，委由胡淑瑛老師代表出席，本屆文藝營以「敻虹的詩」作為首場主題，除了向後山文壇前輩致敬，同時，想藉敻虹的詩作，為來自外地的朋友進行一場詩與臺東土地過往的導覽。

13 歲即首度提筆寫作的敻虹，在 17 歲完成《金蛹》時期的作品，充滿她對情愛的期待，而「白色的歌」則出現相當大的轉變。現在就從該時期的一首〈那孤挺花〉談起：

是紅的
那孤挺花

用大玻璃罩保護我吧
讓戰爭不要氾濫過來，征去
我的男人
讓舟渡自橫
讓綠綠的攀緣植物從四野溢上軌道
帶孩子散步看小火車幌盪駛過
的黃昏
讓我不要去想所謂刻骨銘心的事吧

孤挺花
我的心好蒼老好悲傷
不堪早時
時間的感覺像鐵軌的伸展
一到中年，它驀然轉向，彎曲成
圓
每個剎那
蹲在那裡，像一天細碎的星星
等距離地
與我相連，相連以毒箭流火
我的心啊，是
萬矢之的

他來信時是明媚的春天
到了秋天，風沙從河床
自己升起

狼煙一樣升入雲霄
移動、擴散、彌漫整個
市鎮，整個灰濛濛的
啊，孤挺花，我的童年
童年的秋天，秋天的
早晨，一早就刮風沙
啊，卑南溪，卑南溪
幾里寬的河床
濾不了風沙的防風林

孤挺花是白的
我的不堪
也是白的
孤挺花，孤挺花

詩中「用大玻璃罩保護我吧」這句話，讓我想到昔日臺東防風林尚未植好時，每年十月，滿城風沙，打在臉上非常疼，風沙之大甚至不見來人，許多中小學生們戴著防風護目鏡上學的情景，「讓戰爭不要氾濫過來，征去／我的男人」，她害怕戰爭的威脅，及與丈夫分離的孤立無援；孤挺花不是臺東在地的花朵，而是孤單心境的象徵，「帶孩子散步看小火車幌盪駛過／的黃昏／讓我不要去想所謂刻骨銘心的事吧」，希望藉由帶孩子散步，來轉移自己害怕孤單的心情，不要再去想那些令人擔心的事。接下來她說：「不堪早時，時間的感覺像鐵軌的伸展」代表著年輕時無窮盡的希望。「一到中年，它驀然轉向，彎曲成／圓」，一入中年，心境轉變成只想與家人相守的期盼。不但讓我們看到夐虹心境的轉變，更能感受到步入中年的她，仍保有女性的童顏般嬌羞，以及對愛情的執著。

第二首介紹的是〈東部〉：

我說與你聽
東部，東部是大斧劈的山水
山溶溶，水嘩嘩
卻在一朝
山河的動力，凝成青嵐
洪水銷跡，兆頓的岩層
入定為畫
我說與你聽
火車穿過荒莽的河床
從鹿鳴橋，可以
支頤支到紅葉谷、安通、花蓮港

敻虹是學畫出身的，她的東部詩有如一幅幅的水墨畫，所以詩末又說「一概在東部／心遊神馳的東部／入定為畫的東部」。「從十七歲／一支頤／到／三十四／遲遲疑疑，才發現／蟲豸郵票的那信啊／早已蝶飛紙腐」，這是她對年少時滿懷情愁書寫詩箋的回顧。「蝶飛紙腐／故事，故事如一樹黃梔／凋於春雨，花間驟止／時空的篩下／淚水是／苦苦的／遲緩的／一顆／舍利」所有美好的故事都成過往，追憶徒留苦澀。34 歲，生命經過鍛鍊，不該再想望過往的，所以說「可焚的／信帙詩牋／不可焚的洪荒」洪荒即是指卑南溪畔的臺東。在這首詩中，敻虹比較清楚的意識到：相對於世情無常，家鄉土地的貞定恆常、足可信靠。

接下來〈臺東大橋〉一詩，詩人余光中認為是敻虹最好的作品之一：「如抱的鋼絲曾奮力堅持／千萬匹馬力的山洪，決／臂力、張力／如蛟的鋼魂終於不支／鋼斷／如英雄之崩倒」刻畫出人工建築與大自然的力量對峙，黛娜颱風威力驚人，橋斷的慘狀，各位可以在臺東文化中心編印的老照片集中看到。「聽說吊橋已流失／山哭石慟，卑南溪灰灰的大隄／灰灰卑南溪吊橋怎可流失我的童年／同年同在隄上的孩子／同不同我／如此追想

／笛聲迢遞的童年」。臺東大橋不見了，有如童年記憶被沖走，心中某部分重要的東西被抽離，詩人想到自己的童年、記憶、母親說的故事無法傳續，心中悲惻不已。

再來看〈白色的歌〉，夐虹不用古典的寫法，改以平鋪直敘的方式，透過中年人對世事的了解，表現對父親堅毅個性的敬意和對母親的疼惜。「如果爸爸有幾天不在家／她便那麼擔心害怕／一點也不是我想像／她會仇恨他的／那樣」道出母親對父親的情感；在母親視為當然的，女兒雖有些疑惑，卻也能逐漸理解。〈媽媽〉詩中是為母親說話，我認為：〈白色的歌〉更符合前面李老師介紹的非一觀點。

「我的心底仍為他們唱／一首綿綿的悲歌／像古老的先民／從四野唱慢慢唱出一首首民謠／那樣」這幾句浮現了臺東原住民善歌的身影。在下一首〈晨間〉詩中，又用原住民男獵女織的素樸來表明對夫妻生活的盼望。

走出鄉愁，走不出卑南溪的詩人

由上述五首詩，可以發現：在「白色的歌」時期，詩人已將書寫焦點放在生長的土地；然而土地只是她抒發對父母、孩子、夫婿情愛的背景，卻非她關注的主體。在《紅珊瑚》中的「又歌東部」等七篇，則傳遞不同面向與內涵，生活在卑南溪旁的人成為她的書寫與關懷的對象。〈又歌東部〉詩前有一小序：「50 年前的勞苦，到第三代才漸漸忘記」，很明顯的是想記錄移民生活的艱難。談到這裡要先介紹卑南溪的兩件大事：一是平時無事的卑南溪，若突遇洪水，常有人來不及逃生。另外，每洪水過後，孩子們都會去撿「大水柴」，貼補家用，這首詩她不寫自己，真實描述一群臺東辛苦討生活的人。「大水來了啊」，每當臺東人說這句話時，心情是複雜的：「撿柴的人撿柴，或被水流去」是悲憐窮苦的人家；「竿插下，用獵熊／的臂力，追鹿的腿力／把二十根竹竿／圍成一塊土地」，原住民受僱於水中插竿，以便大水退去後，搶奪種西瓜地盤，且顯示出原住民狩獵的長技已被剝奪，在卑南溪討生活，生命備受威脅的民眾，和事不關己的「看風景的人／看水看人」唯利是圖「種西瓜的人，捏著鈔票，緊張的守候著」，形成強烈對比。

至於對土地的關懷與書寫如「水仍未退，還有一丈，漸漸八尺／你看的是那濁灰的卑南溪水／我想像的是那竿影下肥沃的沙泥」，沙泥之所以肥沃，是犧牲了多少人的性命所換來的啊！若以臺東人的感受與體悟，我認為這首詩比〈臺東大橋〉更能深刻呈現臺東人篳路藍縷的生活面貌。在〈卑南溪〉中，她又複誦「大水來了啊」這個主旋律，特別針對撿漂流木喪命這件事，「流水流來流木／試探的赤足不慎便印證／生命只等於生活」所以「卑南溪是一條苦苦的悲歌」。原本「初二到高三，放學以後／坐看的卑南溪／靜靜瘦瘦的卑南溪／融融的這些日子」對少年歲月的懷想，卑南溪本代表著和樂融融，「是一首悠悠的歌」然而一想到它「暴雨之後，如／熔熔的奔火」可怕的殺傷力，個人的美感追求與人間的悲苦生活，兩相比較，詩人無疑的充滿對人世的悲憫。在〈依稀雨中〉她寫到：「我突然很想回家」，在〈山河戀〉中，則是：「河流著山的血液／因那回歸的磁力／河為山唱／源源的／戀歌，在東部」。

到了此時，敻虹是真正看到了原鄉的面目，不再披著往昔個人情感的外衣，人和心靈反而和臺東更貼近了。當各位細讀敻虹的東部詩篇後，希望能進一步認識臺東的土地性格。

詹澈：

感謝林老師為我們做這麼精闢的講解，我們可以體會到敻虹對臺東感情的蛻變，及寫詩技巧的多樣性。大陸作家古繼堂對敻虹的詩也有很高的評價。

張香華：

補充一點，或許一般人寫詩著重於意象的運用，我則不認為。我覺得敻虹不只是比與興的抒情詩寫得好，平鋪直敘的詩也極有特色與耐讀。用「繁華落盡見真淳」為敻虹中期以後的詩做註解，應該是很恰當的。

李元貞：

敻虹後來以現代詩弘法，她的詩已失去了肉身，我覺得文學一定要有肉身；肉身的苦惱悲喜，是寫詩的驅力。今天很高興能細續敻虹的東部詩，而有新的認識；但敻虹在整個詩壇，仍應以抒情詩為最大成就。

——選自後山文化工作群《文學臺東：後山文化工作協會十年紀念專輯》
臺東：臺東縣後山文化協會，2003 年 8 月

臺灣女性詩學的營造（節錄）

◎陳芳明*

較為晚出的敻虹（1940～），也是參與抒情傳統營造的另一位重要詩人。原名胡梅子的敻虹，臺東人，屬於藍星詩社的成員。她的詩幾乎篇篇都可朗誦，是非常注意音樂性的作品。從 1957 年發表第一首詩後，就未嘗停止創作。詩集包括《金蛹》（1968 年）、《敻虹詩集》（1976 年）、《紅珊瑚》（1983 年）、《愛結》（1991 年）、《觀音菩薩摩訶薩》（1997 年）。最後一冊詩集，頗近佛學哲理，反映了她對人生的參透。

青春時期的敻虹，敢於寫出自己的私密幻想，敢於表露對情愛的渴望。她的勇氣，純然基於對生命的擁抱與頌讚。〈如果用火想〉的最後四行，頗具遐思，是另外一種意在言外的表達：

我怔怔地站著
觀望一個人
如此狂猛地想著
另外一個人

這種聲東擊西的思念，究竟是夢醒還是夢毀，或是另一場夢即將開啟？1950 年代的女性詩人，大多是從個人、最祕密的私情營造起詩的世界。那種虔誠與專注，較諸家國情操還更深刻。敻虹以著十餘首系列作品，反反覆覆歌吟自己擁有的愛情，在她的時代，頗為罕見，當她說：

---

*散文家、評論家。發表文章時為政治大學中國文學系教授，現為政治大學講座教授。

叩開我的金殼，伸出我的彩翅
以微微的驚歎，以心跳——呵，如此美
難道夢中之夢早被窺知，而石膏像
睜開了眼，當一切都被給以靈魂

——〈蝶蛹〉

一場戀愛已經向世人預告，猶蝶之破蛹，石像之睜眼，她不隱藏內心的歡喜，更要與人分享愛情之美。從此，她進入了生命中的「藍色時期」，幾乎每首詩都是寫給一位名字是「藍」的情人。藍色，是具象，也是隱喻，更是愛情的同義詞。

你立在對岸的華燈之下
眾弦俱寂，而欲涉過這圓形池
涉過這面寫著睡蓮的藍玻璃
我是唯一的高音

——〈我已經走向你了〉

無論是以「蛹」或「蝶」自我隱喻，藍天，藍光都是她終極的嚮往。她放膽寫下的情詩，為 1960 年代臺灣現代詩創造了無窮的想像，也為詩壇構築了美麗的神話。這樣的神話，不是虛無縹緲，而是可以實踐的。「必然是一行詩寫在發光的草地」(〈贈蕭邦〉)，恰如其分地可以拿出來作為她的作品的詮釋。她是「唯一的高音」，是「發光的詩」，因為愛使她擁有信心。對於凡夫俗子而言，愛情是刻骨銘心。敻虹並不是這樣表現，而是代之以〈詩末〉的語言：

愛是血寫的詩
喜悅的血和自虐的血都一樣誠意

刀痕和吻痕一樣

悲懣或快樂

寬容或恨

因為在愛中，你都得原諒

愛與傷害都是見血的，一針見血的，敻虹並不酷嗜象徵，卻完全向浪漫傾斜。即使過了中年，浪漫想像也未嘗稍止。《紅珊瑚》是她鬢髮微霜的見證。之後，所有痛苦人生的鑑照，全部都收在《愛結》之中。不再激情的詩人，寫的是生活中的苦與淡。苦是生命的累積，淡是情感的稀釋，唯詩的音樂性並未改變。她的詩仍然適合用來朗誦，仍然節奏舒緩，仍然心地善良。她的心逐漸偏向出世，她的詩則留在塵間成為傳說。

——選自陳芳明《臺灣新文學史》

臺北：聯經出版公司，2011 年 10 月

後山

◎張香華*

接到老朋友詩人伉儷詹澈、葉香的電話，邀我參加「後山文藝營」的講習，還沒有弄清楚時間地點，就興奮的一口答應下來。因為，他們要求我的是：談一談臺東出身的詩人夐虹的作品。

飛機降落臺東機場，葉香開車來接我。在往知本溫泉的路上，葉香一面為我介紹「後山」一名的由來：因為地處臺灣中央山脈的東部，猜測當年漢人到達「福爾摩沙」時間的先後，要越過崇山峻嶺，必然是晚後才進入臺灣東部的臺東。而我特別喜歡「後山」這個名字的含蓄內斂，知有所止的遲遲其行，不是一味肆無忌憚、爭先恐後的躁進。這一趟旅行，詩好、人和、地美，意義變得尤其豐富，我怎能不興奮？

重新翻閱夐虹的作品，發現她在第一本詩集《金蛹》中，有一段引言：「取 17 歲所見，垂掛在嫩綠的楊桃樹上，那燦燦的蝶蛹為名，是紀念美好的童時生活，是象徵我對詩的崇仰：永遠燦著金輝，閉殼是沉靜的渾圓，出殼是彩翼翻飛。」

開宗明義，夐虹從生命的最早期，就決定了作詩神繆思的女兒了。在一首〈蝶蛹〉[1]中，她說：

當有人在樹下靜坐
是什麼使你仰臉，什麼使你望見

---

*詩人，專事寫作。

[1]夐虹，〈蝶蛹〉，《夐虹詩集》（臺北：新理想出版社，1976 年），頁 18～19。

那惨金的亮殼？——
希望也曾如此垂掛在
高高的枝椏，如此等待著
夏，我要悄悄迸發——

叩開我的金殼，伸出我的彩翅
以微微的驚歎，以心跳——呵，如此美
難道夢中之夢早被窺知，而石膏像
睜開了眼，當一切都被給以靈魂……

而初遇之初，美羅織成網
有人被縛住，當靜坐在樹下

「而初遇之初，美羅織成網」，正是執意要「追求美」、「崇仰詩」的直抒胸臆。極端的執著，有極端的豐美、極端的沉醉，然而，會「羅織成網」，是意料中事。因為，凡不美的、非詩的，便被棄絕於網羅之外，她自己則守在燦燦的金殼之中，這是必然的後果。不過，這首詩中，在她執意伸出彩翅，張開眼睛，等待悄悄迸發之際，似乎已暗中有所曉諭，她那一句「那惨金的亮殼」的修辭，不已預示了她日後的醒悟？後來，她在一首〈綑〉[2]之中，果然說：

我是繭中的化民
你用千絲綑我
我不能站到殼外看人生
看自己可笑的一丁點兒人生

你是岸上的人

[2]敻虹，〈綑〉，《敻虹詩集》，頁120～121。

能感知多少灼熱
當我自焚

當我赤足走過風雪
你是畫外的人
正觀賞那茫茫的景緻

千絲千淚千情
我走進那交錯牢密的細繫
一點也不想看人生

如果，人不是走過由繭外走進繭中、又由繭中破繭而出的過程，我懷疑敻虹會不會寫出以後的佛詩來。這裡我把這兩首佛味很濃的詩或引全首或引部分如下：

我從萬苦涉來
從萬劫的輪迴
來投靠

讓我心思明澈
情　念　都清瑩瑩如
折射的寶石

永遠的法喜
讓我
歸依[3]

[3]敻虹，〈南無〉，《紅珊瑚》（臺北：大地出版社，1983 年），頁 148～149。

另一首〈菩薩摩訶薩〉[4]中，她說：

……
大覺有情者
讓我也自覺
從這悠久蜿蜒的迷航
終止
無休的
輪迴的循環
……

我告訴自己，大概我正在迷航之中吧！因為，我還是支持同期講師李元貞教授說的話：「詩，是藝術，是人世的事，一定要是血肉之軀……。佛學，是哲學的範疇。」我懷念的是那個繭中、繭外掙扎的敻虹。會不會因為我就是芸芸眾生中，「正觀賞那茫茫景緻」的「畫外人」？還是，我自己仍在人生的前山，而敻虹已到了後山，走出繭外了？

——選自張香華《偶然讀幾行好詩》

臺北：遠流出版公司，2006 年 3 月

[4]敻虹，〈菩薩摩訶薩〉，《紅珊瑚》，頁 151～152。

敻虹詩作

◎游淑珺*

敻虹，本名胡梅子，1940 年生，臺東人，早於 1950 年代即從事新詩創作的女詩人，晚年學佛，作品逐漸減少。善於抒情筆調的敻虹，早期的作品往往流露出淡淡的少女情惆，並常運用故鄉臺東的特色，尤其是海與藍色等冷色調的詞貫穿於詩中，形成其個人特色。而本文即以其早期的創作為主，藉以窺探敻虹詩的風貌。

在《敻虹詩集》裡有渴望愛情的發抒、有記念友誼的感觸、有對故鄉的懷想，而最受人注目的便是抒情詩作，如〈我已經走向你了〉一首，在「眾弦俱寂」的無聲下，以「我是唯一的高音」來劃破寧靜，突顯出主題：我已經走向你了。以微笑／憂愁的矛盾意象並置，更加強我要與你相遇的堅決，儘管將會憂愁、機會是只有今日和明日交會點的渺茫難得，我仍企求能與你相逢。因我是這寂靜中的唯一高音、我是你的唯一知音、我已經走向你了，詩人充分的表達出心中的愛慕之情並以抒情溫柔的筆調，書寫了對愛情的堅決與追求。而〈髮上〉一首，更是貼切的運用藍與海的意象表現出詩人對故鄉的渴望，那「藍色淒淒」、「一片浩瀚」、「無處不在」的故鄉的海，髮上的微笑、耳語都來自於你，呼喚著我回到你的懷抱。詩人以髮上暗喻海上，自己的髮與故鄉的海有著相同的淒淒與深藍，藉髮與海的連結，引起詩人對故鄉那溫暖的渴望，在此遊子能忘卻煩惱而安詳的入睡。敻虹以同樣的抒情筆調、象徵的技巧，成功的將思念家鄉的心情呈現出來，然而在描寫親情時，她卻以不同的方式呈現，不用技巧與

*發表文章時為淡江大學中國文學研究所碩士生，現為實踐大學博雅學部助理教授。

象徵，轉以質樸的方式流露出內心最真實的感情，如〈白色的歌〉，以幾近白描的寫實方法，透過幼童那單純直接的想法來烘托出現實生活的艱辛，流露出自然濃郁且富感染力的親情。〈白色的歌〉一開始便道出了詩題的含意：白色，是爸爸的髮色，是代表著為生活奔波的辛勞、是詩人成長後了解、疼惜父親的辛苦所唱出悲傷的白色的歌；第三、四段開始回想記憶中媽媽那雙因操勞家事而龜裂的手，聯想到媽媽也曾經像自己一樣幼小且備受呵護，而今卻飽受生活無情的摧殘並時時為在外奔波無法回家的爸爸擔心著；最後以「牽掛」來貫穿全詩，媽媽是牽掛著爸爸的安全，人子的我牽掛著他們的辛勞，這種牽掛是一首綿綿不絕的悲歌、白色的悲歌，在詩人心中唱著。詩人通過小孩子純真的眼光，道出現實生活的殘忍與無情，並以「牽掛」詮釋了親情間的關係，在童稚與成人的對照下，唱出了綿綿深遠的親情。

敻虹的詩不論是抒發愛情的、懷想故鄉的，都像靜謐的流水一般，以一種緩緩的、綿綿不絕的方式流動著，而其擅長運用字詞，能精確的將感情鎔鑄其中，提供了更豐富的想像空間，並觸動了讀者內心的情感而陷溺於詩境中。敻虹不僅是精於鍛鍊字句與運用技巧，在描寫親情的詩作表現上亦同樣的突出，卸下了華麗的字詞與浮濫的象徵後，轉以自然而不矯飾的方式在讀者的心中漾起了陣陣水波，慢慢的擴散、傳播著，敲動人心。

——選自《中國女性文學研究室學刊》第 1 期，2000 年 3 月

最美的語音，最美的花瓣
《敻虹詩集》

◎洪淑苓

最美的語音像最美的花瓣
夢中，落我一身衣裳

電話裡，那男孩突然唸出這樣的句子，在收線之前。

電話這頭的我，不覺心裡一怔，怎麼可能？這個才剛剛試著交往的男孩，竟然也懂現代詩，而且引的是我最喜歡的敻虹？

我不敢接腔，怕洩露這個祕密，也怕俗言俗語破壞了那兩句詩的美與寧靜。

電話在「咯」聲後切斷了。夜，真的很安靜，靜得像一首無言的詩。

那是多少年前的一個夜晚啊！詩和愛情一起降臨，讓人分不清，是愛情引發了喜悅，還是詩創造了回憶？當我再次翻開《敻虹詩集》，那裡面夾著的野薑花已經乾枯，變成如蟬翼般透明，彷彿隨時都會粉碎；那米黃紙頁上的水漬，我不能問，是誰的珍貴的淚？

這是 19 歲時買的詩集，因為裡面寫了好多情詩所以才買，我熟讀裡面的大多數作品，也可以背誦諸多名句：「我已經走向你了／眾弦俱寂／我是唯一的高音」；「當我赤足走過風雪，你是畫外的人／正觀賞那茫茫的景緻」；「但傷感是微微的了／如遠去的船／船邊的水紋」，不知為什麼，優美的情詩總是帶著淒涼的況味。我曾經把這些句子抄在小卡片上，隨身帶著，以便隨時咀嚼愛情的滋味，如果其他的「文藝少女」是藉著小說想像愛情，我想我則是透過詩，特別是敻虹的詩，揣摩了愛情的苦與甜。

年輕的心靈本就是屬於詩的，我後來當然也接觸了更多詩人的作品，並且從不同的角度去欣賞，我深深覺得，能夠從一本詩集得到性靈的啟發，是非常美好、幸福的事，當詩人用文字描述他內在的悲喜，當我們因此而發出共鳴，那真的像夐虹說的，詩就是最美的語音，也是最美的花瓣，不僅在夢中，也在生命中的每一刻，每一個冥想、回首的剎那，落我一身衣裳。

你，擁有這樣的一本詩集嗎？

——選自《聯合報》，2000 年 9 月 8 日，37 版

河的兩岸
敻虹詩小記

◎瘂弦

禪言偈語的寫作旨趣，每每不在於文學美感的表現，而在於宗教義理的詮釋。禮佛者在身體力行之外，發為文字，乃是為佛道奉獻的另一種方式；所謂「刺血寫經」為人生懺悔、與眾生結緣，根本上是屬於神聖的叢林事業。文學，與宗教的絕對性相比，似乎是「俗人世界」的事了。

好友敻虹近年鑽研佛學，用力甚勤，最初她可能是抱一種學術研究的態度，然而浸淫日久，身入堂奧，她顯然已從哲學的層界，轉進到人生體證的層界，雖不像早年李叔同（弘一法師）那樣薙度出家、遁入空門，但看她供佛像、念佛經，每日茹素打坐的那份虔誠，我「擔心」她已到了出世的邊緣。

一個寫詩的人到了這個臨界點，不可避免地一定得面對一種困境，那便是「角色扮演」的抉擇。駱志逸先生論弘一法師出家的緣由，認為那是「畫馬變馬」、「念佛成佛」的結果，所謂一心無二用，二用其心，擺盪動搖，為學佛參禪者的大忌，深入佛理如弘一法師者，其歸向佛門是必然的結果。我想他在皈依之前，必然經過一段相當痛苦的掙扎過程，最後是：宗教界多了一位光芒四射的宗師，文壇少了一位照眼驚心的奇才；是值得慶幸還是值得惋惜，端看站在何種立場來作價值判斷了。

我常常想：佛學的靈修與文學事業的關係，也許沒有那麼決絕，兩者之間一定可以找到平衡點。詩人王維，音樂家韓德爾，他們是如何把宗教信仰與藝術表現融合一體，統攝在一個人格之內，值得吾人深思。事實上我在敻虹的近作中，也隱然察覺出她正在進行這種融合的努力。那屬於俗世的敻虹，她對煙火人間的恩愛眷戀，對語言形式美感的偏好與玩索，以及她性格中特有的慧黠、喜感，絲毫沒有因為謹嚴的學佛生活而有所短少。當年我們在師大女生宿舍大門外枯等，她卻躲在樓上竊笑的胡梅子仍在！

她的作品一直在文學獨立自足的範疇內，絕對與一般有骨無肉、有理無情的「宗教詩」、「道德詩」不同！相反地，由於她長期以來對佛理的參悟，使作品更具哲學意趣與思想深度。那禪宗中特有的活潑與機趣，使她詩的語風彈性更大，姿采更多。這麼說來，宗教修持，對敻虹不是阻力，反而是助力了。

我們慶幸我們這個年代最優秀的女詩人還在河的這一邊，跟我們在一起，跟 1950、1960 年代一起寫詩的夥伴們在一起，過著「平凡」但卻靜美的生活。原來要作詩便離不開這人世的悲歡離合、喜怒哀樂，即使是恩恩怨怨、瑣瑣碎碎，也都是人間的條件。萬一我的老友到了河的對岸，也盼望她有能力游回來；在桂葉與菩提之間來往自如，把兩個世界變作一個世界。

——選自敻虹《愛結》

臺北：大地出版社，2000 年 12 月

童詩的田園取向

向明、夐虹童詩集評介（節錄）

◎洪淑苓

《稻草人》收錄 20 首童詩，〈稻草人〉等七首，以農家生活為題材；〈住家〉等六首，則以小寶寶為主，寫出母親的慈愛、家庭的溫馨；餘如〈互炫〉等作品，模擬兒童的心態與口吻，表現其純真與神奇的想像。

夐虹在〈作者的話〉特別說起，她在臺東所過的童年，親近自然，也領受颱風的洗禮，因此她期盼小讀者也有「自然之詩」的童年。這段告白，也正揭示了這本童詩集的旨趣。

譬如〈農夫的家〉，描寫田園籬舍、鋤頭和大雨鞋的農家風味，淳樸自然。幾首詩也都和「稻草人」有關：〈稻草人〉描繪「稻草人」謙卑而樸拙的形象，這是「農夫依著自己的想像」而塑造出來的一個好朋友；〈默契〉則進一步發揮，點出稻草人的作用，闡釋農夫仁民愛物的胸襟。〈好奇的小麻雀〉則反映了現代農村的奇景——用塑膠袋綁在竹竿上，充當稻草人。這個現象可作不同的詮釋，例如工業文明、農村凋敝等，但夐虹仍以一貫寬厚的心胸，模擬老農夫樸實親切的口吻，對小麻雀說抱歉：「我老了／紮不動神氣的稻草人」、「請小麻雀將就一些／多多包涵／多多忍耐」在其筆下，農夫、稻草人與小麻雀，有著自然和諧的關係，充分顯示萬物有情、慈愛護生的觀點。

最令人欣喜的是，夐虹對臺灣風土的描述。〈撿到紫石〉，借小女孩小豆在海邊撿石頭的經驗，流露了對花蓮海岸的禮讚；〈小火車之忙〉，寫糖廠火車運載蔗糖的情景，熱鬧有趣，活潑生動。尤其以擬人法，表現小火車的興奮、著急與忙碌，讓人也感染那快樂的氣氛。這首詩記錄了嘉南平原的富產豐收，那些充滿甜味的名詞，真令人羨慕得流口水呢！

覃虹曾寫過〈臺東大橋〉、〈又歌東部〉等詩，懷念她的臺東童年。筆者以為，這種鄉土經驗，也可以在童詩繼續發揮，不僅是個人的童年再現，也可以啟發兒童對臺灣本土的認識與關愛。

——選自洪淑苓《現代詩新版圖》

臺北：秀威資訊科技公司，2004 年 9 月

最美麗的誓言
談敻虹的〈海誓〉一詩

◎李翠瑛[*]

敻虹（1940～），本名胡梅子，臺東人。師範大學藝術系畢業，文化大學碩士，東海大學哲學研究所博士班研究。57 年結婚並出版第一本詩集《金蛹》。婚後擱筆，至民國 65 年自費出版《敻虹詩集》，大地出版社出版。還有詩集《紅珊瑚》（1988 年）、《愛結》（1991 年）等。

敻虹的詩集雖然不多，但是以一位女詩人的身分寫詩，她的細膩與深情卻是諸多男性詩人所難以企及。敻虹擅長以精緻而細膩的情思、清麗而自然的文字、溫柔而婉轉的詩意，書寫很多人寫過卻不容易寫好的情詩，並以此聞名。余光中在敻虹《紅珊瑚》的序中，稱她為：「浪漫為體象徵為用的新古典中堅分子」。從敻虹的詩中，可以看到溫柔浪漫的情懷與情蘊深遠的作品，也可以從中體會她運用意象述說她對愛情的種種情愫。〈海誓〉一詩就是一首精緻優美的短篇情詩，全詩如下：

你的淚，化作潮聲。你把我化入你的淚中
波浪中，你的眼眸跳動著我的青春，我的暮年
那白色的泡沫，告訴發光的貝殼說
你是我小時候的情人，是我少年時代的情人
當我鬢髮如銀，你仍是我深愛著的情人

而我的手心，有你一束華髮，好像你的手

---

[*]元智大學中國語文學系副教授。

牽著我，走到寒冷的季節，藍色的季節
走到飄雪的古城，到安靜的睡中

當我們太老了
便化為一對翩翩蝴蝶
第一次睜眼，你便看見我，我正破蛹而出
我們生生世世都是最相愛的
這是我小時候聽來的故事

一、舊瓶換新酒

自古以來，愛情即為人傳頌不衰，文學創作上以愛情為題材的作品更是層出不窮。因此，對於愛情題材的處理，表面看來是容易的，事實上卻不然，因為作者面對過去以來諸多同類題材的篇章時，必須別出心裁，自創新意，才能突顯出個人特色。因此，在愛情「題材」上想要創新，「立意」與「技巧」這兩方面就成為詩人無法逃脫的課題。

詩人敻虹善於書寫動人的情詩，與眾不同的是她對細膩情思的刻畫與安排，以及設想的精妙所形成溫婉動人、扣人心弦的風格特色。「海誓山盟」本不足為奇，此詩的題目「海誓」亦不見其創意，但是，作者在首行首句就從「淚」出發，海誓山盟本是情人的誓言，是愛情的見證，本不該有淚，所以，「淚」字就如晴日飛霜，是一個令人驚奇的起點，而且直指已經開始的愛情故事，令人好奇。

第一段從「淚」開始，作者娓娓述說，從青春到暮年，隨著時間的流轉，讓時間貫穿彼此交融交歡的愛情故事，而時間的流逝也考驗彼此的情愛。於是，從年少到老年，我依然堅信你是我深愛的人。作者的構思如此，便使得「淚」引發出特殊的意義，為什麼呢？當時間見證了愛情，卻使得作者落「淚」了。這「淚」自然是經歷愛情路上的一切起伏與挫折之後，回歸平淡時，對於過去種種的所有總結。深情的、感動的、不可言喻的心境與心聲在「淚」中化為一切無言的感慨與感動。

第一段以時間為軸，用「我的青春」、「我的暮年」、「小時候的情人」、「少年時代的情人」、「鬢髮如銀」時「深愛的情人」，兩組年少與年老的對比說出時間的歷程實際上是很長的。而在長久的時間因素下，彼此仍然深愛，這就已經點出「誓言」的要義了，而與題目緊緊扣住。

第二段是從細部去描寫情感的深度，在平常的相處中，提煉出你與我之間最為特殊的情感。就作者而言，深愛的對方所給予作者的情感不是轟轟烈烈、乍現乍逝的情感，而是一種手牽著手，安定而溫暖的深情意，「手」引領的可以是愛，是彼此相依相持的深情，也可以是引領自己走向一個不可知的、悲涼的未來。第二段的走向卻是以寒冷的意象來表現。描述我的手中握有你的華髮時，卻好像是「你牽著我」走著，走到「寒冷的季節」、「藍色的季節」、「飄雪的古城」、最後走到「安靜的睡中」。寒冷、藍色、飄雪都是淒清的景色。

同時，當我們會握著對方的一束華髮時，有幾個可能性，對方或許不在了，或許遠遊了，也或許躺在作者身邊，讓作者握著一束華髮。從文句中看，「華髮」可見對方年紀已老。在這裡，如果將最後的「安靜的睡中」設想成對方已經仙逝，以「安靜的睡」的婉曲方式敘說對方的死亡，則無法解釋前述的主詞「我」，以及如何由「你」帶「我」進入淒清的景色的意象相結合，所以，此段詩句從「你的手牽著我，走到⋯⋯，到安靜的睡中」，是你牽著我到安靜的睡中，所以睡的人應是「我」而不是「你」。

此段作者的敘述中並沒有明顯地指出到底對方仙逝與否，我們只能從作者使用的淒清的意象推測這不是愉悅的旅程。因此，可以假設對方已逝，徒留一束華髮，當「我」握著一束華髮時，是思念、是悲傷、是淒清的感懷，所以用淒清的意象來表達，但我握此華髮，心中卻有另一種寧靜，彷彿你依然在身邊陪我入眠。

第三段重新立意，對彼此新的期待。「當我們太老了／便化為一對翩翩蝴蝶」，是作者對於愛情的期待，化為蝴蝶是取梁祝化為彩蝶的典故，本無新意，但是，作者卻緊扣著蝴蝶的一個畫面：破蛹而出。使得蝴蝶本是雙雙而飛的意象被打破了，而對蝴蝶象徵的愛情有新的立意。因而說：「第一次睜眼，你便看見我，我正破蛹而出」，似乎你一直在等待著我的重新出現。原來，年老時，生命結束之後，愛情也可以重新再來，像破蛹而出，重新的新生命，重新的一切，而愛情依然不變。所以作者說「我們生生世世都是最相愛的」。因為生命可以重新再來，而愛情依然是生生世世、永不變心，這又緊扣了「誓言」的主題，不明言誓言而已經有了彼此約定的山盟海誓。

詩作至此，是情節的高潮，也將題旨寓意說明得清楚明白，同時也是情感的高處，讓人迴繞在情愛的漩渦中。而詩作若只盡於此，便只是深細動人的愛情故事，而將詩情止於最高漲的情緒之中。但是，作者卻在最後補上一句：「這是我小時候聽來的故事」，把前述的一切深情與感動歸之「故事」。使得讀者的情緒突然降下，如在山巔突而跳下山谷，猛然從自己深陷的感動之中抽拔出來，用理性控制了所有奔放不羈的情感，避免使情感不至於氾濫而不知節制。同時，這一句話也總結了作者對於山盟海誓般的愛情的看法。作者強調這是「小時候」、「聽來的」、「故事」，小時候與現在相對比，小時候曾經深深感動過，相信過愛情的誓言會被忠誠地遵守，但是，長大以後呢？作者說這是「聽來的故事」，她把愛情的誓言當成是「故事」，而不是「事實」，是「聽來的」，不是自己切身真實的紀錄。這句話存在著許多的質疑與反諷。對於愛情的山盟海誓，對於蝴蝶生生世世相守的可能性，作者事實上認為那不過是一個耳聞相傳的「故事」，也只有小女孩時期才可能相信而盼望的一個不可能實現的夢想。

這一句話的存在對於整首詩起著畫龍點睛的效用，其一，作者不用艱澀的形容詞，只是輕描淡寫地說出具千斤巨鼎般的評語，語氣雖輕，所造成的震撼力卻是非常大。其二，作者所使用的題目「海誓」既不新穎，內容所用的意象與典故也多有沿襲舊人之處，只是作者在運用的巧妙上隨手扭變原創之意而自立新意，可說是險招百出。但是，最後這一句卻是推翻了前述所有的立論，反是以相反的、婉約的方式表達自己不相信「海誓」。因此，題目的陳舊，其實正是作者要「破」的陳舊。表面上所說的似乎是贊同的、歌頌的，事實上卻正是作者要反對的。於是，有什麼題目會比陳舊的「海誓」更適合呢？因為「海誓」的愛情正是作者要詰問的，要辯駁的。作者不言其意而自有深意在其中，這也是敻虹的情詩之所以表現出細膩柔婉風格的手法之一。

二、意象系統與寫作技巧

這整首詩分成三節，以時間貫串意象系統，第一節是少年到老年的時間意象系統，第二節是老年到死亡的意象系統，第三節是死亡到重生的意象系統。在這三節時間意象系統之上，各節搭掛著不同的意象，經緯交織，各自成章，卻又能合成一氣，不會有意象紛繁雜亂之弊。

這首詩以海誓為述說愛情的起點。作者一開始使用的意象則是與海有關的事物，共同形成一個完整的意象系統。例如一開始「淚」的意象化而為「潮聲」、變小而為「波浪」、再變小而為「白色的泡沫」，和「發光的貝殼」都是與海有關的「單一意象」，並由這些意象組成完整的「海的意象系統」。因此，「你的淚，化作潮聲。你把我化入你的淚中」，是在潮聲之中，你我化為一體，因為過去的所有點點滴滴都在此刻融合為一，不再個別呈現其意義，而是一個整體的回憶。從海的意象中尋出「波浪」的跳動與眼眸的跳動具有同一特質，因此，在此處運用「跳動」將波浪與青春連結起來，書寫出「你的眼眸跳動著我的青春，我的暮年」。同時，眼眸跳動著後接「我的青春，我的暮年」，青春與暮年是抽象的概念。所以，這句話是運用轉化的修辭技巧。「那白色的泡沫，告訴發光的貝殼說」，「白色的泡沫」指的是海浪所形成的白色水泡，隨著海潮的起伏，一來一往地拍打著岸邊的沙灘以及貝殼，似乎在訴說著什麼，因此，作者運用此一意象，將之擬人化，由白色的泡沫一直向發光的貝殼說話，說什麼呢？就說我們的誓言吧！所以下面接的是「你是我小時候的情人，是我少年時代的情人／當我鬢髮如銀，你仍是我深愛著的情人」，以排比的句型一再重申「你」在我心目中的地位。在排比的句型中間，又用了一個「鬢髮如銀」的譬喻法。

在第一節中，作者不用具有情緒色彩的「浪花」，而用中性的語詞：「泡沫」，何以如此？

其實，這和全詩的旨意：「浪漫的愛情是虛幻不實的」有關。用「泡沫」就註定了愛情是隨即消失的，不值得去永遠珍藏的意義；而且，配合第二節的「蝴蝶」，這裡借用梁祝故事，故事是「傳說」的，是有相當大的「虛假」成分在內。更且，人還會像蝴蝶重生，「破蛹而出」，這已是虛懸想像，超出現實。所以，在末行一句洗淨浪漫的緋紅氛圍後，方知前三處的詞句都是與「聽來的故事」相呼相應。

第二段將焦點集中在「手」的意象。讓手與牽手的意義相連起來。最後是以安靜的睡中作為結尾，將手握著的溫暖感受，安靜安寧安心地進入夢鄉作結。詩意表達的是手中你的華髮就好像你用手牽著我，讓我感受到安心，所以我才能安穩地進入睡眠。但詩卻不明說，要用詩的意象將此一意念表達時，作者就必須運用意象的經營，以婉約的意象述說這一份溫溫暖暖的深情，如此才不至於流於濫情。於是，作者使用一個假喻，說明你牽著我，走過寒冷、藍色的季節、飄雪的古城的一連串過程，因此，暗示著你的愛情是溫暖的，帶領我走過寒冷。這一段「寒冷的季節」、「藍色的季節」、「飄雪的古城」，三者都是淒清的意象，前面兩個意象是時間的意象，後一個是空間的意象。換言之，無論時空如何轉變，你的愛使我安慰，握著代表你的「髮」也如同你在身邊一般，此情此景，雖有悲涼，但是無憾。

第三段以死亡並復活的意象，暗示愛情的生生世世永不止息。「蝴蝶」雙雙飛舞用來象徵情人們的成雙成對，也因梁祝的典故而使得蝴蝶成為堅定的、至死不渝的愛情的象徵。作者此處除了運用蝴蝶所代表的愛情意象之外，也頗有莊周夢蝶的「物化」的意味。人可以化而為蝶，其目的在於重新開始新的生命。所以說「第一次睜眼，你便看見我，我正破蛹而出」，你我因為化為蝴蝶之後，所以才會在破蛹的時刻，重新見到了我。也因為

「物化」，所以生命是生生流轉、永不止息的。於是才有「生生世世都是相愛」的結論。最後卻總結一句冷靜的判語：「這是我小時候聽來的故事」，所有的「海」的意象，所營造出來的「海誓」的可能性完全被推翻。

這首詩在技巧上有一個有趣的地力，值得提出。在詩中大量出現一行兩句，甚或一行三句的情形，而且，「你」、「我」的字眼也同時大量出現，何以如此？在第一行中有「你」有「我」，第二行如此、第 4、5、6、11 行也都是如此，這是故意將「你」、「我」融合在一行中，好像我倆就在一生中交融成不可分離的泥和水一般；而第 9 行和第 12 的「我們」也透露出這種訊息。至於第三行則暗與末行呼應，另當別論；第七行的「牽著我」，則將「你」暗藏於句中；第十行的「蝴蝶」更有儷影雙雙的意象。直至末行，才真正單提「我」字，而將「你」字徹底拋開，並與詩旨相合。如此安排，不可謂不妙。

三、一個明顯的寫作技巧問題

如果依詩的語言來說，詩的語言具有含蓄的特色，但敻虹此詩卻有一個非常明顯的問題，那就是詩中有「太露骨」的文字。這些文字分別出現在第一段與第三段，例如「你是我小時候的情人，是我少年時代的情人／當我鬢髮如銀，你仍是我深愛著的情人」、「我們生生世世都是最相愛的」，詩的語言講究的含蓄的特色在此完全不被作者遵守。是作者不知而犯呢？還是明知而故犯？依本詩結構的妥善安排，立意的新穎超拔，意象的翻陳出新，如此巧妙的技巧，應該可以判斷出作者知道「詩是含蓄的語言」這一本質的。

然而，用另一個角度思考，作者如此的寫法帶給我們何種啟發呢？文學創作本來就是活的，是活的生命所創作出來的活的文學，技巧固然重要，創新求變，於舊有的架構中重新創立新的規矩，同時也是文學創作所應具有的彈性。敻虹此詩，運用的是創作技巧上的「險招」。何以故？其一，思路的安排上，在最後一句將前面所述的高潮乍然結束，並且用來反駁前述的一切，因此，海誓是舊有的格式，反對舊有的格式不就是一種新意嗎？其二，句子時有明顯露骨的說明，但是其他的詩句卻是婉約而幽微，兩者相互調和的結果，使得詩句不至於太幽深飄渺、難以掌握，反而時有舒緩、時有強調的節奏感。

夐虹詩的句子讀來很美，表面上似乎無法了解為何詩句如此感動人心，並帶來震撼。但仔細揣摹，卻可以發現詩人將技巧與創意都融入詩意詩境之中，讓人無法從詩句雕琢的痕跡中捉出其刻畫著力之處，可說是已將技巧的粗邊磨淨，成為圓渾一體的藝術品了。

——選自李翠瑛《細讀新詩的掌紋》

臺北：萬卷樓圖書公司，2006 年 3 月

導讀夐虹〈臺東大橋〉

◎張漢良*

夐虹是臺灣臺東人，早年加盟「藍星詩社」，是重要成員之一，也是臺灣少數傑出女詩人之一。〈臺東大橋〉於民國 63 年 5 月寫就於屏東。旅居在外的詩人，聽說臺東大橋毀於大颱風之夜，寫出了這首田園模式的鄉愁詩。

本詩的田園模式包括現實的與心理的兩個層次。前者指在屏東的敘述者懷念故鄉的臺東大橋；後者指成年人追憶失落的童年。這兩個層次依時間順序，在詩中先後發展。

首段記述一件客觀事實：敘述者聽說大吊橋在颱風夜流失。首段二行的「母親」意象，作為兒童田園模式的伏筆；首段末的擬人手法與移情作用：「鋼魂……如英雄之崩倒」，引導出第二段的抒情式聯想，使大橋變成童年的象徵：

荒山荒水
石連石
疊疊磊磊的卑南溪啊
石隄的巨肺在沙中吐納
我的血脈連著
石隄的血脈悠悠連著
荒古……

*評論家。發表文章時為臺灣大學外國語文研究所比較文學博士生，現為臺灣大學外國語文學系名譽教授。

外在的、現實的洪流轉化為流向內的洪流，卑南溪也變成敘述者生命的血脈，童年的象徵。二段末，敘述者緬懷童年，想及當年「同在隄上的孩子」，是否也在「追憶／笛聲迢遞的童年」。

首段的母親意象與二段的孩子意象，到了第三段結合在一起，因為敘述者當年是母親的孩子，現在是孩子的母親，中間則相隔了十年，正如「苦苓子落地十遍」所暗示。很明顯地，苦苓子是時間的象徵，也是人生的象徵，敘述者因此把自己擬為落地十遍苦苓子的樹：「我已一樹華蔭」。苦苓子與母親以及自身的聯想，使敘述者感懷：

母親母親為我講了許多故事
孩子孩子我對你該說些什麼

吊橋的流失象徵著童年田園世界的幻滅。本詩強烈的移情作用與悲愴謬誤，如「石隄的巨腳」、兒童的石隄的血脈相連，「山哭石慟」，無一不是原始田園詩創作的成規；而迢遞的笛聲，更增添了令人懷念的牧歌情調。

——選自張漢良、蕭蕭《現代詩導讀・導讀篇二》
臺北：故鄉出版社，1979 年 11 月

〈臺東大橋〉賞析

◎何寄澎*

一

大颱風之夜

母親說：風向回南了

回南，苦苓子飛落一地

石石磊磊的卑南溪啊

洪暴已經過了警戒線

聽說大吊橋已流走

如抱的鋼絲曾奮力堅持

與萬匹馬力的山洪，決

臂力、張力

如蛟的鋼魂終於不支

鋼斷

如英雄之崩倒

鳥靜日落、心悸淚流

皆不擬的

悲哀啊

二

荒山荒水

*評論家。發表文章時為臺灣大學中國文學系講師，現為臺灣大學中國文學系名譽教授。

石連石
疊疊磊磊的卑南溪啊
石隄的巨肺在沙中吐納
我的血脈連著
石隄的血脈悠悠連著
荒古，信耶不信
荒天荒地，如此
洪荒的感覺，流湍向
內

聽說吊橋已流失
山哭石慟，卑南溪灰灰的大隄
灰灰卑南溪吊橋怎可流失我的童年
同年同在隄上的孩子
同不同我
如此追想
笛聲迢遞的童年

三

苦苓子落地十遍
我已一樹華蔭
母親母親為我講了許多故事
孩子孩子我對你該說些什麼
卑南溪雨來無兆大水滔滔
鋼骨與河拔河
鋼斷

逝者如斯如斯

大吊橋大吊橋
今已杳杳
杳杳如我
迢遞的童年
——焚香，一祭

敻虹的詩在民國 60 年以後，風格頗有改變：氣勢闊大，語言也較雄奇。質言之，詩人擴大了她的題材與情感的層次，不再一味耽溺於前期那種極端浪漫的抒情中。當然，改變的幅度是有差別的，不過，起碼詩的語言及表現手法是很明顯可以看出不同的，讀者細閱〈未定題〉、〈那孤挺花〉、〈歌致葉綠哀〉、〈閉關〉等詩，應可體會。唯〈閉關〉一詩過於造作，難以令人接受。

〈東部〉與〈臺東大橋〉二詩是詩人對故鄉及童年的追念——或許說「憑弔」更來得恰當些。此處特選〈臺東大橋〉一詩，僅取其作為代表，讀者可舉一反三。

全詩意旨表達清晰，不必費辭贅析。但值得一提的是從「臺東大橋」一詩中，我們可以充分的了解到敻虹題材的擴大與語言的轉變。

全詩分三節，首節描寫大吊橋被洪水沖走；次節說明詩人自身與大吊橋血脈相連的關係，大吊橋實即詩人童年的象徵；末節敘述詩人追憶過往之後亦遙想未來，而對未來，詩人頗感茫然，只有對迢遞之童年焚香一祭而已。

在本詩中，敻虹頗注意利用字形的相似關係以及重複使用相同文字造成一種特殊的視（視覺）、聽（音感）、思（意義）的效果。例如：「石石磊磊的卑南溪啊」——纍石危危、亂石崩雲的意象相當突出；「與萬匹馬力的山洪，決／臂力、張力」，三種力量，三種又都不同，充滿力感；「荒山荒水……荒古，信耶不信／荒天荒地，如此／洪荒的感覺」，疊用六荒字，確能表現原始的雄闊；「同年同在隄上的孩子／同不同我」短短二句中竟借四同字，來表達出事實「不同」（心中疑惑）之感，不可謂不「奇」！

此外，詩中使用的諸意象，如「大颱風」、「洪暴」、「大吊橋」、「鋼」、「英雄」、「鳥靜日落」、「荒山荒水」、「石隄的巨肺」等，賦予了詩雄奇之貌，而「如英雄之崩倒」這樣壯烈的句子，「卑南溪雨來無兆大水滔滔」，這樣壯闊的音節（兆、滔句中韻），更加推波助瀾。

現在，讓我們仔細地再回顧全詩：詩人憶想大吊橋的流失，繼而憶想迢遞的童年杳杳，而詩人之心靈卻陷入「鋼骨與河拔河」而竟「鋼斷」的沉思中，對生命的未來惘然（「孩子孩子我對你該說些什麼」），故最後只能喃喃「逝者」「如斯如斯」。這麼看來，本詩所描寫的題材與所表現的思想確較夐虹以往作品不同，甚且更為深刻。

而與前此作品風格比較，當覺詩末之「焚香一祭」之動作是何等悲壯！

——選自林明德、李豐楙等《中國新詩賞析 2》
臺北：長安出版社，1981 年 4 月

〈水紋〉賞析

◎何寄澎

我忽然想起你
但不是劫後的你，萬花盡落的你

為什麼人潮，如果有方向
都是朝著分散的方向
為什麼萬燈謝盡，流光流不來你

稚傻的初日，如一株小草
而後綠綠的草原，移轉為荒原
草木皆焚：你用萬把剎那的
情火

也許我只該用玻璃雕你
不該用深湛的凝想
也許你早該告訴我
無論何處，無殿堂，也無神像

忽然想起你，但不是此刻的你
已不星華燦發，已不錦繡
不在最美的夢中，最夢的美中

忽然想起
但傷感是微微的了

如遠去的船

船邊的水紋……

每個人在一生中，大概總有一次不美滿，卻難忘的愛戀；而且在相當的一段時間內，想起時往往會有一陣椎心之痛，久久不能自已。但就在這相當的時間過後，漸漸的、漸漸的，就趨於平靜了。那一段愛戀，自然仍是永不忘懷的，可是它啃嚙我們心靈的機會竟愈來愈少，我們不再激動。且暫時拋置一切主、客觀的因素不論，我們不能不承認，時間真是無情；經過時間的淘洗，一切都將被磨平。

詩中的「我」，不妨就視為詩人自己；「你」便是詩人曾經驚天動地愛戀過的對象。

自然他們之間的感情沒有得到圓滿的結果。詩人或許一直以為這段失敗的戀情將永遠使之椎泣；沒想到有一天忽然想起，竟只有微微的傷感；進一步體認到，即連這微微的傷感也終有一天會消失。詩人並沒有表現任何哲理上的領會，但讀者經由此一事實，已可以對人生產生相當複雜與深刻的感受。

第一段兩行，只是全詩的一個提領，卻使用懸疑的手法——何所謂「劫後的你」、「萬花盡落的你」？讀者一時不能把握，遂產生了相當濃厚的興味。這種興味促使讀者極具興趣地繼續閱讀這首詩。

第二段才是正文主體真正的開始，詩人很精要地將故事從頭說起。雖然是從頭說起，但不能拉雜。詩人乃將筆力集中於情感的變化——畢竟這就是整個故事的重心。

在最初，詩人是深深地愛戀著這個「你」的，朝思暮想，盼望聚首。由於盼望得深，自然容易焦急，也容易說出不合邏輯的話來，她老是抱怨「你」怎麼還不來。「為什麼人潮，如果有方向／都是朝著分散的方向」，便是一個極無道理的想法，因為人潮的方向並不全是分散的方向；就現實情況而言，這兩句詩毫無必然性可言。但詩人因為盼人盼不來，就說出了這無理之話——這就是「無理之理」、「無理之妙」，充分表現出詩人的渴盼，讀者在驚訝其玄想外，不得不認這兩句詩為好詩。「為什麼萬燈謝盡，流光流不來你」，表現詩人等待了很久，夜深了，人靜了，「你」仍然沒來，語調上較前兩句為和緩；前兩行反覆吟詠，總覺其中有年輕女孩的嬌嗔，這一行詩，便有著十足失望後的哀戚。

這樣美麗的愛情，原來只是詩人一廂情願、自我陷溺的，詩人後來明白了這點。第三段首行首句即說「稚傻的初日」，這句詩正是形容前段詩，也是對前段詩的領悟。「如一株小草」則是說明自身的卑微、委屈，夢終於醒了，遭遇到很深的傷害，「而後綠綠的草原，移轉為荒原」意即在此。最後更點明其癥結所在，「你」原是個濫情、泛愛的人。情火應僅一把，「你」卻有萬把；詩人傷心欲絕（「草木皆焚」）。

歷此重大挫折，詩人乃領悟到，只能怪自己用情不當。「也許我只該用玻璃雕你／不該用深湛的凝想」，表現詩人的自怨自艾。這兩句詩相反相成，而其中之相對立實在巧妙：玻璃是透明的、具體的，沒有內涵，「深湛的凝想」卻是非透明的、抽象的、有內涵的。詩人奉此「你」為神，而實則何有神？詩人把「你」供在殿堂中，而實則何有殿堂？詩人的愛情莊嚴而崇高，但「草木皆焚：你用萬把剎那的／情火」數句，早把「你」的形象刻畫出來，既不莊嚴，也不崇高的。

從一種深深的愛戀，到醒覺，這個過程是痛苦的，在詩人的心上不知烙下了一條多深的傷痕，然而時間是最好的醫者，第五段表明了詩人已告別那作夢的年齡，那稚傻的初日。這世界因「無論何處，無殿堂，也無神像」，其實亦是無最美的夢、最夢的美。第五段在先後的層次上，當然承第四段而來，但同時也呼應首段的含蓄，點明了何所謂「劫後的你」、「萬花盡落的你」。

末段的比喻實在很好，「傷感是微微的了／如遠去的船／船邊的水紋」，遠去的船將漸漸消失不見，「船」的意象很好，把一切過去的事都載走了，由船再想及船行後留下的漣漪，漣漪漸擴漸散，也終將消失；「水紋」的意象也很好，把多重的心情表現出來（心情本就不易是單純的）。就整段言，用漸進而相關的兩個比喻來形容微微的傷感，真是生動又富韻致。夐虹在此表現無比的工力，而末句「……」符號使用，尤其具備了象形作用，彷彿一圈圈擴散的水紋。我們看過詩中有聲、有色，這裡竟是有形了！

綜觀全詩，「忽然想起」是詩人強調的，這表示一切的領會乃是不知不覺自然產生的——這是符合實際情況的。如此屬於一己情感的描寫，夐虹也毫不捏假。三次的「忽然想起」賦予了全詩如山谷迴音般的節奏，加上兩次的「為什麼」與「也許」、「已不」，更加深了這種效果。

——選自林明德、李豐楙等《中國新詩賞析 2》
臺北：長安出版社，1981 年 4 月

敻虹的〈水紋〉

◎丁旭輝*

這次我們來聊聊與林泠年齡相當，同樣傑出知名的女詩人敻虹的情詩：〈水紋〉。

我忽然想起你
但不是劫後的你，萬花盡落的你

為什麼人潮，如果有方向
都是朝著分散的方向
為什麼萬燈謝盡，流光流不來你

稚傻的初日，如一株小草
而後綠綠的草原，移轉為荒原
草木皆焚：你用萬把剎那的
情火

也許我只該用玻璃雕你
不該用深湛的凝想
也許你早該告訴我
無論何處，無殿堂，也無神像

忽然想起你，但不是此刻的你

---

*發表文章時為輔英科技大學通識中心副教授，現為高雄應用科技大學文化創意產業系教授。

已不星華燦發，已不錦繡
不在最美的夢中，最夢的美中

忽然想起
但傷感是微微的了
如遠去的船
船邊的水紋……

敻虹，跟林泠一樣，有個美麗的本名：胡梅子，1940 年生，15 歲開始寫詩，成名甚早，後來加入藍星詩社。早年作品意象輕巧，多寫少女情懷，中年以後，接連遭逢喪母與喪子之痛，轉而潛心學佛，詩作亦多詠佛理。著有《金蛹》[1]、《敻虹詩集》[2]、《紅珊瑚》[3]、《愛結》[4]、《觀音菩薩摩訶薩》[5]、《向寧靜的心河出航》[6]等詩集。

這首詩是敻虹早年的成名作。詩中女子在多年以後不經意地回憶起她年少時一段失敗的戀情，所以說「忽然想起」，然而她強調她想起的是當時有著迷人英姿的他，而不是現在這個「劫後的」、「萬花盡落的」他；換言之，現代的他已不能引起她的任何心動。

第二段起開始追溯往事。當年剛失戀的她，總覺得人潮都是朝著分散的方向，這是一種移情作用，似乎天地都與她同悲了；她曾經徹夜等待，由華燈初上（傍晚）等到萬燈謝盡（清晨），然而流水般的時光（流光）還是沒有把他帶來。動詞的「流」用得很精采，感覺好像時光真的會流動一樣。

第三段鏡頭往前推進，回到更早的時候，她形容當年幼稚癡傻的自己

[1]敻虹，《金蛹》（臺北：純文學月刊社，1968 年）。
[2]敻虹，《敻虹詩集》（臺北：新理想出版社，1976 年）。
[3]敻虹，《紅珊瑚》（臺北：大地出版社，1983 年）。
[4]敻虹，《愛結》（臺北：大地出版社，1991 年）。
[5]敻虹，《觀音菩薩摩訶薩》（臺北：大地出版社，1997 年）。
[6]敻虹，《向寧靜的心河出航》（臺北：佛光文化公司，1999 年）。

如一株小草，在愛情的力量下，迅速長成一片綠綠的草原，然而又瞬間移轉為一片荒原。而且是草木皆焚，因為他用了萬把情火，無情的燒毀一切。由一株小草到一片草原，由一片草原到一片荒原，而且是「草木皆焚」，都見證了愛情的力量；前者是愛情的成長力量，後者是愛情的毀滅力量。這一段有幾個技巧上很成功的地方：首先是草原為何變成荒原？作者把答案放在段尾，增加懸疑感，以引起讀者追索的興趣；其次是跨行技巧的運用，作者利用跨行技巧，把「情火」切開，單獨置於行首，而且整個第四行只有這二個字，產生明顯的強調作用；第三則是「萬把」一詞，它屬於修辭學上的「誇飾」辭格，詩中女子藉此表達對方的無情與自己內心的傷痛。

第四段交代了當初對他的傾心、崇拜程度：對他有著「深湛的凝想」，甚至把他當成神廟中的神一樣。而今想來，悔不當初，心想當初應該只把他當成一個美麗的玻璃藝術品，遠遠的欣賞就好了，不該冒然接近，因為玻璃雖然美麗，卻是冰冷而易碎的。

第五段開頭重複了第一段第一行的「忽然想起你」，一方面藉著「複沓」的修辭方式加強節奏感，形成優美的旋律；一方面也有呼應、提醒的作用。接下來則呼應第一段，強調此刻的他已經不像當年那樣散發星星般的光芒（星華燦發），也沒有了當年的文采（錦繡），已經不再出現於我美麗的夢中，我也不再將你當成夢幻般的美而著迷不已了。最後一行「最美的夢中，最夢的美中」相當動人，充分表現了少女的口吻、神情與心境。

最後一段以「忽然想起」開頭，一方面與前一段的開頭一樣，有加強節奏、旋律與呼應、提醒的作用，一方面由第一段的「我忽然想起你」到第五段的「忽然想起你」到最後一段的「忽然想起」，雖然不斷重複加強，字數卻不斷減少，似乎暗示這樣的想念與情感越來越淡了。果然，第二行說她「傷感是微微的了」，而且就像遠去的船，終將消失於茫茫大海中，也像船邊的水紋，一波一波往外擴散，終將消失平復，毫無痕跡。最後兩行的收尾相當成功，「水紋」意象的選擇更是可以看出作者細膩的巧思與詩學上的創意，營造了「言有盡而意無窮」的效果，連詩末的刪節號也是精心設計的技巧，除了可以發揮刪節號本身刪節省略的作用，增加讀者的想像空間之外，在視覺上也可以製造水紋一波一波往外擴散、終至消失的圖象暗示效果，餘音裊裊，令人沉浸在一個行將消失的故事與遙遠的時空當中。

好詩絕不會因為年代久遠而有損韻味，敻虹的〈水紋〉便是明證。

——選自丁旭輝《左岸詩話》

臺北：爾雅出版社，2002 年 11 月

傷感的水紋

敻虹的〈水紋〉與愛情

◎李翠瑛

敻虹（1940～），本名胡梅子，臺東人。她以精緻而細膩的情思、清麗而自然的文字、溫柔而婉轉的詩意，以書寫情詩而聞名。敻虹的詩趣中，有溫柔浪漫的情懷，有情蘊深遠的意境，更可以看到她如何運用抒情婉約的意象，以設想奇妙的情意，述說愛情的種種感懷。同樣是寫愛情，〈海誓〉一詩是美麗的愛情故事，而〈水紋〉一詩則是在時間的因素下，對愛情的流逝與感傷中，淡淡描繪出心情的轉變。全詩如下：

我忽然想起你
但不是劫後的你，萬花盡落的你

為什麼人潮，如果有方向
都是朝著分散的方向
為什麼萬燈謝盡，流光流不來你

稚傻的初日，如一株小草
而後綠綠的草原，移轉為荒原
草木皆焚：你用萬把剎那的
情火

也許我只該用玻璃雕你
不該用深湛的凝想

也許你早該告訴我
無論何處，無殿堂，也無神像

忽然想起你，但不是此刻的你
已不星華燦發，已不錦繡
不在最美的夢中，最夢的美中

忽然想起
但傷感是微微的了
如遠去的船
船邊的水紋……

〈水紋〉一詩寫的是對於愛情的回想，過去的愛情雖已幻滅，但經過時間的淘洗之後，回想過去曾經有過的愛戀，曾經稚嫩如小草的心情，曾經受傷，曾經失去的情愛……等，於今，也僅剩下一點點感傷，如同船邊淡去的水紋，作者運用一個比喻、一個意象來表達，巧妙的設計寫出作者淡淡的哀愁。

一、意象經營與寫作技巧

此詩詩題為〈水紋〉，內容實寫愛情。詩分六段，從第一段到第五段都沒有直說「水紋」的意象，而是在詩末才點出題目所比喻的意義，也就是以船邊微微的「水紋」比喻淡淡的傷感。因此，整首詩的結構安排，是將情感的最高潮，也就是主要的詩意，放在最後一段，在讀到最後一句話時，才恍然了悟詩題所指。

明指詩題的部分雖然放在第六段，但是，前五段的部分，作者在意象的安排上相當巧妙。第一段，一開始作者便直說「我忽然想起你」，「忽然」已有「偶爾」的意思，且是不經意的，不加思索的，或是不由自主的，這與一般人對於過往的戀情的偶然想起完全吻合。從「忽然」的動作，思緒瞬間進入過去的時空，並且作者否認了這個「你」是現在的「你」:「但不是劫後的你，萬花盡落的你」，言下之意就是指「過去的你」，是未曾經歷任何災劫、痛苦的你，是平常的你，甚至，是快樂的你，歡笑的你，是在戀情的歡愉時光中與我笑笑鬧鬧的你。雖然在此並未點出，但其意思已然呼之欲出，吞吐搖曳之情溢乎言表，此為婉曲修辭法。

第二段卻不接著述說「你」的情況，反而從一個宏觀的角度慨歎人生的聚散無常，這是插敘。「為什麼人潮，如果有方向／都是朝著分散的方向／為什麼萬燈謝盡，流光流不來你」，這裡的第一句本是「如果有方向」，才能接下句「為什麼人潮／都是朝著分散的方向」，但是，作者如此寫，其效果有二：其一，為了強調「為什麼」的疑惑，因此將此二句顛倒，既不影響詩意，卻更加強作者的疑問。將所強調的句子置於前面，將次要的句子置於後面，這也合乎新詩安排句式的通則。其二，與下一句的「為什麼萬燈謝盡，流光流不來你」成為兩個排比的問句，強化了問題，也強化了內心的不甘心。這一段所使用的是「水」的意象，前段有「花」的意象，且在末句，所謂「花落水流」，與某種逝去的事物相關。作者或是因為此四字而在第二段以「水」的意象貫穿。

在第二段中，「人潮」有方向，卻是分散的方向；而流光所「流」，也是與「水」相關的意象。而「流光流不來」，第一個「流」字當形容詞，第二個「流」字當成動詞使用，既具有文字重出的效果，也形象化地塑造時光流動的感受。

第一段末尾回憶的對象在第三段中才正式出現。在因為時間流逝而產生的思索中，作者自然而然回想起過去，時間拉回昔日，於是，詩中用小草、草原、荒原的意象變化，說明過去我們的愛情從無知稚嫩，如同一株小草，然後變成綠綠的草原，最後被你萬把剎那的情火焚毀，「草木皆焚」，成為荒原。「如一株小草」此一句前缺一個主詞，其實是作者故意省略，所省略的主詞是「愛情」。作者並不直說彼此的愛情，卻用草的意象比擬愛情的發展：從一株到一片，從一片綠原到一片荒原，而我們的愛情也就在剎那之間從成長到茁壯而後死亡。「萬把剎那的／情火」，「萬把」是以數量的誇飾強調極多，「情火」本是「此情若火」或「像火一般熱烈的愛情」，但在此處卻有「戀情中的一把火」之意，講的是情侶之間的爭吵或是衝突，如同火一般，燒掉了愛情，也燒掉了美好的嚮往。

第四段時間則是拉回當下，是作者個人對於愛情的反思。當愛情消失之後，作者用冷靜的心省視你我，才發出結論：「也許我只該用玻璃雕你／不該用深湛的凝想／也許你早該告訴我／無論何處，無殿堂，也無神像」。作者並排兩個「也許」的句子，提出自我的反省，而反省的內容則是「只該用玻璃雕你」、「不該用深湛的擬想」、「你早該告訴我／無論何處，無殿堂，也無神像」。玻璃，象徵易碎的愛情，可見作者本來將對方的愛情估算得太高了，經過反省之後，才意識到愛情如同易碎的玻璃，所以「只該用玻璃雕你」意思是說：對於我所思慕嚮往愛戀的你不像黃金那般珍貴，不像銅不像石那般的堅定，卻是像玻璃一樣容易碎裂破滅。而「深湛的凝想」則是說處於戀愛狀態的女子所容易產生的「發呆」現象。所以，作者便發出一種微微的怨歎，我早該明白，你也應該告訴我，愛情的世界中沒有殿堂也沒有神像，「殿堂」象徵著王子與公主在城堡中過著的幸福安樂的生活，「神像」象徵著愛情的神聖高潔，兩者結合起來，則有希望的、美好的、超離人世般的適意。作者在此用數個意象，表達自己原本期望的與後來卻希望落空的心境起伏。

詩句至此，已隱然說明過去情愛的狀況，但是，作者的思緒又回到眼前，以一句重複的「忽然想起你」喚起此刻心中對「你」的思念，但是又理性的認為所想的不是此刻的你，而是過去的你。而此刻的你「已不星華燦發，已不錦繡」，不再如往日的光采奪人，而「你」對於我而言，也已經不存在了，「不在最美的夢中，最夢的美中」，此處運用「回文」的修辭技巧說明你早已不是美夢中的情人，而我的夢也不再美麗了。一方面以回文往復的形式蘊含回環往復的情思，另一方面也似乎可以看出作者有意將「美夢」一詞拆開分述，引起對美夢般愛情的質疑。

至此，最後一段，作者擺脫前述的一切，為自己下了一個結論：「忽然想起／但傷感是微微的了／如遠去的船／船邊的水紋……」對於過去的愛情，此刻想起來，只剩下微微的傷感了，而此種傷感，作者用一個比喻，就像是船邊微微散去的水紋，如同內心微微而起的漣漪，隨著時間消逝，水紋會越來越淺，越來越淡，終至消失，而回歸內心的平靜。因此，水紋不只是比喻心中微微的感傷，同時象徵在時間的因素下，傷痛終歸於平靜，愛情也會如船過水無痕一樣，不再留下任何記號。最後「如遠去的船／船邊的水紋……」作者以標點符號的使用，使「……」發揮情意的功能，而具有不間斷的、連續的效果，將感傷之情緩緩地擴張，而符號就表現出彷如水紋漸淡漸遠的圖象效果。

二、內容層次與氣氛營造

要了解此首詩的層次，首先必須明白貫串此詩的是「時間」因素。從「時間」的流貫來看，此詩顯然是在某一日「忽然」想起過去的種種愛戀，所以第一段所說的「我忽然想起你」，而這個你不是此刻的你而是過去的你。詩中一共用了三次含有「忽然想起」的句子：「我忽然想起你」（第一段）→「忽然想起你」（第五段）→「忽然想起」（第六段）。很明顯地，第一個句子有「我」有「你」，表示我仍深深地眷戀你；到了第二句，只有「你」而沒有我，顯見作者已經從情愛的漩渦中抽拔出來了，只剩下心中淡淡的「你」的影子。最後一段，「忽然想起」，既無「你」也無「我」了，想起的是一個過去的、模糊的愛情故事，只是忽然想起過去有這麼一回事，但一切都已經漸行漸遠了，說明作者此時的心情已隨時間的流逝，從愛情的狂熱中抽離，漸漸淡化而歸於平靜。

其次，作者是用回憶的角度寫過去的情愛，所以，在時間與段落結構的安排上，從第一段的「我忽然想起你」開始敘述，第二段則不直接說明想起的你是何種面目，反而筆鋒一轉，提出兩個「為什麼」的設問，此種思緒的引動，反而吊足了讀者的胃口，讓讀者如墜五里霧中，急欲探知作者想起的「你」到底是怎麼回事，卻又顧左右而言他，故作神祕。第三段才真正說明過去所發生的事情，而用「草」的意象說明愛情的經過。此時，第三段就解答了讀者的疑惑。

第四段的「也許」是事後作者的反省，也是在情感結束之後所產生的愛情的哲思。第五段、第六段回到目前，但是情感的基調不同。第五段「忽然想起你，但不是此刻的你／已不星華燦發，已不錦繡／不在最美的夢中，最夢的美中」，當我再想起你時，我早已不再有期待與美夢，與第一段呼應。不過，此處的忽然憶起，合乎人性本身對於過往感情的突然想起，這是讀者料想得到的。第六段則是情感更淡，更超脫：「忽然想起／但傷感是微微的了／如遠去的船／船邊的水紋……」顯見作者對於過去的回憶雖然有微微的感傷，但是已經越來越少了。

從時間的角度而言，作者從此刻回溯過去，從過去的愛情，一面回想，一面反省，利用理性的反省與哲思的尋求，慢慢將自己狂熱的情感放下，從被「情火」所焚，到剩下淡淡的感傷如水紋。時間因素改變了一個人的心境，理性的反省也讓人的心靈提升。所以，從現在到過去，從過去到現在，詩的層次分明。過去到現在的心靈轉變，從詩的第一段到最後一段，從熱情逐漸到淡然，這種大而小、強而弱、熱而冷的趨勢走向不就是如同水紋一圈一圈逐漸散去一樣嗎？於此可見，水紋的意象雖然只出現在最後一段，其基調卻是貫穿整首詩，只是前半段隱而不顯，但內在情調與詩題是一致的，因此，讀者讀起來清新自然，找不出破綻，其因在此。

其三，這首情詩的主要基調，是從絢爛歸於平淡。對於過去的愛情，如今回想，究竟是對或是錯呢？作者也無法全然把握。因此，詩中用了許多疑問與否定的句子，例如第一段「但不是劫後的你，萬花盡落的你」，是用否定句來說明。第二段兩個「為什麼」。第四段兩個「也許」。第五段的「不是此刻的你」的否定句，兩個「已不」……，「不在」……相反而否定的句子等。這都是作者對自己的質疑，因為愛情本就不是數學，可以一加一等於二，相反地，愛情正是存在於是與不是之間，對與不對之中，在猶豫與徬徨，在掙扎與困惑之中，愛情默默滋長，理性與感性正在悄悄辯證。究竟該如何？過去的我未必清楚，現在的我雖然理性而清楚，但感性上還是有一點點的感傷、不捨。因此，當作者使用一些否定的句子，以反面加以說明，使用一些疑問的語氣，以設問說出內心的徬徨與疑惑，這些看似詩中贅語的部分，反而是助長詩的情感呈現的因子。也只有這樣的使用，才使得詩的調子緩慢而帶有一點感傷，理性而又具有那麼一點熱情，反而襯托出詩人在情愛之中，欲言又止，欲說還休的情態。

三、結語

總之，敻虹的詩作的最大特色在於氣氛的掌握，能將繁複的技巧化為自然親切的意象世界，與情感的基調融而為一，以至於詩作呈現渾圓而精巧的美感，無雕琢之跡，無刻意之處，而有天然造成、渾然一體的自然之美。〈水紋〉一詩乍讀之下，總覺得情摯動人，內心淡淡的哀愁彷彿被詩句隱隱地勾勒出來，但又說不上來作者是運用何種特殊技巧所造成的效果。實際上，作者還是有運用技巧，只是作者更擅於塑造氣氛，氣氛的成功營造讓技巧不至太過顯露，能融會於詩意之中，這就是作者寫作時所達到的自然渾成的境界。

——選自李翠瑛《細讀新詩的掌紋》

臺北：萬卷樓圖書公司，2006 年 3 月

卑南溪是一條歌

◎李敏勇*

卑南溪是一條黑黑的長歌
風大雨苦撿柴的人呵
流水流來流木，下一步
試探的赤足不慎便印證
生命只等於生活

我不知道柴火一斤多少錢
一株合抱的枯樹可以燃燒多久
大水來了呵，許多人喊著
爭恐地涉水而過
遠遠的沙洲上，木麻黃的防風林

……

是瘦瘦的河
暴雨以後，如
熔熔的奔火
（火一般的想起，已漸如
灰燼了，不論是什麼歌
都漸漸緩和……）

——〈卑南溪〉

---

*詩人、散文家、評論家。發表文章時為臺灣和平基金會董事長，現為臺灣人權促進會執行委員。

〈來去臺東〉是一首歌，它連帶著花蓮港。這首恆春調引伸的歌，路程是從屏東楓港去的。現在，從臺灣西部平原去後山的花蓮和臺東，有鐵路和空中航路。恆春調韻律裡的故事，是久違以前的回想了。

詩人詹澈的家族，是從臺灣西部平原的彰化溪洲，經屏東楓港去臺東定居的。臺東的卑南溪，是詹澈詩中景象所繫的場所。詹澈的《西瓜寮詩輯》，以卑南溪為座標，訴說農民境遇和社會意識。女詩人敻虹，也有詩投影在卑南溪；她的〈卑南溪〉，詹澈也是詩行的一部分。

卑南溪是一條黑黑的長歌
風大雨苦撿柴的人呵

這首詩的開頭，提到颱風來時，苦命的人在大水中撿拾流木的事況。詩觸探的是不慎失足而顯現生命只等於生活的人間悲歌。在詩裡，這位曾經是臺東人的女詩人，引介詹澈：

卑南溪是一條苦苦的悲歌
詹澈知道，臺東的孩子知道

印象裡，以雅美的語詞崛起於 1960 年代的女詩人，摸索的是雋永的情思，後來，她有些詩眷戀著臺東；更多的詩是佛的禮讚。〈卑南溪〉可以說是敻虹的臺東調；她不像詹澈的社會意識，而是以佛的慈悲心。

卑南溪的嗚咽，在臺東的田野和山谷中響著。有一次，我搭機從臺北去臺東，從飛機的小小窗口看卑南溪的出口，看它的沖刷扇面；想像敻虹和詹澈怎樣聽這條溪流嗚咽的庶民之歌。

敻虹看卑南溪，平日是疲疲的河；暴雨以後，如熔熔的奔火。但在詩的結尾，女詩人以不論是什麼歌都漸漸緩和來按下奔火的澎湃。柔美抒情的語詞蘊含著敻虹的思緒與調性吧！

這樣的思緒和調性，把卑南溪的長歌和悲歌揉和成悠悠的歌。讓人想到臺灣溪流乾涸時的平靜景象，在詩裡是敻虹學生時代坐看的溪流風景。

禮佛的女詩人在她的歷程，留下許多宛若蝶蛹的詩，她曾想在眾弦俱寂的氛圍坦露高音；但在詩的水紋裡，似乎萬花盡落，佛的慈悲取代美的追尋；而我聽見的是卑南溪的嗚咽。

這樣的嗚咽是臺灣土地上的嗚咽，在現實裡或記憶中常常敲打著人心。

——選自李敏勇《臺灣詩閱讀：探觸五十位臺灣詩人的心》
臺北：玉山社出版公司，2000 年 9 月

〈卑南溪〉作品賞析

◎方群*

卑南溪上游發源於關山之東坡中央山脈卑南主峰，至池上折南流，流灌臺東縱谷平原，於臺東市附近入海，其河口與知本溪、利嘉溪及太平溪形成廣大三角洲，即臺東沖積三角洲平原，全長約八十四公里，是東部最長的河川。而以卑南溪作為臺東的代表，也確有其適當性。

詩作以「卑南溪是一條黑黑的長歌」起頭，後接「風大雨苦撿柴的人」，讓人看到臺東人為了討生活的艱難與辛苦。黑黑的河水與「試探的赤足」，呈現出強烈的視覺對比。依著河水過日子的人，「生命只等於生活」。

第二段則重複第一段訴說過的辛苦，冒著風雨所撿拾的「柴火一斤多少錢」？溪水是這些人賴以為生的憑藉，它為他們帶來了希望，卻也因為大水，他們被迫離開自己的家園，溪水無情摧毀他們的希望。但是這些人卻重複著一樣的動作，令人湧起無限感慨。二次強調著「生命只等於生活」，究竟，我們是為了生命而生活？還是生活只是為了延續生命？這種二者相存相依，卻又相斥相違的無奈，著實令人無所適從。

第三段「卑南溪是一條苦苦的悲歌」呼應第一段「卑南溪是一條黑黑的長歌」，因為黑黑的找不到盡頭，苦苦的卻必須忍受，這些事關心臺東和住在臺東的人都知道。但，除了悲和苦之外，平平靜靜的卑南溪成為臺東人生活的一部分，美景中山、川、人的融合，讓卑南溪為自己辯駁，唱出了不同於苦苦的悲、黑黑的長之外，「悠悠的歌」。

最後一段，延續了第三段的「靜」，異於第一段與第二段的平靜。卻在

*本名林于弘，詩人。臺北教育大學語文與創作學系教授。

「靜」之後，躍為「熔熔的奔火」，反覆的唱著屬於「卑南溪的歌」，黑黑、苦苦、靜靜、黑黑、苦苦、靜靜……。就如同火一般，即使一開始轟轟烈烈，也會終止熄滅，循環之後，一切也許將重回起點。

敻虹此作雖然仍以抒情為本，但是在詩作中大量融入臺東在地特有的風土人情，也形成她書寫故鄉回憶的典型代表。

——選自聯合文學《閱讀文學地景・新詩卷》

臺北：行政院文化建設委員會，2008 年 4 月

眾弦俱寂裡之唯一高音
剖析敻虹〈我已經走向你了〉一詩

◎何金蘭[*]

一、前言

在臺灣現代詩女性詩人群中，敻虹的詩才於 1961 年即已被大家所公認。瘂弦在《六十年代詩選》中選入了敻虹八首詩：〈蝶蛹〉、〈逝〉、〈滑冰人〉、〈海底的燃燒〉、〈黑色之聯想〉、〈白鳥是初〉、〈我已經走向你了〉、〈不題〉，除了在評〈不題〉時指出敻虹的詩以「簡潔的效果取勝，且常常展示一派莊嚴靜穆的氣氛」之外，並於結語中預測「敻虹未來的世界是遼闊的，由於她燦爛的詩才，我們深信她必能成為繆斯最鍾愛的女兒」。[1]敻虹隨後在詩壇上的創作發展果然一如瘂弦所測，而且他這句「繆斯最鍾愛的女兒」，從 1961 年元月之後，不但成為聯想到敻虹的最恰當和最美麗之句子，也同時是大家喜歡用來讚美女性詩人的最佳形容。[2]

張默在不同的文章中對敻虹的詩色都曾特別加以勾勒，例如《剪成碧玉葉層層》中提到：「她的詩用語恬淡，調子輕柔，詩思敏捷，意象玄奇，往往在不經意間，達至抒情境界的極致。」[3]而在〈處處在在，化為微波——敻虹的詩生活探微〉一文中，更是讚揚「在臺灣現代女詩人群中，敻虹的聲音是尖拔的，

---

[*]筆名尹玲，詩人、評論家。發表文章時為淡江大學中國文學系教授，現為淡江大學中國文學系榮譽教授。

[1]見瘂弦、張默編著，《六十年代詩選》（高雄：大業出版社，1961 年），頁 184。

[2]張默，〈處處在在，化為微波——敻虹的詩生活探微〉一文對此句有詳細的說明，見《聯合文學》第 152 期（1997 年 6 月），頁 157。

[3]見張默編著，《剪成碧玉葉層層》（臺北：爾雅出版社，1981 年），頁 75。

清脆的，悠遠的，甚至更是獨一無二的」；「……夐虹在詩創作上所展現的某些難以言說的華彩」；「……作者情感的鋪陳，文字輕輕的轉折、騰躍與停佇，以及詩人捕捉天籟的功夫，確然都是一等一的」。[4]

女性學者和詩人鍾玲則將夐虹的詩風分為兩期：1968 年以前，《金蛹》中的詩作以愛情為主題，採用的是婉約柔和的語調；1971 年後，詩風趨向寫實及智性，文字的風格力求淺白，意象也比較精簡[5]；我們也該注意到，鍾玲將夐虹列入第五章〈五十年代清越的女高音〉，並特別讚美夐虹的詩富有音律節奏之美。余光中亦曾指出〈我已經走向你了〉和〈水紋〉二詩的意象高明，善於收篇，更強調〈我已經走向你了〉的末段是聽覺意象，以武斷的對照取勝，特別是句末的「移」、「你」、「你」、「寂」四字押韻，其聲低抑，到「高音」二字，全用響亮的陰平，對照鮮明。[6]

在上述這些讚美夐虹詩作各方面不同的優點和特色的引言中，雖然也有特別指出音律聽覺層面的，但似乎沒有強調〈我已經走向你了〉一詩中「我」的「自我意識」。筆者於 1999 年 7 月發表的〈女性自我意識：主體／幻象／鏡像／主體〉一文中曾經指出：「在許多傑出女性詩人的文本中，我們發現有不少明顯呈現『自我』的詩作，……又如夐虹的〈我已經走向你了〉一詩，有更清楚和更成熟的體現：……『我』在詩中不但是『高音』，而且還是『唯一的高音』，更特別的是在『眾弦俱寂』的境況之中，如此清醒、特出、高貴、掌握全局的魄力，比起傳統中悲歎命運的女性意識，當然是值得讚歎和注意的。」[7]在 1950 年代完成的詩作裡，不論作者有意或無意，能夠如此完美地呈現強烈的「自我意識」，尤其是出自一位大家公認其風格「恬淡」、「輕柔」、「婉約」、「柔和」的女性作者之筆，我們認為應

[4]張默，〈處處在在，化為微波——夐虹的詩生活探微〉，《聯合文學》第 152 期，頁 156、159。

[5]見鍾玲，《現代中國繆司——臺灣女詩人作品析論》（臺北：聯經出版公司，1989 年），頁 167～168。

[6]見張默、蕭蕭編著，《新詩三百首》（臺北：九歌出版社，1995 年 9 月），頁 557。

[7]見何金蘭，〈女性自我意識：主體／幻象／鏡像／主體〉，發表於「兩岸女性詩歌學術研討會」（中國詩歌藝術學會主辨，1999 年 7 月 4 日），論文抽印本頁 5。

該更進一步往此詩作深層所欲展現的主體自我去分析探討。因此，本文將應用高德曼（Lucien Goldmann, 1913～1970）「發生論結構主義」的詩歌分析方法[8]，希望能在這一層面對敻虹〈我已經走向你了〉一詩作更細和更深的闡釋和剖析。

二、「發生論結構主義」詩歌分析方法基本概念

筆者自 1993 年至今，曾應用高德曼「發生論結構主義」詩歌分析方法剖析過洛夫、向明、林泠、羈魂、淡瑩、蓉子的現代詩作品。為了讓本文讀者對此分析法有一個大致上的了解，筆者認為應該對此理論的基本概念稍作說明。

高德曼為羅馬尼亞人，於布加勒斯特大學取得法學學士學位之後，到維也納研讀一年的哲學，又於 1934 年在巴黎大學法學院獲公法和政治經濟高等研究二文憑，並於文學院取得文學學士學位。高德曼曾至瑞士日內瓦追隨皮亞傑（Jean Piaget, 1896～1980）作二年的研究，後來於 1956 年獲巴黎大學文學博士學位。1958 年起，任巴黎高等實踐學院（École Pratique des Hautes Études）第六組主任，講授文學社會學與哲學。1961 年，應比利時布魯塞爾自由大學社會學研究所之邀，成立大學社會學研究小組。

「發生論結構主義」，制定於 1947 年，原來叫做「文學的辯證社會學」，後來因受到皮亞傑的影響，故而改名。高德曼認為每一部文學或文化作品都具有一個義涵結構，是一切文化創作實質的價值基礎。除了總的義涵結構之外，還有一些小的結構，稱之為部分結構或微小結構。各結構能互相了解的原因，是因其中具有「結構緊密性」的元素。

此方法應用到詩的分析上時，第一點必須先尋找釐清作品中的總義涵結構，再進而探尋其部分結構或更細小的形式結構。

---

[8]有關「發生論結構主義」的理論，請參閱拙著《文學社會學》（臺北：桂冠圖書出版公司，1989 年），第 5 章，〈文學的辯證社會學——高德曼的「發生論結構主義」〉，頁 73～136。筆者曾以此法剖析過東坡詞，以及洛夫、向明、林泠、羈魂、淡瑩、蓉子的現代詩作品。

我們將以高德曼的「發生論結構主義」詩歌分析方法進行剖析敻虹的〈我已經走向你了〉一詩，探討此詩之總義涵結構及其部分結構。

三、剖析〈我已經走向你了〉

你立在對岸的華燈之下
眾弦俱寂，而欲涉過這圓形池
………
我是唯一的高音

唯一的，我是雕塑的手
………
我求著，在永恆光滑的紙葉上
求今日和明日相遇的一點

而燈暈不移，我走向你
我已經走向你了
眾弦俱寂
我是唯一的高音

敻虹這一首〈我已經走向你了〉共分三節，第一節四句，第二節六句，第三節四句。

正如《新詩三百首》中敻虹詩〈鑑評〉所論的：「年輕時代的敻虹寫了許多意象輕巧，意蘊深遠的作品，〈我已經走向你了〉、〈水紋〉都屬於這一時期的作品。」[9]大部分詩評者對〈我已經走向你了〉都會同意這個評語。然而我們在細讀之後，除了「意象輕巧，意蘊深遠」之外，令人感受更強烈和特別的，卻是全詩在溫婉之中所流露的堅強「自我意識」，而建構整首

[9]張默、蕭蕭編著，《新詩三百首》，頁 557。

詩的總義涵結構，正是出現多次的「我」和「你」的「主」「客」意識，這個重要的「主」「客」意識鋪展出詩中不斷編織的「意願／意志／進行／完成」系列動作，換言之，「意願／意志」在此等同「毅力」，「進行／完成」等同「成功」。「主」、「客」於詩中的結構並不意味「優」、「劣」，而只是強調「我」的「主體」意識或「自我」意識，不畏任何艱難，堅定地執行其心目中希望能完成的一項意願：「走向你」，而且最終是「我已經走向你了」，完美的成功呈現於世人眼前。

這個「意願／進行／完成」的意念貫徹全詩，同時一再出現於詩中的許多元素之上，我們先探討第一節的四行詩句：

你　立　對岸　華燈　之下
眾弦　俱　寂　欲　涉過　圓形　池
涉過　寫著　睡蓮　藍玻璃
我　是　唯一　高音

在這四句詩中，「我」和「你」是隔著一個「圓形池」的，這個池是否即第三句的「藍玻璃」？這「藍玻璃」之上寫著的「睡蓮」是為了要表露外象和內在的雙重美感嗎？單是「池」的「圓形」與「玻璃」的「藍」色即已呈現形狀的「圓融」和色澤的「溫潤」，在這「形」「色」俱美之上再添加出淤泥而不染的「蓮」，更強調形色之外非肉眼所能見到的「德」之亮，「睡」字在此並非只為指出「蓮」的類別，它同時還具備了妝點「蓮」的「慵懶」姿態，加深「眾弦俱寂」的「時刻」，以及「你」在「華燈之下」的強烈對比。

從這幾個人稱代名詞、現場存在的各式事物、顏色、姿態、狀況，即已描繪出夜色之下的某種可能；但是最能具體勾勒出整個「意願／進行／完成」這義涵結構的，是這四行詩中的幾個動詞：

（你）立
欲　涉
涉　寫
（我）是

「你」是「立」（在對岸的華燈之下），而「我」則「是」「唯一的高音」，「立」只是點出「你」在場景當中所採取的一個樣子（及所在地點），但「是」卻非常確定「自己」即「我」的身分和意識。「欲」指出「意願」，「涉」則是強調中間道路的不容易克服，並且在同一節中重複兩次「涉」，可見「涉」在這一節甚至是在全詩中的重要性：必須進行和完成的一個困難動作。此外，第二行的「涉」置於「欲」之後，但第三行的「涉」則置於句首，給人一種原本「欲」「涉」過，現「正」「涉過」或「已」「涉過」的了解；而且，「欲涉過」這個動詞之前的「你」在第一句，之後的「我」在第四句，雖然未點明此動詞的「主詞」是哪一個而會產生誤以為是「你」的可能，然第二句的句首是「眾弦俱寂」四字置於「欲步」前面，因此，「我」「是唯一的高音」才正是接應此四字意思之句，同時也呼應了第三句的「涉過」：因為我是唯一的高音，才能涉過這面寫著睡蓮的藍玻璃。

前文所提之「中間道路的不容易克服」主要是來自第一句「你」所在之處的明示：「對岸」，即使只是「圓形池」，「對岸」也是「可望而不可及」；雖是「咫尺」，卻是「天涯」。如何從此岸到達「對岸」，正是要「涉過」雖小卻闊的「池」才行；而這「涉過」並非易行，請聽，面對此「池」，「眾弦俱寂」，唯有「我」方能「涉過」，因「我是唯一的高音」。

第一句的「華燈」二字或「華燈之下」四字，也是指明未「涉」之前的「距離」：如何能讓遠在「對岸」且同時立於燦爛「華燈之下」的「你」聽到「我」的聲音？「眾弦」均因現實形勢的艱難而「俱寂」，只有「我」，不畏艱巨，才能超越一切：「我」是這場景中的「高音」，而且，是「唯一的」，再無另一個。「意願／進行／完成」系列行動在第一節中以絕美的姿勢達到終點，尤其是最後一句所傳遞的那種自信、肯定。毫無畏懼的精神，不但是此節的重要詩句，同時也是全詩的最高音。

第二節有六句：

第一句連續第一節末句的其中三個字：「唯一的」，這三個字再一次強調「我」的自我肯定和自信；再加上第一句的後半又用「我是」非常確定的明指，「雕塑的手」則是「創造者」的自我確認；全句予人濃厚的自我意識，且是「唯一的」「雕塑的手」，絕不可能與他人混淆或魚目混珠。第二句說明「創造者」所創造之作品：「憂愁」，並且知道自己的雕塑品是「不朽」的，能永久流傳存在的創造品。第三句將此作品加上細膩的說明：它不但「不朽」，並且還是存活在「微笑」之中的。「微笑」與「憂愁」正好是強烈的對比，作者於此句還用了一個很特別的動詞「活」來強調此「憂愁」之所以「不朽」，是因它只「活」在「微笑」裡，不似他人的憂愁，只活於「淚水」之中。「微笑」也同時流露出「創造者」的氣質和特性：不是「哈哈大笑」，不是難過的「苦笑」，不是奸詐的「奸笑」，不是令人害怕的「冷笑」，都不是，而是最能體現創造者風範的「微微的笑」，帶著包容、寬廣、親切，就讓「憂愁」存活下來，只存活在美好的「微笑」之中。這前三句的自我意識、創作的意願、進行的雕塑、完成的作品都是在意識明確的狀態下所做的，而且確信「我是」「唯一的」「雕塑的手」，正好與第一節末句「我是唯一的高音」互相呼應，環環相扣，加強「自我」的認識與定位，每個細節的部分結構都將此義涵的元素深化和強化，塑造了此「高音」或此「雕塑的手」最完美的內外形象。

這個完美在第四行前半句「眾弦俱寂」的第二次出現時更顯得明確突出，換句話說，正因「眾弦俱寂」，更能證明「我」「是」「唯一的」（高音或雕塑的手）這個不能撼動的位置。後半句詩人提出另一樣事物：地球儀，並強調「地球儀只能往東西轉」，這後半句在此具有數項作用：1.說明「地球儀」的功能，2.擔任開啟「意願」之鑰，3.因只能「往東西轉」，使作者的「意願」在後面第五和第六句的「進行」過程中有「完成」的可能性。

第五句也分成前半和後半兩層意義：前半句中出現「求」這個字，似乎與前面自信滿滿的我「是」這一動詞互相矛盾、衝突，因為「求」必須求向他人，他人在這狀況中成為「主」，與「我」「是」時的「我」主體在這第五句內變成「主」「客」不分。然而，我們在前文中提到的「主」「客」，是建立「我」和「你」這兩個人稱代名詞之上，而在第五句的「求」動詞前後，並未出現「你」，也未出現任何另外一個人稱主詞，那麼，「我求著」是向誰「求」？「求」何事？為何「求」？從第四、五和六句的排列上看，「我」似乎在向「地球儀」「求」著：「求今日和明日相遇的一點」，至於為何要「求」，並未作任何說明，反倒在第五句後半點出「相遇的一點」希望之處：「在永恆光滑的紙葉上」。「永恆」和「光滑」除了是地球儀「紙葉」的形容之外，它同時也暗示了「我」和「你」的「長久」和「幸福」「日子」，即是「今日」和「明日」「相遇」的那「一點」。因此第二節的後三句承續前三句的「唯一的」手，能將「憂愁」雕塑成「不朽」並且令之活於完全對比的「微笑」之中的「雕塑的手」，在「眾弦俱寂」的時刻裡，祈求字面上看起來是「地球儀」，事實上是「手」所相信的「神祇」，或甚至是「手」自己正是將地球儀「轉」動的主宰，決定「今日」和「明日」的「一點」，在「永恆」「光滑」的「紙葉」之上。「意願／完成」義涵結構在第二節透過「求」這個動詞但實際上仍然是「手」在推動的「進行」過程，因此這一節全部六句的重要性將會因第三節的最終結果或成果而完全的顯現出來。

第三節共有四句：

第一句的前半「而燈暈不移」五字，輕輕地將場景牽回第一節的第一句：「你立在對岸的華燈之下」；顯然的，「你」在第三節中仍然是「立在對岸的華燈之下」，「而燈暈不移」也刻畫了原來的一切依舊保持原來的樣子，絲毫沒有變動。不過，「我」和「你」的「主」「客」關係以及「主動」「被動」立場於此句的後半很清晰地以「走」這個動詞與「向」這個方位標示說得清楚明白。我們看到在第二節第五句和第六句的「求」這個帶著須仰仗他人的象徵動詞，在第三節第一句裡，即已轉變成自我意識明確並且自我決定動作和方向的堅定動詞「走」。這個動詞在第二句中透過「部分義涵結構」「已經」二字，更突顯其確定和已經「進行」且已「完成」的「意願」；「我已經走向你了」；事實上，這一句也正是第二節第六句的「今日和明日相遇的一點」。「我走向你」等於「相遇的點」在「永恆光滑的紙葉上」，是否「永久幸福」？在「已經」的語氣和詞意之下，應該是「我」所期待和可以決定的「未來」吧！

第三節第三句是「眾弦俱寂」在全詩中第三次出現，「寂」為入聲，發聲短而急促，似乎更能強調「眾弦」之「寂」，「俱」字則加深「眾弦」之「完全」無用；而且，由於「眾弦俱寂」在此已是第三次現身，「我」的獨特、清越、高亢、尊貴，是宇宙間唯一的聲音的這種特質更會因此而清晰明確無比。第四句亦即全詩的最後一句：「我是唯一的高音」，已於第一節第四行出現過一次，這裡再次與「眾弦俱寂」自置於最高點俯視整個場景，的確充分地呈現了「自我」的清楚意識和成熟狀態，正如曾於〈女性自我意識：主體／幻象／鏡像／主體〉一文中所強調的：「『我』在詩中不但是『高音』，而且還是『唯一的高音』，更特別的是在『眾弦俱寂』的境況之中，如此清醒、特出、高貴、掌握全局的魄力，比起傳統中悲歎命運的女性意識，當然是值得讚歎和注意的。」[10]

四、結語

敻虹本名胡梅子，1940 年 12 月 1 日出生於臺東。她於 13 歲時開始寫第一首詩，15 歲念高一時（1955 年）真正大量寫作。[11]她早期的詩作以愛情為主要題材，1971 年以後則拓寬至許多層面，例如鄉土情懷、家庭溫情、環保、傷逝及後來學佛以後的佛家哲理。

本文之所以選擇敻虹的〈我已經走向你〉做為分析的對象，正如前文

[10]見何金蘭，〈女性自我意識：主體／幻象／鏡像／主體〉，發表於「兩岸女性詩歌學術研討會」，論文抽印本頁 5。

[11]張默，〈處處在在，化為微波——敻虹的詩生活探微〉，《聯合文學》第 152 期，頁 163。

提及多次的，是由於此篇完成於 1950 年代的詩作中，竟然呈現一種少見的非常強烈和特出的「自我意識」。這份自我意識貫徹全詩，它所表現出來的那種自我肯定、堅定、確定，經由三節詩每一節都出現一次的「眾弦俱寂」，以及第一節和第三節出現兩次的「我是唯一的高音」更顯得自信十足，不但自我了解透澈，對整個局面場景的理解和掌控更是觀察入微和收放自如。尤其難得的是，這一首詩是寫一個在戀愛中的「自我」，以寫作年代的社會背景來看，若作者於創作時有意如此表達，固然是難以想像；但若此為作者於無意之中所流露的自我意識，其清晰和成熟更是令人驚訝。整首詩建立在一個「意願／進行／完成」的義涵結構之上，總的和部分微小結構均呈現如此一個進展，並且一節比一節更能令讀者感受到作者自我意識的完整和透澈，完全沒有受到社會意識和時代保守觀念的影響而作絲毫改變。

我們曾經剖析過蓉子的〈我的妝鏡是一隻弓背的貓〉、林泠的〈不繫之舟〉及淡瑩的〈髮上歲月〉，也曾十分訝異於當時環境之下女性詩人能夠在她們的創作之中，清楚呈現她們明確的自我意識，完全了解她們自己的意願和行為並堅定地進行一切所須動作。

在眾多的文本當中，敻虹的這首〈我已經走向你了〉還是自我意識展現得最令人動容的一篇，其主題、其語言、詞彙、意象、技巧、音韻，流暢清晰、意蘊深遠、透澈透明、細緻傳神，一一繪編出當年時空背景之下罕見的成果，正是眾弦俱寂裡的唯一高音。

——選自彰化師範大學國文系編《臺灣前行代詩家論——第六屆現代詩學研討會論文集》
臺北：萬卷樓圖書公司，2003 年 11 月

夐虹詩裡的愛情境界

兩首肯定愛情的好詩

◎史晶晶[*]

臺灣現代詩人中，著名的女詩人有蓉子、林泠、夐虹三位。蓉子和夐虹寫詩的歲月久而且作品的產量也不少，直到目前，蓉子和夐虹還間而有詩作發表，雖然不若早期那麼膾炙人口。夐虹本名胡梅子，民國 29 年生於臺東，大學考入師大藝術系，51 年畢業，做過教師和美術設計。57 年結婚，同年出版第一本詩集《金蛹》，列為藍星叢書第一輯。婚後擱筆了一陣子，60 年開始重拾詩筆，63 年應美國愛荷華大學國際寫作班的邀請，前往研習寫作一年，65 年出版《夐虹詩集》（新理想出版社），本文所選取的兩首詩，皆出於《夐虹詩集》，屬於她 60 年以前的作品。

雖然說女詩人的世界，多屬於表現愛情和親情的範圍，較少於表現社會和歷史的範圍，然而就愛情和親情來說，能寫得好而深刻的詩人，即便是男人，也不可多得。夐虹的愛情詩，占她詩集的五分之四，筆者認為最能肯定愛情，又能達到愛情境界的深度，是她〈我已經走向你了〉、〈詩末〉兩首詩。其他的愛情詩，其中細膩憂鬱的感情固然令人欣賞，到底免不了一些自憐和幻想的情緒，這些情緒雖然是人類面對愛情、渴望愛情的自然情緒，但對愛情的體驗，仍停留在浮面的階段，使詩的語言雖然叮叮作響，靈魂卻難以流連震撼。以下先舉第一首〈我已經走向你了〉來與讀者一塊兒欣賞：

---

[*]本名李元貞，評論家。發表文章時為淡江大學中國文學系副教授、《婦女新知》雜誌社發行人，現為淡江大學中國文學系榮譽教授。

我已經走向你了

你立在對岸的華燈之下
眾弦俱寂，而欲涉過這圓形池
涉過這面寫著睡蓮的藍玻璃
我是唯一的高音

唯一的，我是雕塑的手
　　　　　　雕塑不朽的憂愁
那活在微笑中的，不朽的憂愁
眾弦俱寂，地球儀只能往東西轉
我求著，在永恆光滑的紙葉上
求今日和明日相遇的一點

而燈暈不移，我走向你
我已經走向你了
眾弦俱寂
我是唯一的高音

當我們遇見所愛的人，或者當我們所愛的人已經出現，特別是在熱鬧的華燈之下：「你立在對岸的華燈之下」，「對岸」表示中間有著阻隔，而這阻隔詩人接著描寫：「欲涉過這圓形池／涉過這面寫著睡蓮的藍玻璃」，藍色的圓形池，裡面有睡蓮，和「對岸」一詞一樣，並非是實地的描寫，而是描寫心靈的阻隔，有睡蓮的圓形池，是一顆尚未被愛情叩醒的心靈，但是「你立在對岸的華燈之下」，這個如藍玻璃般的圓形池，便驚醒了：「眾弦俱寂／我是唯一的高音」。「眾弦俱寂」與「我是唯一的高音」是此詩第一段最好的句子，前句接著「你立在華燈之下」後，將驚醒的心靈那種被愛情引入孤立寂靜的感覺描寫了出來，華燈的熱鬧因為你而突然停止了，聽不見了，才發現自己要「涉過這圓形池／涉過這面寫著睡蓮的藍玻璃」，成為「唯一的高音」。「我是唯一的高音」又立刻將愛情驚醒時那種孤立寂靜的感覺打破，熱烈緊張地高昂著興奮。

於是開始追求愛情，「唯一的，我是雕塑的手／雕塑不朽的憂愁」，充分描寫出愛情帶給人的憂愁，愛情不僅是糖，也是苦樂，這便是愛情騷擾人心的地方，光是糖會膩，必須帶著苦才深入人心，所以雕塑不朽的憂愁是「活在微笑中的」；而生命的軌道不會改變：「地球儀只能往東西轉」，「在永恆光滑的紙葉上」，詩人希望兩顆心由紙上交談而相遇，像今日與明日相遇的那點，在相遇一點時，情緒的感覺仍然是「眾弦俱寂」。第二段詩是接著第一段的感情繼續深入，直到彼此相遇，而且是「求今日和明日相遇的一點」，求愛情永存在時間的連續中。有了這種追求相遇的篤定，而且是追求永恆的相遇，第三段便更加強調「我已經走向你了」，不再猶豫、膽怯，願意承擔愛情的憂愁：「而燈暈不移，我走向你／我已經走向你了」，雖然帶著一份孤立寂靜的感覺和高昂的興奮：「眾弦俱寂／我是唯一的高音。」

再舉第二首肯定甚至擁抱愛情的詩來欣賞：

詩末

愛是血寫的詩
喜悅的血和自虐的血都一樣誠意
刀痕和吻痕一樣
悲懣或快樂
寬容或恨
因為在愛中，你都得原諒

而且我已俯首
命運以頑冷的磚石
圍成枯井，錮我

且逼我哭出一脈清泉

且永不釋放
即使我的淚，因想你而
氾涌成河
因為必然
因為命運是絕對的跋扈
因為在愛中
刀痕和吻痕一樣
你都得原諒

這首詩的標題是「詩末」，而詩的內容是愛情，詩人想將愛和詩融為一體，詩是愛、愛是詩，所以第一段開頭便說「愛是血寫的詩」。此詩發表之後，作者就擱筆了一陣子，因此又稱「詩末」，也許詩人不寫詩了，就去擁抱愛情了。這首詩對愛情的體驗又比前首詩深入，前首詩的愛情，是激動興奮加憂愁，這首詩是「喜悅的血和自虐的血都一樣誠意」，兩情相愛得深了以後，喜悅也如血、自虐（痛苦）也如血，愛情的痛苦，常是自虐的方式，自己充滿莫須有的懷疑、嫉妒、不安的痛苦。現代許多人嘗試去研究愛情，發現愛的情緒常常伴隨著恐懼和焦慮的情緒，這真是人類的不幸。但「刀痕和吻痕一樣／悲懣或快樂／寬容或恨／因為在愛中，你都得原諒」，愛情的偉大便是包容愛情所帶來的一切，當你原諒這些愛情中的掙扎愚蠢，你便真的體會了愛情三昧，你便真正懂得愛情要付出的是什麼！

接著第二段，詩人對愛情可說是完全的投降：「而且我已俯首／命運以頑冷的磚石／圍成枯井，錮我／且逼我哭出一脈清泉」，將愛情比著命運，表示愛情的力量是不可抗拒的，只能使人「俯首」，儘管「以頑冷的磚石／圍成枯井」，使人因愛情落到最冰冷悲劇的狀態下，禁錮著人，甚至使人成「枯井」乾涸掉（為情而死），但是詩人對愛情都不責備，她只是流淚「且逼我哭出一脈清泉」。這種對愛情的痛苦（刀痕）如此完全肯定，實在是所有對愛情忠誠的男女，最高的境界了。下面的一段對愛情更加執著「且永不釋放／即使我的淚，因想你而／氾涌成河」，詩人一點也不想從愛情的痛苦裡釋放，把自己交給愛情就像把自己交給命運一樣，只能自己生生煎熬，在最後一段詩，將此種煎熬看成必然：「因為必然／因為命運是絕對的跋扈／因為在愛中／刀痕和吻痕一樣／你都得原諒」，愛情既然跟命運一樣，是一種絕對跋扈的力量，當然痛苦的煎熬是必然了，而人面對這種痛苦的煎熬，唯一能支持下去的力量是「因為在愛中」，「刀痕和吻痕一樣」，「你都得原諒」。對愛情有如此包容的力量，持如此忠誠固執的態度，愛情的境界真是「血寫的詩」，在愛情的流血中，如此毫不責備，毫不怨尤，真是非常感人了。

當然，此詩既然標題為「詩末」，也表示詩人對詩的忠誠固執，如對愛情一樣，不管寫詩遭遇到多少痛苦，她也是毫無怨尤毫無責備的。這首詩的境界，顯然體驗到愛情的苦比甜多，甚至在「命運以頑冷的磚石／圍成枯井，錮我」的情況中，也絕不否定愛情，最後的結論是「因為在愛中／刀痕和吻痕一樣／你都得原諒」。筆者欣賞詩人這種對愛情的寬容胸襟，只有願意對人世寬容的人，才真正能愛，尤其經歷過人世的醜陋與滄桑的人，比較能夠了解愛情中喜悅痛苦的總合，只能取愛情的喜悅，不能寬容愛情的痛苦，是難以愛的，然而這是非常難以達成的境界，所以平凡的人類總在愛情中互相折磨。可是對於愛情的忠誠和固執來說，尤其是「且永不釋放／即使我的淚，因想你而／氾涌成河」，這種愛的忠誠固然感人，但對愛的痛苦固執到「永不釋放」卻是容易自毀毀人的，俯首於愛是對的，卻不必永不釋放，尤其當愛以「頑冷的磚石／圍成枯井，錮我」時，「哭出一脈清泉」之外，可以想法子釋放自己和他人的痛苦，愛情才不會變成專橫的惡魔，毀了愛情的真誠與寬容這種高貴的品質。

——選自《婦女新知》第 2 期，1982 年 3 月

追隨太陽步伐
六十年代臺灣女詩人作品風貌（節錄）

◎鍾玲

一息尚存　向陽性延伸
潛伏的思念發著酵
永記起你　即或另個世紀
偷竊火種的古賢
已沿著時序播種

解脫窒息人性的軛
讓慧劍把持心靈
揶揄啊　訕笑啊
且向明天綻放的花朵哭泣吧
生命之頁不再空白　我昂然

以上這一段詩引自古月在 1960 年代中期的詩作〈追隨太陽步伐的人〉[1]，她這本詩集也以此詩為書名。我們如何理解這一段詩呢？這位女詩人詩中的敘述者說，她要「向陽性延伸」，為什麼大家心目中屬陰性的女詩人要向陽性延伸呢？

如果用詩中的典故來詮釋，就要看詩中說話的對象「你」是誰。他應該是指希臘神話中偷竊火種給人類的神，普羅米修斯（Prometheus），這神膽敢與宇宙神宙斯（Zeus）對抗；因此古月的敘述者所嚮往的、所認同的

[1]古月，《追隨太陽步伐的人》（臺北：葡萄園詩刊社，1967 年），頁 78。

是極為陽剛，具強大力量的叛逆者。如果用歐美心理學潮流的文學批評，即源於佛洛伊德學說的批評來看，此詩中的「慧劍」及「昂然」等意象，可說是表現了陽具妒嫉，陽具崇拜的傾向。

如果從這段詩著作年代的時代背景與文化環境來看，女詩人作品中出現對陽剛力量的嚮往與認同，可以說是當時相當普遍的現象：例如說在敻虹、淡瑩、藍菱、朵思 1960、1970 年代寫的詩裡都有這種傾向。連最能全面體現女性感性的敻虹也不例外，她的〈臺東大橋〉[2]就有余光中〈西螺大橋〉[3]的影子：

聽說大吊橋已流走
如抱的鋼絲曾奮力堅持
與百萬匹馬力的山洪，決
臂力、張力
如蛟的鋼魂終於不支
鋼斷
如英雄之崩倒

——敻虹〈臺東大橋〉

轟然，鋼的靈魂醒著。
嚴肅的靜鏗鏘著。

西螺平原的海風猛撼著這座
力的圖案，美的網，猛撼著這座
意志之塔的每一根神經
……

——余光中〈西螺大橋〉

[2]敻虹，《敻虹詩集》（臺北：新理想出版社，1976 年），頁 153。
[3]余光中，《余光中詩選：1949～1981》（臺北：洪範書店，1981 年），頁 88。

余光中的〈西螺大橋〉作於 1958 年，敻虹的〈臺東大橋〉作於 1974 年。兩人都把橋比喻為具有鋼鐵意志的英雄，與巨大無比力量鬥爭的英雄。敻虹不僅在內容上表現了對陽剛英雄的崇拜，而且在文字風格上也捨棄了她如宋詞般變化使用重疊句的語法，而使用簡潔、直接的語法，以呼應此詩陽剛的內容。淡瑩在 1970 年早期的詩〈飲風的人〉[4]之中，那主角黑鴉就象徵一位孤絕而受天譴的悲劇英雄，可以說是呼應了余光中 1950 年代到 1960 年代詩中出現的英雄形象，如〈羿射九日〉[5]中的后羿及〈天狼星變奏曲〉[6]中的天狼。

——選自《臺灣現代詩史論：臺灣現代詩史研討會實錄》
臺北：文訊雜誌社，1996 年 3 月

[4]淡瑩，《太極詩譜》（新加坡：教育出版社，1979 年），頁 111～112。
[5]余光中，《余光中詩選：1949～1981》，頁 80～82。
[6]余光中，《余光中詩選：1949～1981》，頁 170～173。

臺灣現代女詩人作品中的語言實踐

意象的雙重呈現，流露「非一」的觀點（節錄）

◎李元貞

奚密（Michelle Yeh）認為，現代中國（包括臺灣）詩人在政治與社會激烈的轉型下，可能比西方現代詩人還得面臨一個不確定及混亂的世界，在傳統價值崩裂之後，詩人必須重建人與世界之間的和諧甚至連續性的喪失。所以他們對象徵主義強調比喻（Metaphor）的張力（Tension）而非相似（Affinity）及強調比喻的主觀性（Subjectivity）和內在化（Internalization）而非具體的相關事物之間的普遍性和諧，特別神入（Empathize）。臺灣現代女詩人亦在這個大傳統下對比喻（意象）大量經營，只是不像男性詩人那麼想以個人的瞬間經驗來掌握住永恆的及宇宙的意義。如果說從男人的身體（陰莖）所建構的陽具（Phallus）文化，總愛擬想一個複雜但統一的世界，即使現代詩人強調孤立及片段（不連續）的世界觀，仍然奮力要掌握主觀而自足的意象[1]，那麼女詩人比較接近伊蕊格萊（Luce Irigaray）1977 年從女性兩片陰唇所建構的「此性非一」的觀念。伊蕊格萊所建構的「此性（女性）非一」的觀念，可提供女性所擬想的世界較具分裂、流動、不穩定、或多重的優點。臺灣現代女詩人絕非意識到伊蕊格萊的論點而為之，反而因身處女人次等的社會地位（非中心的社會位置），較易感受世界「非一」（雙重）的存在，將女詩人如此感受的詩，

[1]奚密（Michelle Yeh）, *Modern Chinese Poetry Theory and Pracyice since 1917*, 的第三章"Imagery Metaphor and the Poetics of Discontinuity"，頁 80。

以伊蕊格萊的觀點解讀，便顯示出臺灣現代女詩人作品的豐富性。

再來欣賞敻虹的一首詩〈汎愛觀〉：

用某種信仰看雲
春天為什麼渺渺茫茫
春天給誰買了去
明朝我們哪兒談心好

總是這麼一瓣瓣數著
好春天，該如花
愛情那有趣的結兒總是解了又打
（我們可以下一個賭注
憂鬱是廉價的）
好春天，該如花

一枚小小的十字架
裝飾在壁上
一枚小小的痛楚
裝飾在捧向胸前的手上
春天為什麼渺渺茫茫
看雲用什麼信仰[2]

敻虹在前輩女詩人中是寫情詩的高手，像〈我已經走向你了〉及〈詩末〉兩首著名的情詩，曾經傳誦一時。在〈汎愛觀〉詩中，「雲」、「春天」、「花」、「愛情有趣的結兒」、「一枚小小的十字架」，都是極普通的意象，詩人卻能結合其他字義而使這些普通的意象新鮮又含意複雜。其中最顯著的兩句是：「用

[2]敻虹，《敻虹詩集》（臺北：新理想出版社，1976 年），頁 96～97。

某種信仰看雲」、「春天為什麼渺渺茫茫」。通常「信仰」一詞有固執堅定之義，但與「流動」的「雲」之意象結成一句，則瓦解了「信仰」一詞固定的含意。如果「汎愛觀」是這種信仰，用這種信仰看雲，則「汎愛觀」即被瓦解。同時，「春天」雖是人人喜歡的意象，但結合「渺渺茫茫」詞意卻令人失望。而且，這兩句是此詩的頭和尾，框著全詩，意在批評「汎愛觀」，因為用「汎愛觀」看雲，春天不見了：「渺渺茫茫／春天給誰買了去」，那麼「明朝我們哪兒（可能無處）談心」了。接著第二段用「一瓣瓣數著／好春天，該如花」，又強調「愛情那有趣的結兒總是解了又打」，還以「賭注」斷定，「憂鬱是廉價的」，使段末再強調的「好春天，該如花」一句，即意味著「有花堪折直須折」何必憂鬱的「汎愛」心態了。在這種「汎愛」心態下，第三段的「一枚小小的十字架」（負荷愛之忠貞）不過是「裝飾在壁上」，其「一枚小小的痛楚」，也是「裝飾在捧向胸前的手上」，結果春天當然不見了「渺渺茫茫」。

不過，此處「春天為什麼渺渺茫茫」及與開頭有所變化的結句「看雲用什麼信仰」，尤其「為什麼」和「用什麼」的句意，則意味著「裝飾」一詞，是看你用什麼信仰來說，用「汎愛觀」才是「裝飾」，才讓那些愛情忠貞者痛苦而感到「春天渺渺茫茫」了。因此，此詩的主弦律是「用某種信仰看雲」或「看雲用什麼信仰」及「春天為什麼渺渺茫茫」。這個主弦律除了在解構「汎愛觀」，也流露愛情是汎愛的或其他亦端看「如何看雲」而定，加上「雲」又是流動的，愛情實在難定。臺灣 1960 年代的現代主義詩壇，非常流行描寫短暫的肉慾而輕視真情相屬，余光中用〈蓮的聯想〉一詩，曾與詩壇辯論，並提出新古典主義的愛情觀抵抗之，但整本《蓮的聯想》詩集卻只在重新肯定愛情的永恆性，未若夐虹此詩在諷刺及質問「汎愛觀」之同時，蘊藏「看雲用什麼信仰」這種觀點流動之意涵。

——選自《臺灣詩學季刊》第 29 期，1999 年 12 月

輯五◎

研究評論資料目錄

作家生平、作品評論專書與學位論文

學位論文

1. 彭瑞惠　　敻虹詩研究　高雄師範大學回流中文碩士班　碩士論文　曾進豐教授指導　2008 年　234 頁

本論文綜述敻虹詩域之開拓及其於詩壇中之座標指向。全文共 5 章：1.緒論；2.敻虹簡歷、創作進程及其詩；3.敻虹詩之題材類型；4.敻虹詩之審美意識及其特色；5.結論。

2. 陳玉琳　　敻虹詩藝的研究　政治大學國文教學碩士學位班　碩士論文　陳芳明教授指導　2008 年　220 頁

本論文從臺灣現代詩運動的發展，檢視敻虹 1950 至 1980 年代的詩藝成就。全文共 6 章：1.緒論；2.前行代女詩人的崛起：以敻虹與當代女詩人為探討對象；3.敻虹與藍星詩社；4.五、六十年代敻虹的詩藝；5.七、八十年代敻虹的詩藝；6.結論。正文後附錄〈重要時代女詩人詩選集彙編〉、〈爾雅版年度詩選彙編〉、〈無塵居所藏臺灣新詩集 1949—1990 書目初編：女性詩人部分彙整〉、〈敻虹散逸作品輯〉、〈敻虹年表〉。

3. 鄭玉釧　　敻虹詩作研究　高雄師範大學回流中文碩士班　碩士論文　李若鶯教授指導　2009 年　179 頁

本論文試圖將敻虹的生命歷程與其詩作內容做一系聯，尋繹敻虹身為女性詩人對其文字風格的影響，並耙梳敻虹現代詩的主題內涵、書寫面向、藝術特色。全文共 6 章：1.緒論；2.敻虹生平經歷及創作歷程；3.敻虹的詩觀；4.敻虹詩作的書寫面向；5.敻虹詩中的藝術特色；6.結論。

4. 李秀菁　　敻虹詩之音韻風格研究　彰化師範大學國文學系　碩士論文　張慧美教授指導　2011 年 6 月　254 頁

本論文以「語言風格學」之觀念與方法，從「韻腳形式」、「頭韻安排」、「音韻重疊現象」三方面著手，如實地呈現敻虹詩的音律特色，窺探出敻虹詩作之全貌。全文共 6 章：1.緒論；2.敻虹其人其詩及語言風格學研究的意義；3.從韻腳形式看敻虹詩之音韻風格；4.從頭韻的安排看敻虹詩之音韻風格；5.從音韻重疊現象看敻虹詩之音韻風格；6.結論。

5. 李倍慈　　現代詩的宗教向度——以周夢蝶、蕭蕭、敻虹、許悔之為中心的探

索　南華大學文學系　碩士論文　教授指導　2012 年　237 頁

本論文試圖從「哲學思維」、「禪學思維」與「神話思維」的角度，具體分析周夢蝶、蕭蕭、敻虹、許悔之四位詩人的寫作模式，並追溯原型與意象的召喚，轉化為宗教詩學的隱喻力量。全文共 6 章：1.緒論；2.詩歌文本中宗教經驗的展現；3.宗教向度與詩人思維方式的體現；4.詩歌文本的宗教原型意象；5.宗教神祇的形象；6.結論。

作家生平資料篇目

自述

6. 敻　虹　　敻虹詩觀　八十年代詩選　臺北　濂美出版社　1976 年 6 月　頁 366
7. 敻　虹　　「愛結」跋　愛結　臺北　大地出版社　1991 年 1 月　頁 145—147
8. 敻　虹　　「愛結」跋　愛結　臺北　大地出版社　2000 年 12 月　頁 154—156
9. 敻　虹　　許多名字　聯合報　1991 年 8 月 3 日　25 版
10. 敻　虹　　向傳誦之口，向記憶之心——以信代序　觀音菩薩摩訶薩　臺北　大地出版社　1997 年 10 月　頁 1—9
11. 敻　虹　　向傳誦之口，向記憶之心——以信代自述　藍星詩學　第 12 期　2001 年 12 月　頁 1—5
12. 胡梅子　　甘露以同味　向寧靜的心河出航　臺北　佛光文化公司　1999 年 8 月　〔3〕頁
13. 敻　虹　　跋——誓願世世入「陀羅尼門」　敻虹詩精選集・宗教詩　高雄　佛光文化公司　2014 年 6 月　頁 226—228
14. 敻　虹　　感謝善友賜序　敻虹詩精選集・宗教詩　高雄　佛光文化公司　2014 年 6 月　頁 229—230

他述

15. 何寄澎　　敻虹　中國新詩賞析 2　臺北　長安出版社　1981 年 4 月　頁 243—244
16. 〔張默編〕　　敻虹小傳、小評　剪成碧玉葉層層　臺北　爾雅出版社　1981

年6月　頁75

17. 鐘麗慧　偏愛紅珊瑚的敻虹　青年戰士報　1983年9月13日　11版
18. 向　明　女詩人群像〔敻虹部分〕　文訊雜誌　第36期　1988年6月　頁11
19. 陳南妤　質野寫媽媽——永遠年輕的詩人媽媽敻虹　聯合報　1990年5月28日　29版
20. 向　明　默念心經・佑我一生　向寧靜的心河出航　臺北　佛光文化公司　1999年8月　〔3〕頁
21. 陳南妤　童年心經　向寧靜的心河出航　臺北　佛光文化公司　1999年8月　〔2〕頁
22. 釋法海　心無罣礙　向寧靜的心河出航　臺北　佛光文化公司　1999年8月　〔4〕頁
23. 李元貞　臺灣現代女詩人的詩壇顯影〔敻虹部分〕　詩潭顯影　臺北　書林出版公司　1999年9月　頁8
24. 〔姜耕玉選編〕　敻虹　20世紀漢語詩選（三）　上海　上海教育出版社　1999年12月　頁376
25. 〔李元貞主編〕　敻虹　紅得發紫：臺灣現代女性詩選　臺北　女書文化公司　2000年12月　頁109
26. 林峻楓　兩岸無間的佛音——側介女詩人敻虹　青年日報　2001年5月31日　13版
27. 林峻楓　側介女詩人敻虹　藍星詩學　第12期　2001年12月　頁22—24
28. 許榮哲　臺灣文學地圖舉例——東部作家〔敻虹部分〕　2000臺灣文學年鑑　臺北　行政院文建會　2002年4月　頁108
29. 〔蕭蕭，白靈主編〕　作者簡介　臺灣現代文學教程：新詩讀本　臺北　二魚文化公司　2002年8月　頁279
30. 瘂　弦　《六十年代詩選》作者小評〔敻虹部分〕　創世紀　第148期　2006年9月　頁24—25

31. 許俊雅　新店溪流域的文化與文學——中和市：現代文學——胡梅子（敻虹）（一九四〇年—）　續修臺北縣志・藝文志第三篇・文學（上）　臺北　臺北縣政府　2008 年 3 月　頁 198
32. 〔封德屏主編〕　敻虹　2007 臺灣作家作品目錄　臺南　國立臺灣文學館　2008 年 7 月　頁 1308
33. 滿濟法師　心之初　敻虹詩精選集・宗教詩　高雄　佛光文化公司　2014 年 6 月　頁 14—16
34. 滿光法師　化字為詩・化詩為真善美　敻虹詩精選集・宗教詩　高雄　佛光文化公司　2014 年 6 月　頁 28—31

訪談、對談

35. 黃素芬　從企盼中走出——訪敻虹談新詩　新竹青年　第 33 期　1983 年 10 月　頁 12—16
36. 莊秀美　煙水雲霧山深處——訪女詩人敻虹　大華晚報　1985 年 11 月 11 日　4 版
37. 王保雲　「繆斯」最鍾愛的女兒——訪女詩人敻虹　天地含情　臺北　采風出版社　1987 年 10 月　頁 123—129
38. 瘂弦等[1]　當代女詩人座談會——女詩人的心靈　聯合文學　第 44 期　1988 年 6 月　頁 94—103
39. 滿光法師、潘煊　當法音流入詩的礦層——訪女詩人敻虹　普門　第 209 期　1997 年 2 月　頁 26—27
40. 滿光法師、潘煊　當法音流入詩的礦層——訪女詩人敻虹　觀音菩薩摩訶薩　臺北　大地出版社　1997 年 10 月　頁 213—218
41. 滿光法師、潘煊　當法音流入詩的礦層——訪女詩人敻虹　藍星詩學　第 12 期　2001 年 12 月　頁 6—8
42. 李進文　靜站在楊桃樹下的繆思——專訪敻虹　文訊雜誌　第 280 期　2009 年 2 月　頁 18—27

[1]主持人：瘂弦；與會者：席慕蓉、張香華、沈花末、陳斐雯、曾淑美、敻虹、羅英。

年表

43. 莫　渝　　夐虹寫作生平簡表　夐虹集　臺南　國立臺灣文學館　2009 年 7 月　頁 141—143

作品評論篇目

綜論

44. 瘂　弦　　夐虹小評　六十年代詩選　高雄　大業書店　1961 年 1 月　頁 184
45. 葛賢寧，上官予　　現代詩的興起（中）〔夐虹部分〕　五十年來的中國詩歌　臺北　中正書局　1965 年 3 月　頁 207—208
46. 趙天儀　　第一次全省詩展（下）〔夐虹部分〕　臺灣文藝　第 33 期　1971 年 8 月　頁 84
47. 趙天儀　　第一次全省詩展〔夐虹部分〕　裸體的國王　臺北　香草山出版公司　1976 年 6 月　頁 63—64
48. 趙夢娜〔張芬齡〕　　夐虹詩中的情緒經驗　大地詩刊　第 19 期　1977 年 1 月　頁 48—53
49. 張芬齡　　夐虹詩中的情緒經驗　現代詩啟示錄　臺北　書林出版公司　1992 年 6 月　頁 3—15
50. 林淑蘭　　夐虹的詩蘊涵濃情　中央日報　1980 年 1 月 23 日　11 版
51. 蕭　蕭　　繆斯最鍾愛的女兒——夐虹[2]　中學白話詩選　臺北　故鄉出版社　1980 年 4 月　頁 264—265
52. 蕭　蕭　　夐虹（一九四〇—）　聯合文學　第 128 期　1995 年 6 月　頁 79
53. 余光中　　穿過一叢珊瑚礁——我看夐虹的詩　紅珊瑚　臺北　大地出版社　1983 年 8 月　頁 1—27
54. 余光中　　穿過一叢珊瑚礁——我看夐虹的詩　藍星詩刊　第 17 期　1983 年 10 月　頁 122—135
55. 余光中　　穿過一叢珊瑚礁——我看夐虹的詩　聯合報　1989 年 8 月 31 日

---

[2]本篇後改篇名為〈夐虹（一九四〇—）〉。

8 版
56. 余光中　穿過一叢珊瑚礁——序敻虹的《紅珊瑚》　井然有序：余光中序文集　臺北　九歌出版社　1996 年 10 月　頁 39—62
57. 余光中　穿過一叢珊瑚礁——序敻虹《紅珊瑚》　余光中集（第八卷）　天津　百花文藝出版社　2004 年 1 月　頁 22—36
58. 劉　菲　讀詩聯想〔敻虹部分〕　葡萄園　第 88、89 期合刊　1984 年 11 月　頁 32
59. 陳樂融　金蛹之夢——敻虹詩的意象成就（1—2）　臺灣日報　1984 年 12 月 21—22 日　8 版
60. 耘　之　「繆斯最鍾愛的女兒」——漫說敻虹的詩　臺港文學選刊　1987 年第 2 期　1987 年 4 月　頁 64—65
61. 鍾　玲　臺灣女詩人作品中的中西文化傳統〔敻虹部分〕　中外文學　第 16 卷第 5 期　1987 年 10 月　頁 58—109
62. 鍾　玲　五十年代清越的女高音——敻虹　現代中國繆司——臺灣女詩人作品析論　臺北　聯經出版公司　1989 年 6 月　頁 167—182
63. 古繼堂　藍星詩社和它的詩人群——敻虹　臺灣新詩發展史　臺北　文史哲出版社　1989 年 7 月　頁 228—236
64. 公仲，汪義生　敻虹　臺灣新文學史初編　南昌　江西人民出版社　1989 年 8 月　頁 291—293
65. 古繼堂　敻虹　臺灣愛情文學論　福州　海峽文藝出版社　1990 年 3 月　頁 234—242
66. 朱雙一　現代主義詩歌運動的第一次高潮〔敻虹部分〕　臺灣新文學概觀（下）　廈門　鷺江出版社　1991 年 6 月　頁 125
67. 王志健　飛越天河的青鳥——敻虹　中國新詩淵藪（中）　臺北　正中書局　1993 年 7 月　頁 2215—2231
68. 張超主編　敻虹　臺港澳及海外華人作家辭典　江蘇　南京大學出版社　1994 年 12 月　頁 547

69. 張　默　處處在在，化為微波——敻虹的詩生活探微　聯合文學　第 152 期　1997 年 6 月　頁 156—165

70. 張　默　處處在在，化為微波——敻虹的詩生活　夢從樺樹上跌下來：詩壇鈎沉筆記　臺北　爾雅出版社　1998 年 6 月　頁 249—269

71. 張　健　藍星詩人的成就——敻虹　明道文藝　第 274 期　1999 年 1 月　頁 127—128

72. 洪淑苓　詩心・佛心・童心——論敻虹創作歷程及其美學風格　兩岸女性詩歌學術研討會論文集　臺北　中國詩歌藝術學會主辦　1999 年 7 月 4 日　〔30〕頁

73. 洪淑苓　詩心・佛心・童心——論敻虹創作歷程及其美學風格（上、下）　藍星詩學　第 12—13 期　2001 年 12 月，2002 年 3 月　頁 9—21，194—210

74. 洪淑苓　詩心・佛心・童心——論敻虹創作歷程及其美學風格　華文文學　2000 年第 2 期　2006 年　頁 32—42

75. 洪淑苓　詩心・佛心・童心——敻虹的創作歷程及其心靈模式　思想的裙角——臺灣現代女詩人的自我銘刻與時空書寫　臺北　臺灣大學出版中心　2014 年 5 月　頁 115—151

76. 王祿松　敻虹詩品　兩岸女性詩歌三十家　臺北　詩藝文出版社　1999 年 7 月　頁 168

77. 林韻梅　卑南溪——從敻虹到詹澈的後山詩意象[3]　東臺灣研究　第 5 期　2000 年 12 月　頁 193—208

78. 林韻梅　卑南溪——敻虹的後山詩意象　藍星詩學　第 12 期　2001 年 12 月　頁 37—45

79. 林韻梅　卑南溪——從敻虹到詹澈的後山詩意象　文學臺東：後山文化工作協會十年紀念專輯　臺東　臺東縣後山文化工作協會　2003 年 8

[3]本文探討敻虹、詹澈的創作歷程與詩作內容，並論述兩人詩作的關連。全文共 4 小節：1.前言；2.敻虹的東部詩篇；3.詹澈的西瓜寮詩輯；4.結語。後節錄為〈卑南溪——敻虹的後山詩意象〉。

月　頁 278—294

80. 詹澈等[4]　感性似水，理性似佛——談敻虹的詩（1—5）　臺灣日報　2001年3月5—9日　31版，35版

81. 詹澈等　感性似水，理性似佛——談敻虹的詩　藍星詩學　第12期　2001年12月　頁25—36

82. 詹澈等　感性似水理性似佛——談敻虹的詩　文學臺東：後山文化工作協會十年紀念專輯　臺東　臺東縣後山文化工作協會　2003年8月　頁141—152

83. 陳芳明　女性詩人與散文家的現代轉折〔敻虹部分〕　聯合文學　第220期　2003年2月　頁156—157

84. 陳芳明　臺灣女性詩人與散文家的現代轉折——臺灣女性詩學的營造〔敻虹部分〕　臺灣新文學史　臺北　聯經出版公司　2011年10月　頁457—460

85. 黃如瑩　敻虹的詩與佛　臺灣現代詩與佛——以周夢蝶、敻虹、蕭蕭為線索之考察　臺南大學語文教育學系教學　碩士論文　邱敏捷教授指導　2005年6月　頁71—126

86. 莫　渝　水紋蕩漾，依岸傾聽——讀敻虹的詩　臺灣詩人群像　臺北　秀威資訊科技公司　2007年5月　頁169—182

87. 李家欣　各創作類型之表現：現代詩創作的搖籃之一——敻虹　夏濟安與《文學雜誌》研究　中央大學中國文學系　碩士論文　李瑞騰教授指導　2007年7月　頁65

88. 陳義芝　詩人的「空」義表現：詩心與佛智——敻虹的現代佛教詩　現代詩人結構　臺北　聯合文學出版公司　2010年9月　頁233—236

89. 永應法師　以詩為序　敻虹詩精選集‧宗教詩　高雄　佛光文化公司　2014年6月　頁18—27

90. 喜　菡　謬斯最鍾愛的女兒——讀敻虹情詩　有荷文學雜誌　第17期

[4]主持人：詹澈；與會者：李元貞、張香華、林韻梅；紀錄：施養慧。

2015年12月 頁101—103

91. 劉正偉 早期藍星詩人及其作品析論（二）——敻虹及其作品析論 早期藍星詩史 臺北 文史哲出版社 2016年1月 頁276—283

分論

◆單行本作品

詩

《金蛹》[5]

92. 柳文哲〔趙天儀〕 詩壇散步——《金蛹》 笠 第27期 1968年10月 頁51—52

93. 趙天儀 詩壇散步——中國現代詩評論——《金蛹》 裸體的國王 臺北 香草山出版公司 1976年6月 頁277—278

94. 王憲陽 評敻虹的《金蛹》（上、下） 青年戰士報 1969年10月19日，11月2日 7版

95. 羊 牧 中年的詩〔《金蛹》〕 中央日報 1983年10月11日 10版

96. 張 健 評《敻虹詩集》 中央日報 1979年7月11日 11版

97. 張 健 評《敻虹詩集》 從李杜說起 臺北 南京出版公司 1979年10月 頁129—133

98. 舟 子 《敻虹詩集》以寫情為主 大華晚報 1979年9月9日 7版

99. 花 村 詩人的心靈空間——《敻虹詩集》讀後 幼獅文藝 第312期 1979年12月 頁85—92

100. 李栩鈺 《敻虹詩集》——談敻虹「情」歸何處 文藝簡訊（清華大學） 第4期 1991年1月 頁12—13

101. 李栩鈺 《敻虹詩集》——談敻虹「情」歸何處 不離不棄鴛鴦夢：文學女性與女性文學 臺北 里仁書局 2007年2月 頁249—253

102. 洪淑苓 最美的語音，最美的花瓣——《敻虹詩集》 聯合報 2000年9月8日 37版

---

[5]後更名為《敻虹詩集》。

103. 愷均導讀；葉衽傑校訂　多情蝶舞舞上詩——《敻虹詩集》　明道文藝　第 403 期　2009 年 10 月　頁 35—40

104. 簡文志　論《敻虹詩集》的意象形塑與空間建構　高雄師大學報　第 30 期　2011 年 6 月　頁 43－64

《紅珊瑚》

105. 孟　樊　夏日炎炎書解悶——好書推薦：現代詩書單——敻虹《紅珊瑚》　國文天地　第 39 期　1988 年 8 月　頁 30

《愛結》

106. 瘂　弦　河的兩岸——敻虹詩小記　愛結　臺北　大地出版社　1991 年 1 月　頁 1—3

107. 瘂　弦　河的兩岸——敻虹詩集《愛結》小記　藍星詩刊　第 27 期　1991 年 4 月　頁 113—114

108. 瘂　弦　河的兩岸——敻虹詩小記　愛結　臺北　大地出版社　2000 年 12 月　頁 11—13

109. 向　明　《愛結》　中國時報　1991 年 4 月 5 日　23 版

110. 向　明　超乎悲喜超乎尋常　民生報　1991 年 4 月 28 日　29 版

兒童文學

《稻草人》

111. 洪淑苓　童詩的田園取向——向明、敻虹童詩集評介　現代詩　復刊第 30、31 期合刊　1997 年 12 月　頁 89—92

112. 洪淑苓　童詩的田園取向——向明、敻虹童詩集評介　現代詩新版圖　臺北　秀威資訊科技公司　2004 年 9 月　頁 216—217

單篇作品

113. 陳德恩　比較兩首白話詩〔〈白色的歌〉部分〕　大地　第 18 期　1976 年 10 月　頁 45—49

114. 林秀蓉　選文評析——〈白色的歌〉　文學與人生：文學心靈的生命地圖　臺北　三民書局　2005 年 8 月　頁 42—43

115. 王基倫等[6] 現代詩選之二——〈白色的歌〉賞析 國文 2 臺北 東大圖書公司 2008 年 2 月 頁 79—80
116. 黎 亮 談詩的色彩予音響〔〈蝶蛹〉部分〕 臺灣新聞報 1976 年 11 月 3 日 12 版
117. 文曉村 〈蝶蛹〉評析 寫給青少年的新詩評析一百首（上） 臺北 布穀出版社 1980 年 4 月 頁 68—69
118. 文曉村 〈蝶蛹〉評析 新詩評析一百首（上） 臺北 黎明文化公司 1981 年 3 月 頁 80—81
119. 辛 鬱 敻虹的「汎愛觀」——讀〈詩札記卅七〉 青年戰士報 1977 年 6 月 6 日 11 版
120. 溫瑞安 論詩的移情作用〔〈想起群島〉部分〕 回首暮雲遠 臺北 四季出版社 1977 年 12 月 頁 50—51
121. 張 默 單一與豐繁——談現代詩的意象（上、下）〔〈淚〉部分〕 臺灣時報 1978 年 11 月 29—30 日 12 版
122. 李 弦 敻虹〈媽媽〉 掌門詩刊 第 3 期 1979 年 7 月 頁 36—41
123. 羅 青 敻虹的〈海誓〉讀後 中央日報 1979 年 8 月 15 日 11 版
124. 何寄澎 〈海誓〉賞析 中國新詩賞析 2 臺北 長安出版社 1981 年 4 月 頁 246—248
125. 落 蒂 〈海誓〉賞析 青青草原 雲林 青草地雜誌社 1981 年 4 月 頁 140—141
126. 落 蒂 〈海誓〉賞析 中學新詩選讀 雲林 青草地雜誌社 1982 年 2 月 頁 140—141
127. 李翠瑛 最美麗的誓言——談敻虹的〈海誓〉一詩 細讀新詩的掌紋 臺北 萬卷樓圖書公司 2006 年 3 月 頁 195—205
128. 張漢良 導讀敻虹〈臺東大橋〉 現代詩導讀・導讀篇二 臺北 故鄉出

[6]編著者：王基倫、王學玲、朱孟庭、林偉淑、林淑芬、范宜如、高嘉謙、曾守正、黃俊郎、謝佩芬、簡淑寬、顏瑞芳、羅凡晸。

版社　1979 年 11 月　頁 66—68

129. 何寄澎　〈臺東大橋〉賞析　中國新詩賞析 2　臺北　長安出版社　1981 年 4 月　頁 269—271

130. 鍾　玲　追隨太陽步伐——六十年代臺灣女詩人作品風貌〔〈臺東大橋〉部分〕　臺灣現代詩史論：臺灣現代詩史研討會實錄　臺北　文訊雜誌社　1996 年 3 月　頁 226

131. 向　陽　〈臺東大橋〉作品導讀　青少年臺灣文庫 2——新詩讀本 2：太平洋的風　臺北　國立編譯館　2008 年 12 月　頁 133

132. 蕭　蕭　導讀敻虹〈如果用火想〉　現代詩導讀・導讀篇二　臺北　故鄉出版社　1979 年 11 月　頁 70—71

133. 落　蒂　〈如果用火想〉賞析　青青草原　雲林　青草地雜誌出版社　1981 年 4 月　頁 116—117

134. 落　蒂　〈如果用火想〉賞析　中學新詩選讀　雲林　青草地雜誌社　1982 年 2 月　頁 116—117

135. 蕭　蕭　〈殞星〉解說　中學白話詩選　臺北　故鄉出版社　1980 年 4 月　頁 267—269

136. 落　蒂　〈殞星〉賞析　青青草原　雲林　青草地雜誌出版社　1981 年 4 月　頁 119

137. 落　蒂　〈殞星〉賞析　中學新詩選讀　雲林　青草地雜誌社　1982 年 2 月　頁 119

138. 蕭　蕭　〈水紋〉解說　中學白話詩選　臺北　故鄉出版社　1980 年 4 月　頁 271—273

139. 何寄澎　〈水紋〉賞析　中國新詩賞析 2　臺北　長安出版社　1981 年 4 月　頁 255—258

140. 落　蒂　〈水紋〉賞析　青青草原　雲林　青草地雜誌出版社　1981 年 4 月　頁 122

141. 落　蒂　〈水紋〉賞析　中學新詩選讀　雲林　青草地雜誌社　1982 年 2 月

頁 122

142. 張　默　從繁富到清明——六十年代的新詩〔〈水紋〉部分〕　文訊雜誌第 13 期　1984 年 8 月　頁 100—101

143. 丁旭輝　敻虹的〈水紋〉　左岸詩話　臺北　爾雅出版社　2002 年 11 月　頁 19—24

144. 李翠瑛　傷感的水紋——敻虹的〈水紋〉與愛情　細讀新詩的掌紋　臺北　萬卷樓圖書公司　2006 年 3 月　頁 207—215

145. 丁旭輝　現代詩中的標點符號〔〈水紋〉部分〕　淺出深入話新詩　臺北　爾雅出版社　2006 年 9 月　頁 210

146. 白　靈　賞析敻虹〈水紋〉　漢語新詩名篇鑑賞辭典（臺灣卷）　香港　銀河出版社　2008 年 5 月　頁 106—107

147. 溫任平　女詩人的感性世界——跌宕迴轉的詠嘆調〔〈水紋〉〕　馬華文學板塊觀察　臺北　釀出版　2015 年 1 月　頁 16－17

148. 蔡建發　淺談〈懷人〉的兩種心態　北市青年　第 138 期　1981 年 3 月　頁 35—36

149. 何寄澎　〈等雨季過了〉賞析　中國新詩賞析 2　臺北　長安出版社　1981 年 4 月　頁 249—251

150. 何寄澎　〈不提〉賞析　中國新詩賞析 2　臺北　長安出版社　1981 年 4 月　頁 252—254

151. 何寄澎　〈水賤〉賞析　中國新詩賞析 2　臺北　長安出版社　1981 年 4 月　頁 263—266

152. 沙　穗　剪成碧玉葉層層——我讀《現代女詩人選集》〔〈卑南溪〉部分〕　臺灣時報　1981 年 8 月 8 日　12 版

153. 李漢偉　臺灣新詩的懷鄉之情〔〈卑南溪〉部分〕　臺灣新詩的三種關懷　臺北　駱駝出版社　1997 年 10 月　頁 125—126

154. 李敏勇　卑南溪是一條歌〔〈卑南溪〉〕　臺灣詩閱讀——探觸五十位臺灣詩人的心　臺北　玉山社出版公司　2000 年 9 月　頁 111—117

155. 余欣娟　〈卑南溪〉隨詩去旅遊　走入歷史的身影：讀新詩遊臺灣（人文篇）　臺北　幼獅文化公司　2007年6月　頁143—145
156. 方　群　〈卑南溪〉作品賞析　閱讀文學地景‧新詩卷　臺北　行政院文建會　2008年4月　頁333
157. 〔蕭蕭編〕　淺淺深深雲飛雪落的話〔〈記得〉〕　感人的詩　臺北　希代書版公司　1984年12月　頁268
158. 黃　勇　最深地沉積於心靈深處的——敻虹〈記得〉賞析　名作賞析　1988年第1期　1988年1月　頁80
159. 王宗法　靜靜的記得——讀〈記得〉　臺港文學觀察　合肥　安徽教育出版社　1994年11月　頁62—68
160. 蕭　蕭　〈記得〉鑑賞與寫作指導　中學生現代詩手冊　臺南　翰林出版公司　1999年9月　頁179—180
161. 張經宏　記得敻虹的〈記得〉　聯合文學　第255期　2006年1月　頁80
162. 徐國能　夏季之末，秋季之初〔〈記得〉〕　寫在課本留白處　臺北　九歌出版社　2015年2月　頁185－188
163. 周伯乃　詩的奧秘〔〈白鳥是初〉部分〕　現代詩的欣賞（一）　臺北　三民書局　1985年2月　頁171—175
164. 〔沈花末主編〕　〈蝴蝶〉詩評　1985臺灣詩選　臺北　前衛出版社　1986年3月　頁54
165. 張　默　敻虹／〈河彎〉　小詩選讀　臺北　爾雅出版社　1987年5月　頁154—157
166. 蓉　子　〈河彎〉　青少年詩國之旅　臺北　業強出版社　1990年10月　頁138—139
167. 張　默　〈你已平安回家〉　七十九年詩選　臺北　爾雅出版社　1991年2月　頁28
168. 劉介民　臺灣女性詩歌中「情慾主題」〔〈燈謎〉部分〕　當代臺灣女性文學史　臺北　時報文化出版公司　1993年5月　頁222

169. 瘂　弦　〈關情〉小評　八十三年詩選　臺北　爾雅出版社　1995 年 5 月　頁 174—175

170. 杜　萱　運用「博喻法」來寫詩〔〈雲〉〕　臺灣日報　1995 年 6 月 16 日　11 版

171. 張　默　綻放瞬間料峭之美（編序）〔〈雲〉部分〕　小詩・牀頭書　臺北　爾雅出版社　2007 年 3 月　頁 12

172. 張　默　從〈秋晚的江上〉到〈時間進行式〉——「七行詩」讀後筆記〔〈雲〉部分〕　小詩・牀頭書　臺北　爾雅出版社　2007 年 3 月　頁 187

173. 鍾　玲　追隨太陽步伐——六十年代臺灣女詩人作品風貌〔〈即景〉部分〕　臺灣現代詩史論：臺灣現代詩史研討會實錄　臺北　文訊雜誌社　1996 年 3 月　頁 233

174. 瘂　弦　〈說法二帖〉小評　八十五年詩選　臺北　現代詩季刊社　1997 年 6 月　頁 147—148

175. 李元貞　為誰寫詩？——論臺灣現代女詩人詩中的女性身分〔〈遺傳〉部分〕　中外文學　第 26 卷第 2 期　1997 年 7 月　頁 53—54

176. 瘂　弦　〈中國是我的來龍〉賞析　八十六年詩選　臺北　現代詩季刊社　1998 年 5 月　頁 188—189

177. 余光中　〈瞬間之飛與停〉賞析　八十七年詩選　臺北　創世紀詩雜誌社　1999 年 6 月　頁 135

178. 李元貞　臺灣現代女詩人作品中的語言實踐——意象的雙重呈現，流露「非一」的觀點〔〈汎愛觀〉部分〕　兩岸女性詩歌學術研討會論文集　臺北　中國詩歌藝術學會主辦　1999 年 7 月 4 日〔4〕頁

179. 李元貞　臺灣現代女詩人作品中的語言實踐——意象的雙重呈現，流露「非一」的觀點〔〈汎愛觀〉部分〕　臺灣詩學季刊　第 29 期　1999 年 12 月　頁 120

180.〔瘂弦主編〕　〈光明的佛牙舍利〉品賞　天下詩選：1923—1999 臺灣　臺北　天下遠見出版公司　1999 年 9 月　頁 55—56

181.〔文鵬，姜凌主編〕　覃虹——〈夢〉　中國現代名詩三百首　北京　北京出版社　2000 年 1 月　頁 562—563

182. 仇小屏　情詩一二〔〈夢〉部分〕　國文天地　第 198 期　2001 年 11 月　頁 19

183.〔仇小屏主編〕　〈夢〉賞析　放歌星輝下——中學生新詩閱讀指引　臺北　三民書局　2002 年 8 月　頁 115—116

184. 楊顯榮　隔著冷冷的夢境〔〈憶你在雨季〉〕　國語日報　2000 年 11 月 5 日　5 版

185. 何金蘭〔尹玲〕　眾弦俱寂裡之惟一高音——剖析覃虹〈我已經走向你了〉一詩　臺灣前行代詩家論　臺北　萬卷樓圖書公司　2003 年 11 月　頁 43—54

186. 陳義芝　〈一片向一切發問〉　2004 臺灣詩選　臺北　二魚文化公司　2005 年 3 月　頁 32

187.〔向明主編〕　選詩賞析——我把手裡泡沫捧成桃花〔〈言說〉部分〕　曖・情詩：情趣小詩選　臺北　聯經出版公司　2006 年 5 月　頁 116—117

188. 陳義芝　〈死〉　為了測量愛　臺北　聯合文學出版社　2006 年 6 月　頁 103

189. 李敏勇　〈南無〉作品導讀　青少年臺灣文庫 2——新詩讀本 3：天門開的時候　臺北　國立編譯館　2008 年 12 月　頁 99

190. 雲　天　我讀覃虹的〈偶然〉　人間福報　2009 年 12 月 28 日　15 版

191. 潘　煊　繆斯女兒佛弟子〔〈鹽〉〕　覃虹詩精選集・宗教詩　高雄　佛光文化公司　2014 年 6 月　頁 32—35

多篇作品

192. 何寄澎　〈懷人——二首〉賞析　中國新詩賞析 2　臺北　長安出版社

1981 年 4 月　頁 260—262

193. 史晶晶〔李元貞〕　　覃虹詩裡的愛情境界——兩首肯定愛情的好詩〔〈我已經走向你了〉、〈詩末〉〕　婦女新知　第 2 期　1982 年 3 月　頁 33—36

194. 林湖郇　　談覃虹《紅珊瑚》詩集裡的六首童詩〔〈雲〉、〈風〉、〈花〉、〈橘子樹〉、〈掃落葉〉、〈請〉〕　國民教育　第 27 卷第 5 期　1986 年 10 月　頁 14—15

195. 李元貞　　臺灣現代女詩人的自我觀〔〈詩末〉、〈媽媽〉部分〕　中外文學　第 17 卷第 10 期　1989 年 3 月　頁 25，28—29

196. 〔張默，蕭蕭編〕　　〈我已經走向你了〉、〈水紋〉、〈卑南溪〉鑑評　新詩三百首（一九一七——九九五）（上）　臺北　九歌出版社　1995 年 9 月　頁 557—558

197. 司徒杰　　〈懷人〉、〈媽媽〉、〈迷夢〉賞析　臺港抒情短詩精品鑑賞　河南　河南文藝出版社　1996 年 11 月　頁 109—115

198. 陳義芝　　繆思（Muses）歌唱——臺灣戰前世代女詩人十一家選介〔〈記得〉、〈鏡緣詩〉、〈火燄化紅蓮〉部分〕　中日文學交流——臺灣現代文學會議——座談會論文　臺北　行政院文建會主辦，輔仁大學外語學院承辦　1999 年 3 月 21—27 日　頁 25—27

199. 游淑珺整理　　讀書會討論摘要——覃虹詩作〔〈我已經走向你了〉、〈髮上〉、〈白色的歌〉〕　中國女性文學研究室學刊　第 1 期　2000 年 3 月　頁 29—30

200. 丁旭輝　　現代詩標點符號之圖象效果研究〔〈水紋〉、〈逝〉部分〕　中國現代文學理論季刊　第 20 期　2000 年 12 月　頁 545

201. 陳幸蕙　　〈夢〉、〈南無〉、〈是否〉、〈媽媽的話——給南圭和南好〉芬多精小棧　小詩森林：現代小詩選 1　臺北　幼獅文化公司　2003 年 11 月　頁 124—125

202. 林瑞明　　〈我已經走向你了〉、〈記得〉、〈念亡詩〉、〈轉折〉賞析　國

民文選・現代詩卷 2　臺北　玉山社出版公司　2005 年 2 月　頁 195

203. 〔向陽主編〕　〈我已經走向你了〉、〈水紋〉作品賞析　臺灣現代文選新詩卷　臺北　三民書局　2005 年 6 月　頁 169—171

204. 李敏勇　〈生〉、〈夢〉、〈卑南溪〉作品導讀　青少年臺灣文庫——新詩讀本 2：花與果實　臺北　五南圖書出版公司　2006 年 1 月　頁 105

205. 張香華　後山〔〈蝶蛹〉、〈緅〉、〈南無〉、〈菩薩摩訶薩〉〕　偶然讀幾行好詩　臺北　遠流出版公司　2006 年 3 月　頁 178—183

206. 李若鶯　甘美的態度——評夐虹詩五首〔〈臺中旅次〉、〈雪山記憶〉、〈蝴蝶書籤〉、〈春蠶在寫詩〉、〈在高樓看芒華〉〕　鹽分地帶文學　第 8 期　2007 年 2 月　頁 50—58

作品評論目錄、索引

207. 〔封德屏主編〕　夐虹　臺灣現當代作家評論資料目錄（六）　臺南　國立臺灣文學館　2010 年 11 月　頁 4374—4383

國家圖書館出版品預行編目資料

臺灣現當代作家研究資料彙編. 98, 敻虹 / 李癸雲編選.
-- 初版. -- 臺南市 : 臺灣文學館, 2017.12
面 ; 公分
ISBN 978-986-05-3731-4 (平裝)

1.敻虹 2.傳記 3.文學評論

863.4 106018022

【臺灣現當代作家研究資料彙編】98

敻 虹

發 行 人 廖振富
指導單位 文化部
出版單位 國立臺灣文學館
地 址／70041 臺南市中西區中正路 1 號
電 話／06-2217201 傳 真／06-2218952
網 址／www.nmtl.gov.tw 電子信箱／pba@nmtl.gov.tw

總 策 畫 封德屏
顧 問 林淇瀁 張恆豪 許俊雅 陳義芝 須文蔚 應鳳凰
工作小組 王則翔 沈孟儒 林暄燁 黃子恩 陳映潔
編 選 李癸雲
責任編輯 王則翔 白心瀞
校 對 王則翔 陳映潔
計畫團隊 財團法人台灣文學發展基金會
美術設計 翁國鈞・不倒翁視覺創意
印 刷 松霖彩色印刷事業有限公司

經銷展售 國家書店松江門市（02-25180207）
國立臺灣文學館藝文商店（06-2217201#2960）
一德洋樓羅布森冊惦（04-22333739）
三民書局（02-23617511、02-2500-6600）
台灣的店（02-23625799） 府城舊冊店（06-2763093）
南天書局（02-23620190） 唐山出版社（02-23633072）
後驛冊店（04-22211900） 五南文化廣場（04-22260330）

初版一刷 2017 年 12 月
定 價 新臺幣 340 元整
第一階段 15 冊新臺幣 5500 元整 第二階段 12 冊新臺幣 4500 元整
第三階段 23 冊新臺幣 8500 元整 第四階段 14 冊新臺幣 5000 元整
第五階段 16 冊新臺幣 6000 元整 第六階段 10 冊新臺幣 3800 元整
第七階段 10 冊新臺幣 3200 元整 全套 100 冊新臺幣 30000 元整

GPN 1010601827（單本） ISBN 978-986-05-3731-4（單本）
1010000407（套） 978-986-02-7266-6（套）

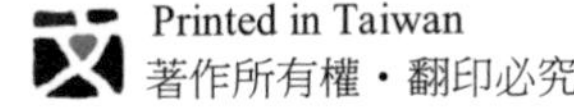